STUDYBAC

QCM

W0390994

PHILOSOPHIE

Terminale

Christophe GIOLITO

https://philosophieculturegenerale.fr/

Studyrama
Réussir son avenir

Texte officiel : programme de philosophie de la classe de terminale voie générale

(d'après le *Bulletin officiel de l'éducation nationale,* numéro spécial du 25 juillet 2019, annexe I : https://cache.media.education.gouv.fr/file/SPE8_MENJ_25_7_2019/15/9/spe238_annexe1_1159159.pdf)

Les **repères** prennent la forme de distinctions lexicales et conceptuelles qui, bien comprises, soutiennent la réflexion que l'élève construit pour traiter un problème. Leur caractère opératoire et leur usage ajusté à des situations déterminées d'étude et d'analyse interdisent de les réduire à des définitions figées. Les repères les plus fréquemment sollicités et les plus formateurs sont indiqués ci-dessous par ordre alphabétique.

- Absolu/relatif - Abstrait/concret - En acte/en puissance - Analyse/synthèse
- Concept/image/métaphore - Contingent/nécessaire - Croire/savoir
- Essentiel/accidentel - Exemple/preuve - Expliquer/comprendre - En fait/en droit
- Formel/matériel - Genre/espèce/individu - Hypothèse/conséquence/conclusion
- Idéal/réel - Identité/égalité/différence - Impossible/possible - Intuitif/discursif
- Légal/légitime - Médiat/immédiat - Objectif/subjectif/intersubjectif
- Obligation/contrainte - Origine/fondement - Persuader/convaincre
- Principe/cause/fin - Public/privé - Ressemblance/analogie - Théorie/pratique
- Transcendant/immanent - Universel/général/particulier/singulier
- Vrai/probable/certain.

Le programme propose à l'étude dix-sept notions :

L'art	Le bonheur	La conscience
Le devoir	L'État	L'inconscient
La justice	Le langage	La liberté
La nature	La raison	La religion
La science	La technique	Le temps
Le travail	La vérité	

La présentation des notions doit être rapportée et subordonnée aux explications et aux orientations qui lui donnent sens et que ce programme énonce explicitement. Elle ne se réduit pas à une liste d'objets d'étude distincts et invite donc à ne pas traiter chaque notion comme un chapitre séparé des autres, sans toutefois imposer à l'avance au professeur une démarche philosophique dont il est seul responsable. Le programme garantit ainsi la liberté pédagogique du professeur de philosophie.

Ce petit livre porte sur les repères, notions et perspectives du programme de philosophie des classes de terminale générale. Sont réunies sous forme de cours (réduits aux fondamentaux) des données classiques, considérées comme indispensables à l'appréhension des concepts concernés. Il vise à permettre de mobiliser au plus vite les connaissances élémentaires sur un thème donné, de se concentrer sur l'essentiel. La lecture de ces cours exige une grande attention : ils sont analytiques, c'est-à-dire qu'ils présentent les définitions les plus courantes, à connaître. Ils sont conçus de façon sommaire : les notions y sont présentées le plus souvent sans être développées ni discutées. Ainsi, ces cours peuvent donner l'impression que tout est important, que les éléments réunis sont tous à retenir. Ce sont en effet des résumés, conçus pour réviser à la fin de l'année de terminale, ou bien pour se préparer avant d'y entrer. Autorisant une première approche ou une reprise rapide, ces cours ne se veulent pas un exposé complet mais plutôt un condensé.

Les QCM sont en continuité avec les cours. Ils visent à s'assurer de l'acquisition des connaissances. Ils présentent le plus souvent une notion en invitant à sélectionner les définitions exactes (rejetant ainsi celles qui sont jugées inexactes). Les exercices n'ont pas la facilité dont ils ont l'apparence. Les réponses proposées requièrent une lecture précise, attentive aux différentes formulations. Ces questions vous invitent à préciser votre connaissance des concepts essentiels à la pratique de la philosophie – l'effort d'exactitude et de rigueur requis par le travail de composition d'une dissertation. Soyez attentifs et vigilants : chaque proposition de réponse est possible ; pensez à rapporter chaque formulation présentée à la définition de la notion. Toutes les combinaisons possibles de réponses justes et fausses pour une question ont été utilisées, sans régularité ni fréquence particulière. Chaque proposition de réponse a donc la même probabilité d'être exacte qu'incorrecte. Il s'agit d'en comprendre le sens, et de se prononcer logiquement, en vertu des connaissances acquises. Chaque question comme chaque proposition de réponse est conçue en fonction des éléments de cours qui sont repérés en gras. Bien que les seuls matériaux nécessaires aux réponses se trouvent en principe dans les pages de présentation des notions, les propositions de réponses font délibérément intervenir des reformulations ou des hypothèses inédites. Le lecteur est supposé pouvoir y répondre par le seul exercice de son jugement attentif mais prudent : chaque formulation doit être soigneusement évaluée avant de donner lieu à une réponse. Ces propositions de réponses peuvent faire l'objet d'une décision de bon sens, en fonction des moyens et connaissances supposés accessibles à un élève de terminale.

Le barème est le même pour l'ensemble des questions de l'ouvrage : pour chaque question, il peut y avoir toutes les combinaisons de réponses possibles (0, 1, 2, 3, ou 4 réponse(s) exacte(s)). Vous devez cocher les réponses exactes, et seulement les réponses exactes :

- Seuls les quatre bons choix (cochés pour exacts et non cochés pour inexacts) pour une question permettent d'obtenir 1 point ;
- La combinaison de quatre choix inexacts fait perdre 1 point ;
- Dans tous les autres cas, on n'obtient aucun point.

Chaque réponse proposée est indépendante des autres, même si les formulations présentées sont proches. Certes, deux formules qui ne se différencient que par une négation peuvent inviter à ne retenir que l'une à l'exclusion de l'autre. Mais on ne peut procéder longtemps par élimination : les questions sont conçues de façon à vérifier des connaissances, afin de tester son degré d'assimilation des définitions. La construction d'une argumentation raisonnée exige un effort d'exactitude que la pratique des QCM peut contribuer à acquérir. En effectuant régulièrement les tests proposés, chacun pourra se préparer au baccalauréat (ou tester son niveau de connaissances après l'avoir obtenu) en évaluant son degré de maîtrise de la première composante de l'apprentissage de la philosophie : la conceptualisation.

TABLE DES MATIÈRES

TABLE DES MATIÈRES

LES REPÈRES

1 COURS

Absolu/relatif :

Est relatif à quelque chose ce qui est relié à cette chose et par suite en dépend. À l'inverse, l'absolu est ce qui subsiste sans la moindre relation, au risque de ne pouvoir être saisi.

Est absolu ce qui est par soi, sans conditions et sans doute sans limites ; par opposition, le relatif est conditionné à la situation, au contexte dans lequel il se manifeste, même s'il est toujours difficile de définir la totalité d'un environnement.

Est absolu ce qui s'impose par soi-même, ce qui est sans parties et ne peut être appréhendé que dans son intégralité. Ce qui est relatif, c'est le décomposable, l'altérable, si ce n'est le friable.

Abstrait/concret :

Est abstrait ce qui est « tiré hors de » : cela désigne ce qui est pris dans les données de la perception, extrait de la sensibilité pour être présenté comme unifié à l'intellect. Par opposition, le concret est ce qui est donné, mêlé, composé.

Est concret ce qui est supposé accessible, disponible, tandis qu'est abstrait ce qui est élaboré, théorique, qui peut relever d'une démarche comportant un effort de généralisation.

Est abstrait ce qui est pur, sans mélange, au risque d'être détaché de la réalité matérielle ; est concret ce qui est donné, appréhendé sans médiation, au risque de ne pas être intelligible.

En acte/en puissance :

Est en acte ce qui est réalisé, constatable, par opposition à ce qui, en puissance, est possible et par suite ne peut être appréhendé que comme une éventualité, ou plutôt une potentialité : une chose qui tend à se réaliser sans être réalisée.

Est en acte ce qui est accompli, achevé, parvenu au terme de son développement, par différence avec ce qui est en devenir, en cours de réalisation.

Est en acte ce qui est actif, effectif, agissant, en contraste avec ce qui est à venir, en germe, propre à se réaliser mais demeurant inachevé.

Analyse/synthèse :

L'analyse est un processus de décomposition qui distingue les éléments et permet d'examiner leurs liens. La synthèse, à l'opposé, est un processus de réunion qui rassemble les éléments au point de les identifier à la totalité qu'ils constituent.

La synthèse est l'ordre qui reconstitue la production d'une chose, partant des causes et allant aux effets. À l'inverse, l'analyse est l'ordre qui explique, à partir d'une chose, son origine, c'est-à-dire qui part des effets pour retrouver les causes. L'analyse est rétrospective, la synthèse prospective.

L'analyse est un procédé progressif, qui distingue chacune de ses étapes comme constitutive de l'ensemble. À l'opposé, la synthèse est un processus de contraction, de condensation qui présente une totalité comme un ensemble, estompant la démarche par laquelle elle est constituée.

Concept/image/métaphore :

Un concept est une définition élaborée, maîtrisée, parce que discutée. Une définition est un ensemble de caractéristiques fondamentales, sans lesquelles la chose caractérisée ne serait pas ce qu'elle est. Une notion est une définition technique, propre à une discipline, à un champ de recherche. Le concept est le résultat d'un effort de réflexion qui vise à préciser une définition, une notion. En ce sens, le concept porte une marque doctrinale, qui relève non seulement d'une technicité propre à une matière d'enseignement, mais encore d'une spécificité théorique, propre à un auteur.

Une image, c'est au premier sens une représentation à deux dimensions.

Une image, c'est au deuxième sens une figuration, une illustration, une comparaison.

Une image, c'est au troisième sens la projection d'une chose dans un système de représentation : il s'agit du reflet, voire de la schématisation de cette chose.

Une métaphore, c'est une comparaison qui n'est pas explicite ; c'est une représentation figurée, qui met en valeur, au moyen d'une représentation symbolique, une propriété de la chose. Cette représentation fait apparaître la propriété comme essentielle à la chose.

Image et métaphore sont deux modes de représentation figurée (c'est-à-dire pouvant être rapportée à un graphisme dans un espace à deux dimensions), tandis que le concept est un mode de représentation intellectualisée, abstraite de la chose.

Contingent/nécessaire :

Est contingent ce qui peut être autrement qu'il est : ce dont les propriétés pourraient être différentes. Est nécessaire ce qui ne peut pas ne pas être. Peut être qualifiée de nécessaire une chose ou l'une de ses propriétés.

Est contingent ce qui est fortuit : ce dont la cause pourrait être autre. Est nécessaire ce qui s'impose, ce qui est sa propre cause : il s'agit d'une nécessité absolue, celle d'une chose inévitable.

Est contingent ce qui est modifiable, ce qui n'est pas suffisamment déterminé et par suite peut être remis en cause. Est nécessaire ce dont on ne peut se passer : il s'agit d'une nécessité relative (à un but), celle d'une chose indispensable.

Croire/savoir :

Croire, c'est accorder du crédit, de la valeur, sans pouvoir le justifier. Par opposition, savoir c'est reconnaître la valeur d'une notion en fonction des principes qui la fondent.

Croire, c'est être fidèle, faire de son adhésion un principe de continuité à des valeurs, à des instances ou à des institutions. Savoir, c'est disposer de propositions dont la valeur dépend de l'enchaînement ; des connaissances qui peuvent par suite devoir être modifiées, améliorées.

Croire, c'est valoriser des choses ou des principes en fonction de l'acte par lequel on les adopte et les perpétue ; la dimension subjective de la croyance en fait un engagement. À l'inverse, savoir c'est développer des connaissances en vertu de procédures partagées, et par suite les associer à une objectivité qui n'est pas produite par l'esprit qui la reconnaît, mais précède cette identification.

Essentiel/accidentel :

Est essentiel ce qui est constitutif, ce qui est une caractéristique fondamentale, un élément définissant une chose. Est accidentel ce qui est contingent, ce qui advient en fonction des circonstances, ce qui peut être omis dans la définition d'une chose.

Est accidentel ce dont on peut se passer, ce qui est relatif à une situation, ce qui est provisoire. Est essentiel ce qui s'impose comme nécessaire, ce qui est indispensable et par suite permanent.

Est essentiel ce qui est premier, inévitable, fondateur. Est accidentel ce qui est dérivé, ce qui est facultatif, ce qui complète.

Exemple/preuve :

Un exemple est d'abord une illustration, qui manifeste en le/la présentant de façon imagée, facilement accessible (c'est une « monstration »), un principe ou une loi. Une preuve est une raison, un argument qui, non seulement a la même valeur que le principe ou la loi, mais encore lui donne consistance en en apportant démonstration.

Une preuve est une justification qui obéit à des normes, qui répond à des procédures ; à ce titre, la preuve peut être vérifiée, améliorée. Un exemple consiste en une application, une exhibition de résultats qui n'a pas d'autre portée qu'elle-même. La confrontation de plusieurs exemples procéderait de la recherche d'une raison, donc d'une preuve.

Un exemple est un cas, la mise en évidence d'un contexte dans lequel une norme ou un concept peuvent être rencontrés. L'exemple est singulier, daté, situé, tandis que la preuve, à vocation pérenne et sans localisation, doit être regardée comme un enchaînement intellectuel et formel.

Expliquer/comprendre :

Expliquer, c'est rendre raison d'une production, mettre en évidence une origine, saisir une cause efficiente, apprendre d'où cela vient. Comprendre, c'est appréhender un objectif, une cause finale, présumer un but.

Comprendre, c'est appréhender des motifs, partager des intentions, saisir intellectuellement, tandis qu'expliquer consiste à identifier des facteurs, des conditions : définir matériellement.

Expliquer, c'est distinguer, déployer, disposer en extension pour mieux reconstituer, pour mettre en valeur les éléments et leurs relations. Comprendre, c'est réunir, prendre avec, saisir toutes les données dans leur relation d'intégration, voire d'identification.

En fait/en droit :

Est en fait ce qui est perçu, ressenti, attesté par les organes sensoriels. Est, par opposition, en droit ce qui est conçu, intellectuellement défini, conceptualisé.

Est en fait ce qui est constaté, ce qui est pris tel qu'il est, indépendamment des relations qu'il peut avoir avec les autres choses. Par opposition, est en droit ce qui est construit, théorisé, c'est-à-dire relié aux éléments qui ont permis de l'établir.

Est en fait ce qui est à titre de donnée brute, non élaborée, et par suite non justifiée. Est en droit ce qui est établi en vertu de principes, selon un procédé rationnel, et par suite expliqué.

Formel/matériel :

Est formel ce qui est conceptuel, abstrait, rendu à travers des propriétés intellectualisées. Ce qui est matériel, par opposition, est ce qui est perceptible, accessible par les sens, ce qui se montre comme un corps.

Est formel ce qui est schématique, ce qui concerne les relations entre les éléments, ce qui reproduit d'après des articulations sommaires. Est matériel ce qui concerne l'intériorité d'une chose, la nature de son (ou de ses) constituant(s).

Est formel ce qui relève du contour d'une chose, de son aspect, de ce qui permet de la reconnaître au moyen d'une catégorie ou d'un classement. Est matériel ce qui est inaccessible à l'esprit, ce qui constitue la teneur d'une chose, presque son « épaisseur ».

Genre/espèce/individu :

Le genre est ce qui réunit ; appartient à un genre des choses ou des personnes regroupées dans la même catégorie parce qu'elles possèdent les mêmes caractéristiques. Ainsi, en biologie, le genre est ce qui, au sein d'une classe et d'un ordre, comprend plusieurs espèces. Ce qui relève du genre - qui est générique - est donc ce qui est partagé, comme les caractéristiques sexuelles au sein de l'espèce humaine, ou encore les manières de pratiquer une discipline artistique, ou même les façons de se comporter.

L'espèce est ce qui caractérise une classe d'êtres - le plus souvent au sein d'un genre - par opposition à d'autres. Les propriétés qui sont propres à cette catégorie - dites spécifiques - expriment une particularité par rapport à une généralité.

L'individu est, au sein d'une espèce, un exemplaire unique : il est caractérisé par ses propriétés singulières. Il est défini par son unité, son intégrité : ses attributs fondamentaux, comme ses organes principaux, sont étroitement liés et par suite inséparables.

Hypothèse/conséquence/conclusion :

Une hypothèse est une proposition qui est formulée pour être mise à l'épreuve. Il s'agit d'une affirmation dont on ne connaît pas la valeur de vérité et qui est destinée à être testée, notamment en science, par le biais de protocoles expérimentaux.

Une conséquence est une proposition dérivée : c'est, dans un raisonnement, une proposition qui dépend des précédentes, c'est le second terme d'une relation d'implication. Les conséquences peuvent être virtuelles, lorsque les prémisses (les éléments qui en constituent les causes) sont possibles mais incertaines ; elles peuvent être réelles, lorsque la relation de causalité est effective, avérée.

Une conclusion est une proposition qui constitue le dernier terme d'un raisonnement, une affirmation qui est considérée comme validée ou invalidée par la procédure formelle ou expérimentale de probation. La conclusion a une valeur considérée comme dépassant le cadre du procédé qui a permis de l'établir.

Idéal/réel :

Est idéal ce qui est conçu, théorisé, formalisé, par opposition à ce qui est perçu, constaté, matériel.

Est idéal ce qui est pur, parfait, sans défauts, par opposition à ce qui est composé, imparfait, à améliorer.

Est idéal ce vers quoi nous tendons, ce qui anime nos réflexions, par opposition à ce en quoi nous vivons, ce qui constitue notre milieu.

Identité/égalité/différence :

Deux choses sont identiques si elles possèdent toutes leurs caractéristiques en commun. On dit qu'on a affaire à la même chose, ou bien qu'on dispose de deux exemplaires de la même chose.

Deux choses sont égales si elles possèdent la même mesure. Selon une dimension, elles possèdent une propriété commune.

Deux choses sont différentes si elles possèdent au moins, selon une dimension, une propriété non identique, qui les distingue.

Impossible/possible :

Est possible ce qui peut être ou ne pas être ; est impossible ce qui ne peut pas être.

Est possible ce qui est concevable, tandis qu'est impossible ce qui est contradictoire.

Est possible ce qui est réalisable ; est impossible ce qui ne peut donner lieu à aucune tentative de réalisation.

Intuitif/discursif :

Est intuitif ce qui est saisi, sans intermédiaire, par l'esprit ; cela correspond à une identification de l'intellect à son objet. Est, en revanche, discursif ce qui est appréhendé par le biais du langage, ce qui relève d'une construction par une suite de propositions.

Est intuitif ce qui est donné en totalité dès qu'il est donné, ce qui est entier, sans partage, brut. Est discursif ce qui est explicité, déployé, élucidé.

Est intuitif, dans la tradition philosophique, ce qui est certain, ce qui impose sa valeur sans s'exposer au doute. Par opposition, est discursif ce dont la valeur requiert d'être prouvée, voire étayée, si ce n'est même établie.

Légal/légitime :

Est légal ce qui est conforme à la loi, au droit positif (que ce soit autorisé ou prescrit). Est légitime ce qui relève de la morale, du droit naturel (le plus souvent prescrit, voire autorisé).

Est légal ce qui est permis, ce qu'un citoyen est en mesure de faire sans encourir de sanction. Est légitime ce qu'un sujet doit accomplir au titre de son humanité (ce qu'on peut appeler son devoir, sa vocation).

Est légal ce qui est relatif à une législation particulière, ce qui s'applique donc à un territoire et à une population donnés. Est légitime ce qui relève d'une législation universelle, inconditionnée.

Médiat/immédiat :

Est médiat ce qui est donné par le biais d'un opérateur qui permet de saisir ou de construire. Est immédiat ce qui est saisi directement, sans intermédiaire.

Est immédiat ce qui est conçu par soi, intuitivement, tandis qu'est médiat ce qui est dépendant, relatif à une procédure d'appréhension.

Est médiat ce qui est construit, élaboré, progressivement accessible. Est immédiat ce qui est d'une seule pièce, donné intégralement dès qu'il est donné.

Objectif/subjectif/intersubjectif :

Est objectif ce qui est attesté par des procédures reconnues, partagées, universellement admises. Ce qui est objectif est donc indépendant de tout sujet, de la particularité de ceux qui l'appréhendent, le communiquent et le valorisent.

Est subjectif ce qui relève d'un sujet. Cela peut désigner ce qui relève de l'initiative d'une conscience, comme sa responsabilité, ou bien ce qui relève de ses particularités propres, comme sa sensibilité. C'est en ce second sens que le terme est pris le plus souvent, volontiers péjorativement.

Est intersubjectif ce qui dépend des rapports entretenus par des sujets ; par leurs relations, leurs échanges, les êtres humains développent des connaissances et des pratiques dont la valeur dépend de leur collectivité, des procédures communes qu'ils mettent en œuvre et qu'ils reconnaissent.

Obligation/contrainte :

L'obligation est une norme que je m'impose, tandis que la contrainte est une règle qui m'est imposée.

L'obligation est une clause de conscience ; la contrainte est une force qui est collectivement reconnue, sinon établie.

L'obligation procède d'une valeur qui est intérieurement constituée, alors que la contrainte est une limitation qui est extérieurement, physiquement instituée.

Origine/fondement :

L'origine est la limite antérieure dans le temps, mais le fondement est l'instance à partir de laquelle on construit intellectuellement.

L'origine est le premier terme d'une série effective, d'une chronologie, tandis que le fondement est le premier terme d'un raisonnement, d'une élaboration théorique.

L'origine est la lointaine identification d'un être ou d'un événement effectivement fondateur. Le fondement est la relation de dépendance logique des conséquences envers le(s) principe(s).

Persuader/convaincre :

Persuader, c'est s'adresser à la sensibilité, à la personnalité de son interlocuteur, tandis que convaincre, c'est s'adresser à la rationalité, aux capacités impersonnelles d'intellection de son auditoire.

Convaincre, c'est chercher à obtenir l'adhésion de l'esprit, la conviction de son interlocuteur, tandis que persuader, c'est chercher à obtenir une action, un effet de la part de celui ou de ceux à qui on s'adresse.

Persuader, c'est embellir son propos, ne pas hésiter à tenter de séduire son auditoire, tandis que convaincre, c'est soumettre au jugement, rechercher l'objectivité et l'impartialité de la part des destinataires du discours.

Principe/cause/fin :

Un principe est une proposition première, déterminante pour les raisonnements et/ou les comportements. Le principe est, selon Aristote, « ce qui commence et ce qui commande » : cela correspond à la formulation des fondations, ce qu'on identifie souvent aux « fondamentaux ».

La cause est un élément premier qui constitue ou sert à définir. Aristote a distingué quatre causes comme les « principes fondamentaux des choses » : la cause matérielle, qui désigne le constituant, l'élément interne ; la cause efficiente, qui désigne l'élément moteur, la force productrice ; la cause formelle, qui désigne l'aspect, le schéma ou la définition de la chose ; la cause finale, qui désigne le but, l'intention qui gouverne la production de la chose.

Le terme de fin a deux sens principaux : il renvoie soit au terme dernier, ultime d'un développement, soit au but, à la visée, à l'intention d'une action ou d'une production.

Public/privé :

Est public ce qui est partagé, accessible à tous, donc présenté ouvertement. Est privé ce qui est personnel, d'accès restreint, donc délibérément réservé à un environnement proche.

Est privé ce qui est propre à un individu, non communicable. Est public ce qui est communiqué, donc commun à un ensemble de récepteurs.

Est public ce qui est publié, défini en fonction d'une large audience. Est privé ce qui est conditionné par le cadre restreint de sa conception et de sa diffusion.

Ressemblance/analogie :

La ressemblance consiste en l'attribution d'une propriété commune, tandis que l'analogie consiste en une égalité de rapport : les deux termes analogues ont une relation commune à un troisième terme.

La ressemblance est une apparence d'identité entre deux choses, tandis que l'analogie est la mise en évidence de l'identité d'une relation de chacune à une troisième.

La ressemblance est un rapprochement entre deux choses ; l'analogie consiste en le rapprochement entre deux choses d'une part et un troisième élément d'autre part.

Théorie/pratique :

Une théorie est un ensemble formel cohérent entendant expliquer un phénomène, une réalité. Une pratique consiste en la mise en œuvre d'une intention par la réalisation d'une activité.

La théorie consiste en un savoir conçu pour lui-même, indépendant de ses applications. Non pas qu'il n'ait pas d'application, non pas que ses applications ne puissent avoir d'incidence sur lui, mais il s'agit d'un savoir pensé, dont la valeur est dans la pensée : il s'agit d'un ensemble d'idéalités. La pratique est un savoir qui a vocation à transformer le sujet qui le met en œuvre.

Une théorie consiste en un ensemble de concepts à vocation universelle, est indépendante de son contexte et de son temps, tandis qu'une pratique est toujours singularisée, localisée, située, vécue.

Transcendant/immanent :

Est transcendant ce qui relève d'un tout autre genre et par suite surpasse ; est immanent ce qui relève d'un même genre et par suite s'inscrit dans le même ordre.

Est immanent ce qui appartient à la même nature. Est transcendant ce qui détermine parce que cela procède d'une réalité incommensurablement supérieure.

Est transcendant ce qui s'impose de façon inévitable, parce que cela vient d'une instance immuable, d'ordre divin. Est immanent ce qui se négocie de façon contingente, inscrite dans la temporalité, d'ordre humain.

Universel/général/particulier/singulier :

Est universel ce qui vaut en tout temps et en tous lieux, ce qui est impersonnel, indépendant de tout environnement, ce qui s'applique inconditionnellement, à tous.

Est général ce qui vaut la plupart du temps et dans la plupart des lieux, ce qui s'applique partout et sans limitations de durée, même si cela comporte des exceptions.

Est particulier ce qui est partagé par quelques-uns, par une partie non majoritaire de l'ensemble.

Est singulier ce qui est propre à un seul, ce qui le caractérise et le distingue.

Vrai/probable/certain :

Est vrai ce qui est prouvé, attesté, ce dont la relation au monde n'est pas sujette à caution, parce qu'elle est garantie par des procédures reconnues par tous.

Est probable ce qui est affecté d'un chiffre de possibilité, ce qui est déterminé statistiquement ou spéculativement, présenté comme une éventualité.

Est certain ce dont une conscience ne saurait douter, ce qui est avéré selon un procédé de confiance, ce qui apparaît comme fondateur pour un sujet.

2 QUESTIONS

QCM 1

1. Mentionnez les propositions exactes :

- L'absolu est inconditionné.
- Le relatif est ce qui dépend d'autre chose.
- Le relatif est ce qui se définit en fonction d'une instance extérieure.
- L'absolu est sans relations.

2. On peut définir comme abstrait :

- Ce qui manque de précision ou de certitude.
- Ce qui peut se saisir par la pensée comme un concept.
- Ce qui est particulièrement difficile à comprendre.
- Ce qui est extrait des données perçues au moyen d'un effort de généralisation.

3. Mentionnez les propositions exactes :

- Est en acte ce qui est en devenir.
- Est en puissance ce qui est accompli, achevé.
- Est en acte ce qui est effectif, ce qui peut interagir avec son environnement.
- Est en puissance ce qui est en voie de réalisation, dont l'effectivité doit être complétée.

4. L'analyse et la synthèse s'opposent comme :

- La décomposition et la réunion.
- La facilité et la difficulté.
- La démonstration et la réfutation.
- L'explication et la progression.

5. Mentionnez les propositions exactes :

- Un concept est un terme mis pour un autre afin de l'exprimer de manière figurée.
- Une image est l'énoncé des propriétés caractéristiques d'une chose.
- Une métaphore est une présentation concrète qui permet d'identifier indirectement une chose.
- L'image est une reproduction perceptible, le concept une caractérisation générale non sensible.

6. Mentionnez les propositions exactes :

- Un concept est une définition telle qu'elle est comprise ou élaborée par une doctrine.
- Une image désigne une réalité telle qu'elle est reflétée dans un système de représentations.
- Une métaphore est une notion, à savoir une définition propre à une discipline.
- Image et métaphore supposent un travail de généralisation.

7. Mentionnez les caractérisations exactes :

- Est contingent ce qui peut être et qui est par nature.
- Est contingent ce qui peut être ou ne pas être.
- Est nécessaire ce qui ne peut pas ne pas être.
- Une hypothèse est par définition nécessaire et non contingente.

8. La différence entre « croire » et « savoir » repose sur :

- Le fait que la croyance comporte du faux tandis que le savoir ne comporte que du vrai.
- Le fait que la croyance suppose un élément affectif auquel ne renvoie pas le savoir.
- Le fait que la croyance soit assumée subjectivement, tandis que le savoir est supposé objectif.
- Le fait que l'objet de la croyance soit démontrable, celui du savoir supposé indémontrable.

9. Mentionnez les propositions exactes :

- Est essentiel ce qui définit une chose, ce qui la caractérise de façon permanente.
- Est accidentel ce qu'on peut modifier sans transformer fondamentalement la chose.
- Est essentiel ce qui est provisoire, car ce qui définit une chose est toujours en transformation.
- Est accidentel ce qui caractérise une chose dans sa spécificité et sa singularité.

10. Mentionnez les définitions exactes :

- Un exemple, c'est ce qui permet de rendre certain un argument.
- Une preuve, c'est ce qui permet d'illustrer et de concrétiser un argument.
- Un exemple permet une justification efficace, tandis que la preuve est toujours discutable.
- Une preuve consiste en l'application d'un principe, tandis que l'exemple est une généralisation.

11. Expliquer s'oppose à comprendre comme :

- L'effort pour remettre en cause et la tendance à justifier.
- L'identification des facteurs qui rendent compte et l'appréhension des intentions.
- La tendance à objectiver et la tendance à partager des raisons subjectives.
- La tendance à laisser s'exprimer et la tendance à dominer.

12. Mentionnez les propositions exactes :

- Ce qui est en droit peut être constaté, expérimenté.
- Ce qui est en fait est conçu relativement à des principes.
- Ce qui est en droit se rapporte à un idéal plutôt qu'au réel.
- Ce qui est en fait se rapporte à une expérience plutôt qu'à une valeur.

13. Le qualificatif « formel » renvoie :

- À des données éprouvées plutôt que conçues.
- À des propositions prises dans leur relation, non en vertu de leur correspondance au monde.
- À des propositions appréciées expérimentalement plutôt que logiquement.
- Aux contours des choses plutôt qu'à leurs contenus.

14. Mentionnez les définitions exactes :

- Le genre est un sous-ensemble de l'espèce.
- L'espèce est un sous-ensemble du genre.
- Une espèce appartient à un genre et à un individu.
- Un individu appartient à une espèce et à un genre.

15. Un individu est défini par :

- Son caractère permanent : on peut constater qu'il ne change pas au cours du temps.
- Sa singularité : s'il partage des propriétés avec les autres, il a des caractéristiques uniques.
- Son originalité : toutes ses caractéristiques lui sont propres, aucune n'est partagée.
- Son intégrité : toutes ses propriétés, comme ses organes, sont solidaires les unes des autres.

16. Une hypothèse, c'est :

- Une proposition qui est formulée pour être testée et évaluée par un raisonnement.
- Une proposition considérée comme vraie provisoirement, mais pas définitivement.
- Une proposition qui constitue un préalable, une anticipation d'un raisonnement.
- Une proposition dont la fonction est de consolider un raisonnement.

17. Mentionnez les propositions exactes :

- Une conséquence est une proposition considérée dans son rapport aux propositions précédentes.
- Une conclusion est une proposition dont la valeur dépend du raisonnement qui l'établit.
- Une conséquence est une proposition dont dépendent toutes les autres parties du raisonnement.
- Une conclusion est une proposition qui est le résultat d'une procédure de probation.

18. L'idéal et le réel s'opposent comme :

- Le douteux et le certain.
- Le conçu et le perçu.
- L'irréel et le démontré.
- Le parfait et l'imparfait.

19. Mentionnez les propositions exactes :

- Sont identiques deux choses qui ont des propriétés communes.
- Sont égales deux choses qui, selon la même dimension, ont la même grandeur.
- Sont différentes les seules choses qui ont des caractéristiques qui sont toutes différentes.
- Sont identiques deux choses qui sont équivalentes selon toutes les dimensions.

20. Mentionnez les propositions exactes :

- Un concept consiste en l'élaboration théorique d'une définition afin de la rendre technique.
- Une preuve est la conséquence d'un raisonnement.
- Une explication consiste en une analyse des causes d'un phénomène.
- Une conclusion consiste en la proposition ultime, le but d'un raisonnement.

QCM 2

1. Mentionnez les définitions exactes :

- Est possible ce qui est mais pourrait être autrement qu'il n'est.
- Est impossible ce qui ne peut pas ne pas être.
- Est possible ce qui peut être ou n'être pas : ce qui peut advenir.
- Est impossible ce qui ne peut pas être.

2. Mentionnez les propositions exactes :

- L'intuitif est sans intermédiaire, tandis que le discursif est par l'intermédiaire des mots.
- Le discursif est long, permanent, tandis que l'intuitif est bref, provisoire.
- L'intuitif est ce qui apparaît progressivement ; le discursif se donne d'emblée entier à l'esprit.
- Le discursif est de l'ordre de la démonstration ; l'intuitif est de l'ordre de l'indémontrable.

3. Est intuitif :

- Ce qui est donné par une représentation qui apparaît tout de suite à l'esprit
- Ce qui relève d'une relation sans intermédiaire de l'esprit à son objet.
- Ce qui donne une certitude conçue directement par elle-même.
- Ce qui ressort d'un pressentiment.

4. La légalité s'oppose à la légitimité comme :

- Ce qui est passible de sanctions et ce qui est du ressort de la conscience.
- Ce qui est juste pour l'espèce humaine et ce qui est juste pour tous les êtres vivants.
- Ce qui est défini par le droit et ce qui est défini par la conscience.
- Ce qui est juridiquement défini et ce qui est inconditionnellement défini.

5. Mentionnez les propositions exactes :

- Est médiat ce qui est donné, disponible, intégralement accessible dès qu'il est donné.
- Est immédiat ce qui est construit, progressivement produit.
- Est médiat ce qui suppose un moyen, un intermédiaire par le biais duquel il est saisi.
- Est immédiat ce qui est appréhendé intuitivement, sans être élaboré.

6. Mentionnez les définitions exactes :

- Est subjectif ce qui relève de la personnalité d'un sujet, non de procédures communes.
- Est subjectif ce qui n'a aucune valeur, par opposition à ce qui a une valeur absolue.
- Est intersubjectif ce qui est construit par un rapport entre les individus.
- Est intersubjectif ce qui est subjectif et fortuitement partagé par d'autres sujets.

7. Est objective :

- Une représentation dépendante des sujets qui la possèdent.
- Une représentation indépendante des objets sur lesquels elle porte.
- Une représentation garantie par des démonstrations qui peuvent être reproduites par tous.
- Une représentation qui est le résultat d'impressions sensibles particulières à des individus.

8. Mentionnez les propositions exactes :

- La contrainte exprime une nécessité indispensable que j'éprouve.
- L'obligation exprime une nécessité inévitable qui s'impose.
- Par l'obligation, je suis soumis à des lois physiques.
- Par la contrainte, je me soumets moi-même à des règles morales ou sociales.

9. Mentionnez les définitions exactes :

- L'origine est ce qui est premier dans le temps.
- Le fondement est ce qui est premier dans l'ordre logique.
- Le fondement se réfère à une construction intellectuelle.
- L'origine se réfère à un élément qui peut être éprouvé, testé.

10. Mentionnez les propositions exactes :

- La persuasion vise l'accord de l'esprit de l'interlocuteur.
- Convaincre suppose de justifier et de défendre ses positions.
- On peut persuader autrui de choses dont on n'est pas soi-même convaincu.
- On peut convaincre autrui de choses dont on n'est pas soi-même persuadé.

11. **Un principe, c'est :**

- Une proposition première.
- Une proposition à laquelle on peut facilement substituer une autre.
- Une proposition qui vaut pour moi seul.
- Une proposition que je suppose valoir pour un certain nombre de personnes.

12. **Mentionnez les propositions exactes :**

- La cause matérielle désigne la force, la puissance mise en œuvre pour produire un résultat.
- La cause formelle désigne l'ensemble des éléments qui constituent une chose.
- La cause finale, c'est le schéma ou le plan qui sert à la réalisation d'une chose.
- La cause formelle, c'est l'intention, l'objectif en vue de laquelle/duquel une chose est réalisée.

13. **Ce qui est public s'oppose à ce qui est privé comme :**

- Ce qui est collectif et ce qui est personnel.
- Ce qui est communicable et ce qui ne l'est pas.
- Ce qui est certain et ce qui est discutable.
- Ce qui est donné et ce qui est à prouver.

14. **Mentionnez les propositions exactes :**

- La ressemblance est une propriété commune avérée de deux choses.
- L'analogie est un raisonnement qui cherche à établir les causes que deux choses partagent.
- La ressemblance consiste en la mise en exergue de propriétés communes d'une chose.
- L'analogie est une égalité de rapport qui permet d'appliquer une règle commune.

15. **La théorie s'oppose à la pratique comme :**

- Ce qui relève de la conception et ce qui relève de l'action.
- Ce qui relève de l'hypothèse et ce qui relève de la production d'objets matériels.
- Ce qui relève de relations formelles et ce qui relève d'une application, de la formation de soi.
- Ce qui relève des principes et ce qui relève des conséquences.

16. Mentionnez les propositions exactes :

- Est transcendant ce qui peut être constaté, éprouvé.
- Est immanent ce qui relève du suprasensible.
- Est transcendant ce qui relève du même genre.
- Est immanent ce qui relève d'un tout autre genre, et par suite détermine.

17. Mentionnez les propositions exactes :

- Est singulier ce qui manifeste l'originalité d'une personne ou d'une chose.
- Est particulier ce qui est propre à un ensemble restreint de personnes.
- Est général ce qui vaut en tout temps et en tous lieux sans exception.
- Est universel ce qui s'applique à peu près à tous les éléments considérés dans l'énoncé.

18. Est universel :

- Ce qui vaut pour tous.
- Ce qui vaut en tout temps et en tous lieux.
- Ce qui change en fonction du temps et des lieux.
- Ce qui est conçu sans exception.

19. Mentionnez les propositions exactes :

- Est probable une éventualité dont on peut mesurer les chances d'occurrence.
- Est possible ce qui peut être ou n'être pas.
- Est certain ce sur quoi un sujet s'appuie comme indubitable.
- Est prouvé ce qui est jugé valide en vertu d'une procédure reconnue de justification.

20. Est vrai :

- Ce qui s'impose à l'esprit comme admis par tous ou prouvé.
- Ce qui correspond à une croyance dont on est persuadé.
- Ce qui se présente comme une apparence perçue.
- Ce qui correspond à un savoir construit selon des procédures démonstratives.

3 RÉPONSES

QCM 1

1. Mentionnez les propositions exactes :

- [x] L'absolu est inconditionné.
- [x] Le relatif est ce qui dépend d'autre chose.
- [x] Le relatif est ce qui se définit en fonction d'une instance extérieure.
- [x] L'absolu est sans relations.

2. On peut définir comme abstrait :

- [ ] Ce qui manque de précision ou de certitude.
- [x] Ce qui peut se saisir par la pensée comme un concept.
- [ ] Ce qui est particulièrement difficile à comprendre.
- [x] Ce qui est extrait des données perçues au moyen d'un effort de généralisation.

3. Mentionnez les propositions exactes :

- [ ] Est en acte ce qui est en devenir.
- [ ] Est en puissance ce qui est accompli, achevé.
- [x] Est en acte ce qui est effectif, ce qui peut interagir avec son environnement.
- [x] Est en puissance ce qui est en voie de réalisation, dont l'effectivité doit être complétée.

4. L'analyse et la synthèse s'opposent comme :

- [x] La décomposition et la réunion.
- [ ] La facilité et la difficulté.
- [ ] La démonstration et la réfutation.
- [x] L'explication et la progression.

5. Mentionnez les propositions exactes :

- [ ] Un concept est un terme mis pour un autre afin de l'exprimer de manière figurée.
- [ ] Une image est l'énoncé des propriétés caractéristiques d'une chose.
- [x] Une métaphore est une présentation concrète qui permet d'identifier indirectement une chose.
- [x] L'image est une reproduction perceptible, le concept une caractérisation générale non sensible.

6. Mentionnez les propositions exactes :

- [x] Un concept est une définition telle qu'elle est comprise ou élaborée par une doctrine.
- [x] Une image désigne une réalité telle qu'elle est reflétée dans un système de représentations.
- [ ] Une métaphore est une notion, à savoir une définition propre à une discipline.
- [ ] Image et métaphore supposent un travail de généralisation.

7. Mentionnez les caractérisations exactes :

- [ ] Est contingent ce qui peut être et qui est par nature.
- [ ] Est contingent ce qui peut être ou ne pas être.
- [x] Est nécessaire ce qui ne peut pas ne pas être.
- [ ] Une hypothèse est par définition nécessaire et non contingente.

8. La différence entre « croire » et « savoir » repose sur :

- [ ] Le fait que la croyance comporte du faux tandis que le savoir ne comporte que du vrai.
- [x] Le fait que la croyance suppose un élément affectif auquel ne renvoie pas le savoir.
- [x] Le fait que la croyance soit assumée subjectivement, tandis que le savoir est supposé objectif.
- [ ] Le fait que l'objet de la croyance soit démontrable, celui du savoir supposé indémontrable.

9. Mentionnez les propositions exactes :

- [x] Est essentiel ce qui définit une chose, ce qui la caractérise de façon permanente.
- [x] Est accidentel ce qu'on peut modifier sans transformer fondamentalement la chose.
- [ ] Est essentiel ce qui est provisoire, car ce qui définit une chose est toujours en transformation.
- [ ] Est accidentel ce qui caractérise une chose dans sa spécificité et sa singularité.

10. Mentionnez les définitions exactes :

- [ ] Un exemple, c'est ce qui permet de rendre certain un argument.
- [ ] Une preuve, c'est ce qui permet d'illustrer et de concrétiser un argument.
- [ ] Un exemple permet une justification efficace, tandis que la preuve est toujours discutable.
- [ ] Une preuve consiste en l'application d'un principe, tandis que l'exemple est une généralisation.

11. Expliquer s'oppose à comprendre comme :

- [ ] L'effort pour remettre en cause et la tendance à justifier.
- [x] L'identification des facteurs qui rendent compte et l'appréhension des intentions.
- [x] La tendance à objectiver et la tendance à partager des raisons subjectives.
- [ ] La tendance à laisser s'exprimer et la tendance à dominer.

12. Mentionnez les propositions exactes :

- [ ] Ce qui est en droit peut être constaté, expérimenté.
- [ ] Ce qui est en fait est conçu relativement à des principes.
- [x] Ce qui est en droit se rapporte à un idéal plutôt qu'au réel.
- [x] Ce qui est en fait se rapporte à une expérience plutôt qu'à une valeur.

13. Le qualificatif « formel » renvoie :

- [ ] À des données éprouvées plutôt que conçues.
- [x] À des propositions prises dans leur relation, non en vertu de leur correspondance au monde.
- [ ] À des propositions appréciées expérimentalement plutôt que logiquement.
- [x] Aux contours des choses plutôt qu'à leurs contenus.

14. Mentionnez les définitions exactes :

- [ ] Le genre est un sous-ensemble de l'espèce.
- [x] L'espèce est un sous-ensemble du genre.
- [ ] Une espèce appartient à un genre et à un individu.
- [x] Un individu appartient à une espèce et à un genre.

15. Un individu est défini par :

- [ ] Son caractère permanent : on peut constater qu'il ne change pas au cours du temps.
- [x] Sa singularité : s'il partage des propriétés avec les autres, il a des caractéristiques uniques.
- [ ] Son originalité : toutes ses caractéristiques lui sont propres, aucune n'est partagée.
- [x] Son intégrité : toutes ses propriétés, comme ses organes, sont solidaires les unes des autres.

16. Une hypothèse, c'est :

- [x] Une proposition qui est formulée pour être testée et évaluée par un raisonnement.
- [ ] Une proposition considérée comme vraie provisoirement, mais pas définitivement.
- [x] Une proposition qui constitue un préalable, une anticipation d'un raisonnement.
- [ ] Une proposition dont la fonction est de consolider un raisonnement.

17. Mentionnez les propositions exactes :

- [x] Une conséquence est une proposition considérée dans son rapport aux propositions précédentes.
- [ ] Une conclusion est une proposition dont la valeur dépend du raisonnement qui l'établit.
- [ ] Une conséquence est une proposition dont dépendent toutes les autres parties du raisonnement.
- [x] Une conclusion est une proposition qui est le résultat d'une procédure de probation.

18. L'idéal et le réel s'opposent comme :

- [ ] Le douteux et le certain.
- [x] Le conçu et le perçu.
- [ ] L'irréel et le démontré.
- [x] Le parfait et l'imparfait.

19. Mentionnez les propositions exactes :

- [ ] Sont identiques deux choses qui ont des propriétés communes.
- [x] Sont égales deux choses qui, selon la même dimension, ont la même grandeur.
- [ ] Sont différentes les seules choses qui ont des caractéristiques qui sont toutes différentes.
- [x] Sont identiques deux choses qui sont équivalentes selon toutes les dimensions.

20. Mentionnez les propositions exactes :

- [x] Un concept consiste en l'élaboration théorique d'une définition afin de la rendre technique.
- [x] Une preuve est la conséquence d'un raisonnement.
- [x] Une explication consiste en une analyse des causes d'un phénomène.
- [x] Une conclusion consiste en la proposition ultime, le but d'un raisonnement.

QCM 2

1. Mentionnez les définitions exactes :

- [ ] Est possible ce qui est mais pourrait être autrement qu'il n'est.
- [ ] Est impossible ce qui ne peut pas ne pas être.
- [x] Est possible ce qui peut être ou n'être pas : ce qui peut advenir.
- [x] Est impossible ce qui ne peut pas être.

2. Mentionnez les propositions exactes :

- [x] L'intuitif est sans intermédiaire, tandis que le discursif est par l'intermédiaire des mots.
- [ ] Le discursif est long, permanent, tandis que l'intuitif est bref, provisoire.
- [ ] L'intuitif est ce qui apparaît progressivement ; le discursif se donne d'emblée entier à l'esprit.
- [x] Le discursif est de l'ordre de la démonstration ; l'intuitif est de l'ordre de l'indémontrable.

3. Est intuitif :

- [ ] Ce qui est donné par une représentation qui apparaît tout de suite à l'esprit
- [x] Ce qui relève d'une relation sans intermédiaire de l'esprit à son objet.
- [x] Ce qui donne une certitude conçue directement par elle-même.
- [ ] Ce qui ressort d'un pressentiment.

4. La légalité s'oppose à la légitimité comme :

- [x] Ce qui est passible de sanctions et ce qui est du ressort de la conscience.
- [ ] Ce qui est juste pour l'espèce humaine et ce qui est juste pour tous les êtres vivants.
- [x] Ce qui est défini par le droit et ce qui est défini par la conscience.
- [x] Ce qui est juridiquement défini et ce qui est inconditionnellement défini.

5. Mentionnez les propositions exactes :

- [ ] Est médiat ce qui est donné, disponible, intégralement accessible dès qu'il est donné.
- [ ] Est immédiat ce qui est construit, progressivement produit.
- [x] Est médiat ce qui suppose un moyen, un intermédiaire par le biais duquel il est saisi.
- [x] Est immédiat ce qui est appréhendé intuitivement, sans être élaboré.

6. Mentionnez les définitions exactes :

- [x] Est subjectif ce qui relève de la personnalité d'un sujet, non de procédures communes.
- [ ] Est subjectif ce qui n'a aucune valeur, par opposition à ce qui a une valeur absolue.
- [x] Est intersubjectif ce qui est construit par un rapport entre les individus.
- [ ] Est intersubjectif ce qui est subjectif et fortuitement partagé par d'autres sujets.

7. Est objective :

- [ ] Une représentation dépendante des sujets qui la possèdent.
- [ ] Une représentation indépendante des objets sur lesquels elle porte.
- [x] Une représentation garantie par des démonstrations qui peuvent être reproduites par tous.
- [ ] Une représentation qui est le résultat d'impressions sensibles particulières à des individus.

8. Mentionnez les propositions exactes :

- [ ] La contrainte exprime une nécessité indispensable que j'éprouve.
- [ ] L'obligation exprime une nécessité inévitable qui s'impose.
- [ ] Par l'obligation, je suis soumis à des lois physiques.
- [ ] Par la contrainte, je me soumets moi-même à des règles morales ou sociales.

9. Mentionnez les définitions exactes :

- [x] L'origine est ce qui est premier dans le temps.
- [x] Le fondement est ce qui est premier dans l'ordre logique.
- [x] Le fondement se réfère à une construction intellectuelle.
- [x] L'origine se réfère à un élément qui peut être éprouvé, testé.

10. Mentionnez les propositions exactes :

- [ ] La persuasion vise l'accord de l'esprit de l'interlocuteur.
- [x] Convaincre suppose de justifier et de défendre ses positions.
- [x] On peut persuader autrui de choses dont on n'est pas soi-même convaincu.
- [ ] On peut convaincre autrui de choses dont on n'est pas soi-même persuadé.

11. **Un principe, c'est :**

- [x] Une proposition première.
- [ ] Une proposition à laquelle on peut facilement substituer une autre.
- [ ] Une proposition qui vaut pour moi seul.
- [x] Une proposition que je suppose valoir pour un certain nombre de personnes.

12. **Mentionnez les propositions exactes :**

- [ ] La cause matérielle désigne la force, la puissance mise en œuvre pour produire un résultat.
- [ ] La cause formelle désigne l'ensemble des éléments qui constituent une chose.
- [ ] La cause finale, c'est le schéma ou le plan qui sert à la réalisation d'une chose.
- [ ] La cause formelle, c'est l'intention, l'objectif en vue de laquelle/duquel une chose est réalisée.

13. **Ce qui est public s'oppose à ce qui est privé comme :**

- [x] Ce qui est collectif et ce qui est personnel.
- [x] Ce qui est communicable et ce qui ne l'est pas.
- [ ] Ce qui est certain et ce qui est discutable.
- [ ] Ce qui est donné et ce qui est à prouver.

14. **Mentionnez les propositions exactes :**

- [ ] La ressemblance est une propriété commune avérée de deux choses.
- [ ] L'analogie est un raisonnement qui cherche à établir les causes que deux choses partagent.
- [x] La ressemblance consiste en la mise en exergue de propriétés communes d'une chose.
- [x] L'analogie est une égalité de rapport qui permet d'appliquer une règle commune.

15. **La théorie s'oppose à la pratique comme :**

- [x] Ce qui relève de la conception et ce qui relève de l'action.
- [ ] Ce qui relève de l'hypothèse et ce qui relève de la production d'objets matériels.
- [x] Ce qui relève de relations formelles et ce qui relève d'une application, de la formation de soi.
- [ ] Ce qui relève des principes et ce qui relève des conséquences.

16. Mentionnez les propositions exactes :

- [ ] Est transcendant ce qui peut être constaté, éprouvé.
- [ ] Est immanent ce qui relève du suprasensible.
- [ ] Est transcendant ce qui relève du même genre.
- [ ] Est immanent ce qui relève d'un tout autre genre, et par suite détermine.

17. Mentionnez les propositions exactes :

- [x] Est singulier ce qui manifeste l'originalité d'une personne ou d'une chose.
- [x] Est particulier ce qui est propre à un ensemble restreint de personnes.
- [ ] Est général ce qui vaut en tout temps et en tous lieux sans exception.
- [ ] Est universel ce qui s'applique à peu près à tous les éléments considérés dans l'énoncé.

18. Est universel :

- [x] Ce qui vaut pour tous.
- [x] Ce qui vaut en tout temps et en tous lieux.
- [ ] Ce qui change en fonction du temps et des lieux.
- [x] Ce qui est conçu sans exception.

19. Mentionnez les propositions exactes :

- [x] Est probable une éventualité dont on peut mesurer les chances d'occurrence.
- [x] Est possible ce qui peut être ou n'être pas.
- [x] Est certain ce sur quoi un sujet s'appuie comme indubitable.
- [x] Est prouvé ce qui est jugé valide en vertu d'une procédure reconnue de justification.

20. Est vrai :

- [x] Ce qui s'impose à l'esprit comme admis par tous ou prouvé.
- [ ] Ce qui correspond à une croyance dont on est persuadé.
- [ ] Ce qui se présente comme une apparence perçue.
- [x] Ce qui correspond à un savoir construit selon des procédures démonstratives.

LES OUTILS DE LA PENSÉE

1 COURS

Le langage : de la parole aux échanges

Parler, c'est utiliser des signes pour communiquer. Penser, c'est mobiliser des idées, c'est-à-dire construire des concepts au moyen de la réflexion. Les actes de parole transmettent des informations entre les individus. Mais ce ne sont pas des transmissions neutres : la **communication** comporte de nombreuses fonctions implicites ou parasites qui peuvent affaiblir ou enrichir la valeur de nos dires. En utilisant une langue, non seulement nous **désignons** (renvoyons à un objet), mais nous signifions, c'est-à-dire mobilisons des conceptions des choses. Ainsi le langage fait intervenir la pensée.

En vertu de ses fonctions – phatique (visant à établir le contact avec l'interlocuteur), **émotive** (exprimant les sentiments du locuteur), conative (cherchant à produire un effet sur le destinataire), **référentielle** (désignant son objet, la référence), **poétique** (mettant en valeur le message) et métalinguistique (désignant les signes utilisés, par exemple pour en préciser le sens) –, le langage ne fait pas que véhiculer des informations qui lui préexistent, mais crée des éléments qui modifient la situation, interviennent sur les conditions du discours. Nos propos expriment nos désirs non intentionnels, nos distinctions sociales ; certains énoncés paraissent effectuer plutôt que désigner : la promesse, le baptême, les déclarations, les serments, la bénédiction, etc. Parce que les actes de parole ont cet aspect **performatif** (ou illocutoire), le langage a été considéré en lui-même comme une activité. Mais l'efficacité que possèdent les langues renvoie à des pouvoirs extérieurs à elles, qui sont inhérents à une situation particulière d'énonciation. Parce qu'il est toujours inscrit dans une interaction sociale, le langage sert autant à produire et infléchir des relations entre les locuteurs, les choses et leurs concepts, qu'à véhiculer des données.

Communiquer consiste à utiliser des signes pour transmettre des informations. Un signe est un moyen perceptible qui produit une connaissance (qui constitue une interprétation de ce qui est perçu). Le **signe linguistique** n'est ni un indice (une partie ou une trace de la chose représentée), ni un **signal** (un fait matériel qui annonce un événement), ni un symbole (qui est censé ressembler à ce qu'il représente). Il associe un élément signifiant (en général un mot) à une idée (en quoi consiste la **signification**). Dans la langue, la relation qui unit signifiant et concepts est conventionnelle, non dépendante de la référence, c'est-à-dire rarement justifiable. Pour expliquer qu'un mot désigne une chose et pas une autre, on admet que les relations entre les signes des langues sont différentielles : c'est dire qu'il n'est pas possible d'expliquer qu'un mot ne désigne que cet ensemble de choses, sinon par le fait que tous les autres mots ne le désignent pas. Les relations entre les termes ne s'expliquent que mutuellement : ainsi les langues constituent-elles des systèmes. Un **système** ou structure est un ensemble de relations d'interdépendance, un ensemble dont les relations sont plus importantes que les éléments, un ensemble dont les éléments sont définis par leurs relations. Par opposition à une liste de membres d'une organisation, son organigramme le présente comme système.

Toute langue est le support d'une pensée : la signification n'est pas simple désignation, mais association d'un signifiant à un **concept.** Celui-ci, appréhendé comme une notion générale, suppose la réflexion, qui met en relation les éléments du monde à travers une **définition** les regroupant. Définir, c'est appréhender les objets par les points communs qui les caractérisent, non d'après leurs singularités. **Penser,** c'est conceptualiser et généraliser : à savoir essayer de maîtriser les définitions (en en faisant des concepts), s'efforcer de concevoir les propriétés permanentes des choses et de parler pour tous. Il n'y a pas d'opposition entre généraliser et préciser : on vise l'universel au moyen de concepts distincts. La pensée prend pour support la signification qui est inhérente au langage ; mais, visant le commun, elle se détache de notre langue et de notre usage. Ainsi nous pouvons nous entendre tous.

La parole semble précéder la pensée ; de fait, les enfants désignent d'abord des choses avec des mots (imagiers) ; de plus nous nous représentons ce qui est dit au moyen d'images plus ou moins précises (des **schémas**). Mais les images sont singulières. Parler suppose de penser, même si nous ne maîtrisons pas toujours tout ce que nous disons. D'un autre côté, pour penser, il semble nécessaire de dire, de discuter. Notre langue maternelle ne constitue pas seulement un code pour désigner des choses, mais aussi et surtout un outil de signification : parler, c'est aussi concevoir. La pensée permet d'interroger le rapport des mots (associés à des concepts) aux objets auxquels ils renvoient. La pensée préexiste à son expression, puisque dire quelque chose suppose une intention considérée comme antérieure à toute formulation. Mais nos représentations non énoncées restent peu identifiables. Il faut donc admettre que toute reconnaissance d'une forme de pensée non langagière suppose la détermination de son statut (ainsi de **l'intuition,** relation directe, sans intermédiaire, de la pensée et de son objet), et la reconnaissance de son caractère difficilement communicable. L'expression est nécessaire au partage de la **pensée.**

Les langues humaines sont caractérisées par leur richesse. Avec un code, on utilise beaucoup de signes pour désigner un nombre limité de choses, tandis que les éléments du langage humain sont caractérisés par leur nombre indéfini de combinaisons. C'est ce qu'on appelle la **créativité linguistique :** la capacité de tout locuteur d'une langue à produire des énoncés inédits. En outre, nous ne nous accordons que rarement sur le sens des termes que nous employons. La parole est par conséquent source d'ambiguïté, nécessitant un effort pour **interpréter,** c'est-à-dire rendre explicite le sens des signes donnés. L'activité d'interprétation consiste à dépasser la compréhension immédiate, qui saisit un sens **manifeste,** patent, pour expliciter une signification cachée, **latente.** Cette interprétation fait toujours intervenir une transformation, une élaboration, une lecture du sens initial. Lorsqu'elle est globale, qu'elle concerne l'ensemble des messages d'un champ d'investigation, l'interprétation est une **compréhension,** c'est-à-dire qu'elle relève d'une participation à l'esprit du domaine concerné.

Interpréter ne consiste pas seulement à assigner à un énoncé ou une situation un sens identifié à l'avance, à savoir à expliquer. **La compréhension** s'applique au monde intellectuel et moral des rapports humains. Selon le mot de Dilthey, « nous expliquons la nature, nous comprenons la vie psychique ». Mais l'explication est rarement parfaite, indiscutable et attestée, comme en physique. Certes, les sciences humaines tentent de saisir l'intériorité des consciences au moyen de procédures explicatives, parfois même expérimentales ; elles relèvent d'une démarche de modélisation qui reste incomplète. **L'interprétation** procède par le biais d'analyses des éléments de sens, mais aussi de la **compréhension,** approche globale et participative concernant la signification à appréhender. L'interprétation, qui reste un art, consiste moins à retrouver un sens qu'à le construire. L'interprète d'une œuvre contribuant à définir sa valeur, l'activité d'interprétation apparaît inépuisable. Cela suppose que nous acceptions de définir le sens des termes comme toujours en débat, ce que permet le **dialogue** vivant, tandis que le texte suppose les définitions données : l'écriture, selon Platon, risque de fixer, donc de stériliser la pensée. La tradition chrétienne a adopté ce principe : « La lettre est ce qui tue, l'esprit est ce qui vivifie. ». Toute parole est un échange, toute pensée est une construction. C'est pourquoi la diffusion massive de messages rapides privés d'interprétation et de discussion peut être dangereuse. À l'encontre des entretiens stériles pour influencer autrui, pour lui faire adopter un comportement (le persuader), l'échange dialectique s'efforce de confronter les arguments pour faire progresser le débat (se convaincre). **La dialectique** s'oppose à la recherche d'effets, notamment esthétiques (par la **rhétorique,** art de bien parler, voire des beaux parleurs) ; lorsque le dialogue est conduit de façon rigoureuse et constructive, par opposition à la **négociation** (effort pour défendre son intérêt en imposant son point de vue), il constitue une **délibération** (recherche de l'intérêt commun).

La raison : des usages pondérés

La raison est la faculté de concevoir les principes. Elle est supposée non seulement les produire, mais encore les appliquer. Les **principes** sont des propositions premières, qui permettent de structurer et de déterminer nos pensées. Ce sont des formulations générales, censées valoir par elles-mêmes, sans démonstration. **Raisonner** consiste à combiner des propositions et à définir, circonscrire leur(s) ensemble(s) d'application. Il s'agit donc, par la raison, de généraliser et de juger. Un **jugement** est une affirmation justifiée, un choix, une décision qui procède d'une option réfléchie (appréhendée sous la forme d'un principe). La raison a deux tendances : d'une part, par le jugement (aspiration à la **précision,** à la classification) qui s'exprime à travers les distinctions de termes, les définitions ; d'autre part, par la généralisation (ambition d'extension et de totalisation) qui se réalise par la spéculation, la théorisation. **« Théorie »** désigne généralement un savoir extérieur à son objet : hypothèse, connaissance discursive, souvent d'aspect systématique. On théorise grâce à la raison qui structure nos conceptions et les ordonne. Elle a pour modèle les mathématiques, s'efforce de rendre compte de la réalité et de produire des théories qui s'y rapportent selon différentes modalités.

Les objets mathématiques sont simples et évidents : ils sont conçus par **intuition rationnelle,** c'est-à-dire par une conception directe et indubitable, même si elle fait suite à un long travail. Les objets formels sont certains parce qu'indubitables, indubitables parce qu'indécomposables, indécomposables parce que simples. Leurs enchaînements définissent différents raisonnements. La **déduction** est une inférence qui fait dépendre une proposition singulière d'une proposition générale ; elle met ainsi en relation un principe avec ses applications ou conséquences. **L'induction,** à l'inverse, procède du particulier à l'universel : elle consiste en une généralisation. L'**analogie** n'est pas seulement une similitude : c'est une égalité de rapports, autrement dit une identité de fonction ; la relation qu'entretient un sujet avec une propriété est la même que celle qu'entretient un autre sujet avec la propriété considérée. Si la règle sur laquelle elle se fonde est vraie, elle s'apparente à une déduction. Seule la déduction est valide ; les autres raisonnements dépendent de la valeur, relative à l'expérience et non seulement à la logique, du principe de généralisation sur lequel ils reposent. La **logique** se distingue des mathématiques par son absence de matière : les raisonnements logiques sont dépourvus de tout contenu et peuvent être évalués en fonction de leur seule forme. Les mathématiques sont des constructions dans l'espace (géométrie) ou en fonction du temps (analyse). Seules les mathématiques dites « pures » s'apparentent à la logique, faite de constructions formelles, indépendantes de toute application. La raison est source des principaux préceptes logiques : principes d'identité, de non-contradiction, du tiers-exclu. Le **principe d'identité** pose qu'une chose est définie de façon durable : A est A. **Le principe de non-contradiction** explicite la nécessaire cohérence de notre pensée : A ne peut être, en même temps et sous le même aspect, B et non B. **Le principe du tiers-exclu** bannit tout intermédiaire entre le vrai et le faux : la négation d'une proposition fausse est nécessairement vraie et inversement. Il conduit à raisonner en concevant les alternatives de façon exclusive, en donnant une valeur à la négation, puisqu'elle permet d'inférer une conclusion positive.

Nous ne raisonnons pas pour raisonner, mais pour résoudre des difficultés ou pour comprendre notre situation. Si nous disposons de données (un principe, par exemple), nous pouvons les **analyser,** c'est-à-dire les décomposer. Ainsi Kant définit-il les **jugements analytiques** comme ceux dont le prédicat (le qualificatif) est contenu dans le sujet (grammatical). Par exemple, l'idée d'étendue est impliquée par l'idée de corps. Les jugements analytiques peuvent donc rester théoriques. Inversement, les **jugements synthétiques** requièrent un élément extérieur pour justifier la liaison du prédicat au sujet. Ainsi, c'est la régularité de nos perceptions qui permet d'affirmer que les corps sont pesants. Pour ce type de jugement, il faut recourir à l'expérience, ou à d'autres principes (comme l'accord des esprits) pour établir la relation d'inhérence de la propriété à la chose qu'elle qualifie. La fonction de la raison est de donner des règles : de les formuler et de les appliquer. On assimile souvent son activité à la logique, en séparant son aspect théorique et son aspect pratique. Pourtant, si la rationalité définit nos jugements, nos jugements orientent nos actes. La raison n'est pas seulement un **instrument de calcul,** mais aussi **productrice de valeurs.** Ainsi faisons-nous intervenir la raison dans toutes nos activités : dans nos théorisations, mais aussi dans nos productions matérielles, qui dépendent de la technique, ainsi que dans nos pratiques morales et politiques, qui se nourrissent des **valeurs** dans lesquelles nous nous reconnaissons.

La raison ne se limite pas à des énoncés formels, car elle se nourrit de l'échange : les discussions rationnelles servent à construire, ensemble, nos représentations. Ce sont des **délibérations** par lesquelles nous réalisons notre effort de vérité, par opposition aux **négociations,** dans lesquelles nous défendons contre d'autres nos intérêts propres. Dans la communication tempérée, qui vise une **élucidation** (la résolution, ou du moins l'explicitation d'une difficulté) en commun, s'expriment des valeurs (comme

le respect de la parole d'autrui, la prise en compte de ses propos, l'énonciation claire de ses propres dires, l'absence de stratégie plus ou moins voilée - comme des tentatives de déstabilisation -, **la mise en œuvre de ses engagements**) : ainsi la rationalité de nos échanges conduit-elle à la reconnaissance de valeurs collectives.

L'amplitude et la valeur reconnue à la raison interrogent sur les limites de notre pouvoir rationnel, car pour avoir confiance en nos raisonnements, il semble qu'il ne faille pas leur reconnaître de limitations : si mon esprit peut faillir là, pourquoi serait-il ici exempt de défaut ? Pourtant, la violence, la gratuité, l'injustifiable semblent défier nos capacités d'intellection, toujours confrontées à l'**irrationnel** (qui semble ne répondre à aucun principe, ne relever d'aucune règle). Si les actes les plus insensés, les situations les plus extrêmes, les dédoublements de personnalité ne cessent de nous fasciner, c'est parce qu'ils nous engagent à définir ce que nous entendons par humanité et à penser ce qui doit la limiter. La théorisation à laquelle aboutit la composition de nos raisonnements est donc incessamment confrontée au réel ; c'est dans cette réflexion nourrie de nos expériences que nous élaborons notre **conception du monde.** Ce que la tradition des sciences sociales a appelé **« représentation du monde »** *(Weltanschauung)*, est un ensemble cohérent de valeurs et de thèses à partir desquelles nous définissons notre comportement. Il importe d'admettre que ces théorisations sont toujours nourries de l'épreuve de **leur dialogue avec le réel.** Par construction, les **théories** authentiques devraient définir les processus (expérimentaux ou non) qui permettent de les valider ou de les réfuter (à ce titre, elles sont pondérées). Inversement, **les idéologies** refusent d'énoncer leurs présupposés pour susciter l'adhésion en fonction d'intérêts ; elles cherchent à endoctriner, c'est-à-dire à soumettre le jugement en interdisant la réflexion critique. Les **doctrines,** elles, explicitent leurs principes pour faire de leur acceptation, provisoire ou définitive, une condition de leur enseignement. Elles peuvent prendre un aspect dogmatique, c'est-à-dire exclure tout accès à ceux qui n'adhèrent pas aux fondements constitutifs de la doctrine. Toute théorisation est initialement conditionnée par **la reconnaissance de principes** qui définissent notre situation. C'est dire que notre rationalisation du monde renvoie toujours à l'acceptation (voire à la discussion, si ce n'est au refus) par des sujets des formulations premières qui constituent la condition de notre intellection. La raison est donc toujours mise en œuvre dans un **horizon politique** qui la conditionne.

La science : une démarche expérimentale et corrective

« *Scire* », c'est savoir. Dans l'Antiquité, les **sciences** n'étaient pas distinguées des autres formes de connaissance : ainsi la philosophie, amour (quête) du savoir, comprenait aussi bien la logique, la physique, que la morale ou la politique. Depuis le XVIIe siècle, nous appelons **« science »** un ensemble de procédures d'**expérimentation** et de **formalisation** (mathématisation) qui interroge sur sa nature, sur son rapport au réel, sur son évolution et son statut relativement aux autres connaissances. Le terme science s'applique d'abord aux **sciences de la nature** ; ce n'est que par extension qu'il s'applique aux sciences humaines, et par abus de langage aux **disciplines formelles** (logique et mathématiques), qui constituent des outils pour les sciences.

Même si la connaissance scientifique semble tirer son origine de recueils de données (« on ne commande à la nature qu'en lui obéissant » disait Bacon), elle ne s'en tient pas à consigner des **observations.** La méthode expérimentale définie par Claude Bernard (en quatre phases : observation, interprétation - formulation d'une **hypothèse** explicative -, **raisonnement** - mise en relation déductive de l'hypothèse et de ses conséquences -, prolongation du raisonnement par le **doute**) conduit à prendre ses distances à l'égard de la perception, au point que celle-ci est définie comme un **« obstacle épistémologique »** (Bachelard) : la connaissance scientifique se construit de plus en plus contre le **sens commun** (nos représentations courantes de la réalité). La science élabore des **modèles théoriques** qui sont de plus en plus indépendants de ce qu'on perçoit. Ces modèles apparaissent, de surcroît, indépendants les uns des autres, puisque la science a renoncé à son ambition de construire une théorie unique propre à rendre compte du réel. Les sciences élaborent des **théories** (des connaissances présentées indépendamment de leur(s) application(s)) : **hypothèses, constructions d'aspect cohérent, souvent formalisé.** L'**« expérience »** renvoie à notre **contact premier,** sensoriel avec la réalité matérielle (sensations), ou bien à notre attention à cette extériorité (observation), ou encore à une **connaissance** privilégiée parce que procédant d'un événement rare (un phénomène impressionnant) ou d'une pratique répétée (une longue habitude), voire d'une manipulation codifiée **(protocole expérimental).** L'**expérience** est supposée donnée, mais elle ne saurait être immédiatement disponible. Elle doit être **constituée, instruite, voire élaborée** conformément à un protocole. Dans le contexte scientifique, faire une **expérimentation,** ce n'est pas seulement constater ou observer, puis en tirer des informations générales, mais c'est mettre en œuvre une **procédure vérifiable déterminée par des normes** afin de conduire à des résultats déterminés. On utilise une méthode **hypothético-déductive,** qui rejette une hypothèse pour laquelle on fait des constats opposés à ses conséquences attendues. On conserve une hypothèse tant qu'elle n'a pas été invalidée.

Ainsi la science ne se contente pas de recueillir des faits pour les interpréter et les formaliser dans le cadre d'une démarche inductive. Car le principe de l'**induction** (« si p est vraie dans n cas, alors p est vraie dans tous les cas ») lui-même ne peut être justifié : rien ne pourrait valider le passage de « n cas » à « tous les cas ». Au contraire, toute expérimentation commence par une **observation informée,** au moyen de principes qui ne sont pas justifiés en eux-mêmes mais qui sont validés par leurs conséquences (ainsi du principe de causalité, du principe d'inertie). On ne peut jamais affirmer une hypothèse à partir de la vérification de ses conséquences. Mais on peut invalider une hypothèse à partir de la constatation d'un résultat qui contredit ses conséquences. La **méthode expérimentale** consiste d'abord à **invalider des hypothèses** fausses. Celles qui ne sont pas invalidées ne sont pas validées, mais corroborées, au moyen de la multiplication des tests portant sur leurs conséquences ; on peut les considérer validées soit par une procédure d'élimination, soit par quantification du rapport entre hypothèse et conséquence, qui donne une grande précision à l'expérimentation. L'histoire des sciences conduit à une diversification et à une **spécialisation** des résultats théoriques, par l'accroissement de ses objets (XVIIe physique, XVIIIe chimie, XIXe biologie, XXe sciences humaines) et par la multiplication de ses méthodes.

Le progrès scientifique est parfois décrit comme une **accumulation** continue des connaissances au cours de l'histoire. Pourtant, les découvertes scientifiques ne complètent pas, mais contredisent les connaissances antérieures (même si les mathématiques et la logique sont considérées comme des sciences formelles, avec un socle théorique permanent). L'histoire des sciences présente une succession de théories qui se substituent les unes aux autres, à travers l'alternance de **périodes de science normale** (application et amélioration d'un modèle théorique appelé paradigme) et de **temps de crise** (remise en cause du modèle antérieur et questionnements). Ainsi la science connaît des révolutions, comme aux débuts du XVIIe siècle et du XXe siècle pour la physique. Ce sont des hypothèses nouvelles qui, prisées en régime de crise, conduisent à la fabrication de nouveaux instruments. Le hasard, l'ingéniosité jouent aussi leur rôle dans la constitution d'hypothèses inédites, appelées à s'intégrer ultérieurement dans un nouveau **paradigme** (représentation globale cohérente et féderatrice). On ne peut que réfuter une théorie à partir de constatations opposées à ses conséquences ; on ne peut valider une théorie à partir de la constatation de données conformes à ses conséquences. La **vérité scientifique** ne consiste pas en un discours prouvé, mais en un **discours non encore réfuté.** Ainsi les théorisations scientifiques sont-elles des **modélisations provisoires** de la réalité : non pas probables, mais de certitude relative, révocable par des conceptions plus largement applicables et plus efficaces. Aucune théorie, même en sciences de la nature, n'est donc définitive : l'élaboration des connaissances à partir des expériences est un processus à jamais inachevé de **correction** et d'**amélioration**. Même si la science n'est pas une connaissance objective et incontestable du réel, elle en demeure l'approche la plus sûre, la moins sujette à caution. Lorsqu'elle comporte des probabilités ou des **incertitudes,** elle définit et formalise les paramètres, si bien que ses imperfections se trouvent **objectivées.**

Mais la science a perdu beaucoup de son prestige. Au XVIIIe siècle, après les succès de Newton, la science cherchait à constituer une doctrine du réel unifiée, incontestable, infaillible. Forte de ses réussites **en médecine** (grâce à l'hygiène, à la théorie cellulaire, puis à la vaccination), on pensait à la fin du XIXe siècle qu'elle devait remplacer toute autre forme de connaissance : le **scientisme** (parfois appelé « religion de la science ») consiste en la croyance ou conviction selon laquelle la connaissance scientifique pourra résoudre tous les problèmes que se pose(ra) l'esprit humain. Le savoir scientifique n'a pas résisté à la « crise des fondements », au terme de laquelle les logiciens ont admis qu'on ne pouvait prouver les principes d'un système de connaissance (sinon dans le cadre d'un système plus englobant, ce qui reconduit la difficulté). Les *science studies* ont montré que les constructions scientifiques étaient des productions sociales, explicables par des interactions matérielles et des rapports de pouvoir (ce qu'on appelle **constructivisme**). En outre, la médiatisation des scientifiques et de leurs publications tend à montrer l'importance des hypothèses et des débats, au risque de battre en brèche l'image d'une science sûre d'elle-même, qui ne dévoile ses résultats que lorsqu'ils sont avérés. Pourtant, si les sciences restent une **construction humaine,** elles demeurent **la plus efficace** : elles peuvent défendre la valeur de leurs résultats. Ceux qui déprécient la science oublient l'amélioration de la condition humaine qui est due à toutes les applications des connaissances scientifiques. Même si l'activité scientifique peut conduire à certains excès, il n'en demeure pas moins qu'elle produit le savoir l**e plus probable, le plus communicable et le plus opérant.** À ce titre, elle constitue un modèle de construction objective pour tout autre savoir. À preuve, les sciences humaines peinent encore à se départir des procédures élaborées dans les sciences de la nature pour définir leurs propres protocoles.

La vérité : une quête inachevée

La vérité est souvent supposée être un bien commun : sans idée de ce qui est, nous ne pourrions évaluer nos pensées, rejeter les idées fausses. Pourtant, le vrai est reconnu comme d'accès difficile ou du moins privilégié ; il se présente comme le résultat d'une longue démarche et d'un effort considérable. Cette recherche peut être entendue comme une investigation spirituelle, ou de façon rationnelle comme une **méthode.** Dans ses aspects existentiel, épistémologique, politique, la vérité comporte toujours une dimension d'**adéquation :** de soi avec soi, de la connaissance avec la réalité, d'un projet avec les aspirations d'une communauté. Selon la définition traditionnelle, la vérité est l'**adéquation de l'intellect avec la chose** (son objet). Cette correspondance peut être saisie de façon intuitive, élaborée par une démonstration, ou bien, à défaut, reconnue collectivement.

La recherche de la vérité prend son origine dans la reconnaissance d'un **premier élément :** négatif (l'illusion, l'apparence), positif (l'inspiration, l'évidence) ou conventionnel (le postulat). De fait, **on ne peut tout justifier :** il y a des choses que l'on admet comme données. La construction de la vérité prend alors l'aspect d'une démarche de **comparaison** et d'**évaluation.** Quand nous commettons une erreur, nous n'en avons pas conscience. Pour se corriger, il convient donc d'adopter une attitude réflexive, qui peut reposer sur la médiation d'une autre personne ou de principe, bref sur une **remise en cause**. On peut ainsi généraliser la conception de Descartes selon laquelle la vérité est l'**inverse du doute.** Le vrai apparaît donc comme le résultat d'une procédure d'élimination, de purification, de perfectionnement. Cette construction est toujours personnelle : on n'accède au vrai que **par soi-même,** en vertu d'un acte de l'esprit. Cette démarche personnelle recevait dans l'Antiquité le nom de *praxis* (une pratique au sens fort du terme, par laquelle un sujet humain se forme lui-même au moyen d'une réflexion qu'il s'efforce de maîtriser), par opposition aux activités de **production** d'objets d'une part et de **spéculation** d'autre part. C'est cette authentique **coïncidence avec soi-même** qu'exprime le « je pense, je suis » cartésien, résistant à toute remise en cause. Et, sauf accès à une vérité absolue, qui serait difficilement communicable, il faut admettre que la recherche, par principe imparfaite, reste toujours à reconduire partiellement.

La démarche de construction de la vérité comporte des écueils : sans pouvoir définir son premier mouvement, elle s'élabore en quelque sorte **négativement,** en se défaisant de ses **erreurs** (ses fautes de jugement qu'on espère corriger) et de ses illusions (ces représentations qui ne cessent de nous satisfaire, quand bien même nous les savons inexactes, voire fausses).

Enfin, elle peut engendrer des risques. Ce que décrit métaphoriquement Platon dans l'allégorie de la caverne, c'est l'itinéraire de l'esprit qui se libère de ses croyances, de sa dépendance. Difficile de penser comment s'initie cette démarche solitaire, alors même que le **dialogue** (l'échange de réflexions entre deux ou plusieurs esprits) semble la seule voie pour interroger et perfectionner ses représentations. Le célèbre texte de *La République* ne précise pas combien de phases compte la démarche, ni si ces étapes sont l'occasion d'échanges, d'altercations ou de conflits avec d'autres personnes. Une fois sorti de la caverne, le prisonnier découvre son **incapacité** à saisir la vérité : il doit acclimater son regard à la lumière qu'il découvre et renoncer à la considérer directement à sa source, le soleil. Tout de même mis en confiance par cette expérience, le prisonnier retourne dans la caverne pour inviter ses anciens compagnons à se défaire de leurs chaînes : las, ceux-ci ne le comprennent pas et le mettent à mort. Mesurons que la **vérité** est l'objet d'une recherche qui demeure toujours incomplète et qui s'avère **potentiellement dangereuse.**

Pour établir la correspondance entre le réel et notre pensée, nous disposons de moyens formels : on caractérise la vérité par des **critères** qui jouent le rôle de **tests** pour des idées, des propositions ou des intentions. Ce sont des éléments de procédures qui permettent d'établir le vrai, non seulement pour soi, mais également pour les autres. Il s'agit d'abord de la **non-contradiction,** cohérence interne qui assure de la possibilité d'une idée ou d'une formule. Il s'agit aussi de la **compatibilité** avec les autres éléments d'un ensemble (par exemple, celui qui est défini par nos convictions), le fait de s'inscrire **dans un système** (consistance). Ces deux premiers critères suffisent à définir la vérité comme **validité.** Mais il convient également d'attester **la correspondance avec le réel,** ce qui existe. Cela peut être l'**évidence,** propriété des idées qui se manifestent si clairement et distinctement à l'esprit qu'elles ne laissent place à aucune incertitude sur leur véracité. Cela peut être l'expérience, comprise au sens large de la perception, du vécu, ou au sens restreint du protocole scientifiquement défini. Il s'agit enfin d'une **applicabilité : l'efficacité** est le critère pragmatique du vrai, appréhendé comme capacité à atteindre avec succès un objectif. Il s'agit enfin de prendre en compte une composante sociale : la vérité suppose un accord des esprits. Certes, il ne s'agit pas de soumettre le vrai à l'adhésion spontanée de l'opinion, ni au vote. Mais il faut bien supposer le partage de la vérité, qui doit pouvoir susciter l'**accord des bons esprits,** ou du moins des esprits lorsqu'ils sont attentifs et appliqués.

Les critères de la vérité sont nécessaires mais **non suffisants :** non seulement chacun a pu faire l'objet de sévères critiques, mais encore rien ne garantit que la liste en soit exhaustive. Pourtant, ces critères renvoient à la possibilité d'**identifier la vérité :** la capacité à l'appréhender par soi, intuitivement, la faculté de **formaliser** ces conditions du vrai pour permettre le partage dans la communauté des esprits. Selon les domaines considérés, la vérité sera directement intuitionnée (en mathématiques) ou discursivement explicitée (en politique). Lorsqu'on dispose d'une **compétence,** il est possible de définir un accès direct de l'esprit à un ordre de vérités. Cette compétence est reconnue dans une collectivité : cela permet de faire des spécialistes d'un domaine les garants de la vérité qui en relève. Ce sont à la fois les dispositions des meilleurs dans une discipline et la confiance générale dont ils sont dépositaires qui consacrent la valeur de vérité de leurs productions. Dans les domaines pour lesquels chacun est censé disposer du pouvoir de juger (les affaires communes, la morale, dans une certaine mesure l'éducation), on s'en remet à un **accord,** implicite **(consensus)** ou formellement explicité (sondage, scrutin, contrat). La vérité spécialisée suppose des **procédures** spécifiques techniquement élaborées (et par suite exigeant une compétence) ; la vérité politique renvoie à l'expression d'aspirations partagées sous la forme d'un projet réunissant au moins une majorité de personnes.

Ainsi, la diversification et la spécialisation des savoirs et des compétences conduit à une **distribution de la vérité.** Le caractère humainement incomplet de toute quête de vérité, la différenciation des procédures d'accès au vrai, l'insuffisance intrinsèque des critères de définition de la vérité ne doivent pas conduire au **relativisme** (qui, en affirmant que tout est vrai, pose que tout est potentiellement faux). Le **scepticisme,** en revanche, en reconnaissant au véridique une valeur inaccessible, fait du doute la disposition intellectuelle la plus adaptée à notre situation d'ignorance. La vérité reste une **valeur fondatrice,** nécessaire à la structuration de l'esprit comme à l'organisation sociale. Il faut admettre que nous ne disposons que d'un accès indirect et inachevé au vrai, qui reste objet de convoitises. La vérité relève de l'**exigence** plutôt que de la réalité. Nous n'accédons au vrai que par le biais de médiations, au moyen d'un travail de correction. Nous savons nous défier du faux, définir des moyens d'y échapper sans jamais être assurés de s'en être définitivement départis. La vérité peut ainsi s'exprimer sous la forme de l'amélioration historique des moyens qui ont permis de la définir et de la partager. **Authenticité** d'un rapport à soi, caractérisations clairement explicitées, **épreuves** techniquement contrôlables, **référence commune** d'un discours collectif, telles sont les dimensions d'une quête irrépressible, bien que jamais définitivement accomplie, de l'humanité.

La nature : une réalité à protéger

La nature désigne d'une part l'**environnement,** la flore et la faune avant qu'elles n'aient été habitées et transformées par l'humain, d'autre part l'**essence,** l'ensemble des caractéristiques fondamentales d'une chose, qui font qu'elle est et demeure ce qu'elle est. Dans un sens plus théorique, le terme désigne le **principe qui ordonne et anime le monde.** On prend volontiers l'ordre des vivants comme un modèle, mais le connaissons-nous parfaitement, du moins suffisamment ? En outre, on ne cesse d'invoquer la **nature humaine** (qui nous sert de référence pour délimiter le champ de nos actions possibles), mais on risque de devoir reconnaître que celle-ci est difficile à circonscrire. Enfin, nous sommes placés, à l'issue de la modernité, dans la situation de devoir protéger l'**environnement,** sans être jamais sûr de pouvoir le distinguer de notre intervention, laquelle a conditionné le développement des végétaux, et aussi des animaux.

Ce qui est naturel est d'abord caractérisé comme ce qui n'est **pas modifié :** immobile ou mobile, il semble défini par lui-même, soit par ses composants, soit par son animation. « La nature ne fait rien en vain » déclarait Aristote, qui observe que les **animaux** ont en eux le **principe de leur propre mouvement.** Est-ce à dire qu'ils sont finalisés ? La fin, c'est à la fois le terme d'une succession, et la visée, ce « en vue de quoi ». Lorsqu'on veut expliquer une évolution, on la rapporte à ses causes, aux éléments qui ont produit son développement. Mais peut-on, lorsqu'une tendance, un appétit se manifeste dans la nature, affirmer qu'il a un but et l'identifier ? Sans doute pas : le **finalisme** (qui considère qu'il importe de comprendre toute chose en vertu de sa finalité) paraît désormais récusé, tant la science a progressé grâce au **mécanisme.** Le postulat mécaniste consiste à considérer que les phénomènes naturels peuvent être expliqués au moyen des seules notions d'**étendue et** de **mouvement** (en d'autres termes, de **figure et** de **force**). Faute de pouvoir saisir le vivant à partir de ses propriétés spécifiques d'organisation, on l'assimile par hypothèse à un ensemble d'interactions matérielles. Toutefois, même si le principe de finalité est encore utilisé à des fins heuristiques (pour favoriser certaines découvertes), il est présenté comme une **hypothèse intellectuelle** plutôt que comme une réalité naturelle. Après avoir essayé d'expliquer mécaniquement une chose, on tente de la comprendre en faisant l'hypothèse qu'elle est « faite pour » (en vertu de sa fonction). Ainsi, en dépit des efforts de la science pour objectiver, décrire la nature, celle-ci demeure un **modèle de structuration :** l'organisme des êtres vivants est considéré comme un système exemplaire ; en outre, les écosystèmes sont des environnements complexes dans lesquels les relations d'interdépendance entre organismes et milieu sont multiples. Dès lors, nous ne sommes jamais sûrs d'identifier parfaitement ce qui est naturel, d'autant que l'accumulation et l'augmentation de l'importance de nos interventions sur notre milieu conduisent à ne plus pouvoir en isoler les éléments exempts de toute action humaine.

On peut considérer l'**ordre naturel** comme un modèle pour notre action ; c'est l'inspiration partagée par plusieurs philosophies antiques. L'idée est de se conformer à ce qui nous préexiste pour vivre en accord avec les choses qui peuplent notre environnement. De nombreuses sagesses défendent cette idée d'un accord avec le cosmos, avec le principe de ce qui est, considéré comme animé. Pourtant, l'**ordre des choses** ne se manifeste pas spontanément à nous, ne nous communique aucune prescription. Dès lors, on ne peut identifier dans la nature aucune détermination de ce qui est souhaitable, supposé juste et bon. La **sociobiologie** est cette pseudoscience qui entend chercher dans l'étude du vivant les règles propres à orienter notre action. Ainsi de la fameuse **« lutte pour la vie »,** qui ne saurait justifier toute compétition entre les êtres humains ; dans la théorie darwinienne de l'évolution, elle décrit la concurrence entre les espèces, ou plutôt entre leurs mutations, et non les rapports conflictuels entre individus. De la sorte, lorsque nous prenons un modèle, c'est en vertu des **valeurs** que nous adoptons, et non pas de sa naturalité. On peut d'ailleurs soupçonner le terme « naturel » de comporter une **charge normative :** distinguer ce qui relève de la nature et ce qui lui est extérieur, c'est déjà se disposer à **valoriser le naturel,** sinon à condamner ce qui n'en relève pas. Il faut pourtant se résoudre à admettre que notre connaissance de l'univers est parcellaire ; même si elle comprend des certitudes, elle comporte aussi des lacunes. En outre, elle doit moins chercher dans notre milieu des valeurs que **des faits et des lois** (des régularités).

Au sein de la **nature,** considérée comme le milieu dans lequel nous vivons (qu'on appelle aussi environnement lorsqu'on le considère indépendamment de ses interactions avec nous), nous paraissons disposer de propriétés particulières : la conscience, la volonté, les capacités d'anticipation. Cela pose la question de **notre nature** d'êtres vivants : sommes-nous des animaux comme les autres, ou bien sommes-nous des êtres d'exception, irréductibles à ce qui nous entoure ? Et dans ce dernier cas, que la tradition a défendu, on doit préciser ce qui fait notre spécificité. Nous ne pouvons être considérés comme des êtres définis par des propriétés précises, car **chaque** culture semble conditionner l'humanité au point que nous observons dans notre espèce beaucoup de diversité. Même si nous sommes caractérisés par des propriétés génériques (rationalité, **affectivité, sociabilité**), toutes les sociétés humaines prennent des formes différentes, comme si elles constituaient des déclinaisons particulières de ces propriétés. Pourtant, ces variations témoignent de l'ingéniosité qui caractérise l'espèce humaine, autonome parce qu'indéterminée. On dira alors que le propre de l'**humanité** est de ne pas avoir de nature, ou bien que l'humain a toujours la tâche de définir sa propre nature, parce qu'il n'est strictement déterminé ni par son instinct, ni par sa culture, ni par sa moralité. Rousseau appelle **« perfectibilité »** cette capacité à progresser (autant qu'à régresser), à intégrer les acquis de ses progrès. En d'autres termes, on dira que l'humain est un être foncièrement historique.

Notre action sur l'environnement fait aujourd'hui débat. Si l'on pouvait initialement distinguer le milieu naturel (les forêts, les fleuves, le climat) de notre intervention (la déforestation, l'irrigation, le chauffage des habitations), la multiplication des interventions techniques conduit désormais à douter de la persistance de quelque élément « purement naturel » (même dans la jungle amazonienne ou dans la savane africaine). Cette époque où l'humain apparaît déterminant pour son milieu est désignée sous le nom d'**« anthropocène »**. Les dommages causés à l'environnement (pollution, réduction de la biodiversité, réchauffement climatique) conduisent à adopter des mesures pour réduire leur ampleur et à concevoir d'autres modes de production, d'habitation, de déplacement. La notion de **« développement durable »** (développement permettant de répondre aux besoins des générations présentes sans compromettre les possibilités des générations suivantes de satisfaire aux leurs) a été forgée pour prendre en compte la préservation de la nature dans notre organisation économique. La raison pour laquelle on tempère notre action peut alors apparaître humaniste : c'est au nom de la préservation de l'humanité que l'on impose des limitations à notre technicité. C'est ce qui définit l'**écologie** dite **« de surface »**. L'**écologie** dite **« profonde »** se propose d'énoncer les principes en vertu desquels la nature peut être préservée pour elle-même. Ainsi, son caractère systématique – voire harmonieux – (« unité fluide du devenir », selon Georg Simmel) peut justifier le respect qu'on doit avoir pour la nature. On peut aussi admettre que nous avons une dette envers la nature : première, dispensatrice de précieuses ressources, elle apparaît nourricière (ce qu'on retrouve dans l'expression « mère nature »). On peut enfin considérer que la nature nous comprend : de dimensions indéfinies, elle recèle des éléments qui nous échappent, qu'on ne peut contrôler et que nous devons par conséquent respecter, sinon admirer, voire honorer. L'ère moderne (qui opposait des sujets humains doués de conscience et d'ingéniosité à des objets dont ils peuvent disposer puisqu'ils sont inertes) est incontestablement révolue.

2 QUESTIONS

Le langage : de la parole aux échanges

1. Mentionnez les propositions exactes :

- Parler suppose de communiquer.
- Communiquer suppose de parler.
- Désigner des choses suppose de penser.
- Dialoguer suppose de penser.

2. Le langage a différentes fonctions :

- La fonction référentielle consiste à désigner des choses.
- La fonction significative consiste à associer une chose à un nom.
- La fonction poétique consiste à s'exprimer de belle façon.
- La fonction émotive consiste à mettre en valeur les termes du message.

3. Un énoncé performatif est :

- Une expression qui transforme la situation à laquelle elle renvoie.
- Une manière de s'exprimer particulièrement réussie.
- Un énoncé qui ne désigne pas seulement son objet, mais a un effet sur lui.
- Un ensemble de termes doué(s) du pouvoir de changer le monde.

4. La fonction performative (ou illocutoire) du langage :

- Est attachée à certains termes (les performatifs) à l'exclusion des autres.
- Dépend des manières de parler, telles l'intonation et l'accentuation.
- Est corrélée à la position sociale qu'occupe le locuteur et à ses pouvoirs.
- Est une propriété essentielle de tous les éléments des langues.

5. Mentionnez les propositions exactes :

- Un indice est une partie ou une trace de ce qu'il représente.
- Un signe, en général, est un moyen de faire connaître ce qu'il représente.
- Un signal est un événement physique qui en annonce un autre.
- Un symbole est une désignation qui ressemble à ce qu'elle représente.

6. La signification, c'est :

- Une expression personnelle qui manifeste l'état d'esprit du locuteur.
- La mise en correspondance d'énoncés avec des objets du monde.
- L'identité entre le sens pensé par le locuteur et le sens reçu par le(s) destinataire(s).
- La relation entre une définition et les éléments du monde qu'il décrit.

7. Mentionnez les propositions exactes :

- Un symbole est un signe qui est naturellement relié à ce qu'il représente.
- Un symbole doit faire l'objet d'une interprétation élaborée pour être compris.
- Un signe linguistique met en relation un signifiant avec un sens conceptuel.
- Un signe linguistique met en relation des termes et des objets du monde.

8. La désignation :

- Est le fait de renvoyer à des objets identifiables de l'expérience.
- Est le fait de renvoyer à des éléments de définition d'une classe d'objets.
- Est le propre des objets, qui renvoient au mot qui les décrit.
- Est le propre d'un code, qui met en correspondance des signes et des objets.

9. Une définition, c'est :

- Un ensemble d'objets.
- Une notion générale dont on est supposé maîtriser les caractéristiques.
- Une classe d'objets saisis à partir de leurs éléments communs.
- Un inventaire de tous les objets appartenant à une classe.

10. Un système se définit par :

- Le nombre et la nature de ses éléments.
- Les relations d'indépendance entre ses éléments.
- Un ensemble de relations.
- Des données sans lien structuré entre elles.

11. Un code, c'est :

- Un ensemble de désignations.
- Un ensemble de significations.
- Un ensemble de symboles.
- Un ensemble de concepts.

12. Penser, c'est :

- Redéfinir le sens d'énoncés donnés.
- Exprimer une signification jusqu'alors non manifeste.
- Élaborer une lecture d'énoncés donnés.
- Comprendre de façon absolument inédite des énoncés donnés.

13. L'interprétation, c'est :

- Le recours à un élément significatif supplémentaire.
- L'explicitation d'un sens latent.
- La manifestation d'un sens improbable de ce qu'on interprète.
- La détermination du seul sens de ce qu'on interprète.

14. L'interprétation a pour fonction :

- L'exploration inépuisable des énoncés riches de sens.
- L'identification du sens ultime de l'œuvre interprétée.
- De disqualifier les autres interprétations.
- D'entrer en dialogue avec les autres interprétations.

15. La créativité linguistique, c'est :

- La capacité qu'ont les mots à changer de sens.
- La possibilité qu'a chacun de formuler des énoncés inédits.
- La faculté des éléments des langues de se composer indéfiniment.
- La potentialité pour les mots d'être le matériau d'œuvres d'art.

16. **La pensée consiste en l'effort :**

- Pour se passer des mots.
- Pour généraliser nos conceptions.
- Pour trouver des mots adaptés à nos idées.
- Pour préciser nos définitions.

17. **La compréhension procède :**

- De l'identification des causes efficientes d'une chose.
- De la saisie du sens global (cause finale) d'une chose.
- De la décomposition de tous les éléments de son objet.
- De l'unification de tous les éléments de son objet pour les saisir ensemble.

18. **Mentionnez les propositions exactes :**

- La dialectique vise la progression des échanges.
- La rhétorique vise l'embellissement du discours.
- La rhétorique vise à persuader quelqu'un d'accomplir un acte.
- La dialectique vise à convaincre quelqu'un de se rallier à une cause.

19. **Mentionnez les propositions exactes :**

- Platon a valorisé la pensée durable stabilisée par l'écriture.
- Le dialogue est l'image de la pensée vivante pour la tradition philosophique.
- Le but du dialogue est de savoir quel interlocuteur est le meilleur.
- Le dialogue suppose l'interprétation permanente des pensées d'autrui.

20. **La délibération :**

- Cherche à construire un dialogue de façon rigoureuse.
- Autorise à mettre tous les moyens en œuvre pour défendre sa cause.
- Vise à mettre les participants d'accord sur l'intérêt commun.
- Consiste en une forme élargie d'échanges dialectiques.

La raison : des usages pondérés

1. La raison, c'est :

- La faculté de généraliser, de formuler des principes.
- La faculté de remettre en cause toutes ses représentations.
- La faculté de reconnaître des cas comme relevant de principes.
- La faculté de s'opposer dans le cadre d'un dialogue.

2. Les principes sont :

- Des propositions particulières, qui dépendent de nos désirs.
- Des propositions fondatrices, premières parce que générales.
- Des propositions qui sont à mettre à l'épreuve d'expériences adaptées.
- Des propositions qui sont supposées valoir par elles-mêmes, être évidentes.

3. Raisonner, c'est :

- Combiner des propositions sans se soucier de leur champ d'application.
- Vérifier l'applicabilité de propositions sans se préoccuper de leurs relations logiques.
- Combiner des propositions afin de tenter de parvenir à une conclusion.
- Chercher à faire correspondre des relations entre des propositions avec le monde.

4. Juger, c'est :

- Appliquer un principe de façon consciente, réfléchie.
- Prendre une décision soudaine, sans aucune justification.
- Chercher à distinguer des cas, dans un effort de précision.
- Viser à étendre le champ d'application de son propos par un essai de généralisation.

5. Une théorie :

- Doit rester à jamais sans application.
- Est présentée comme indépendante de ses applications.
- A pour modèle les conflits qui régissent le champ politique.
- A pour modèle la formalisation mathématique.

6. L'intuition rationnelle, c'est :

- Une relation directe et réfléchie de l'esprit à ses objets qui apparaissent certains.
- Le pressentiment que la conclusion du raisonnement sera fâcheuse.
- La situation de l'esprit lorsqu'il identifie sans délai une solution logique.
- La situation de l'esprit lorsqu'il identifie une solution indubitable, même après effort.

7. La déduction est :

- Un raisonnement démonstratif.
- Un raisonnement qui va du particulier au général.
- Un raisonnement qui va de l'universel au singulier.
- Un raisonnement qui revient à reconnaître un cas comme relevant d'une règle.

8. L'induction est :

- Un raisonnement valide.
- Un raisonnement qui procède par généralisation.
- Un raisonnement qui va du général au singulier.
- Un raisonnement qui revient à identifier une règle à partir de quelques cas.

9. Les mathématiques :

- Sont des formes appliquées à une matière élémentaire : l'espace et le temps.
- Ne se distinguent pas de la logique.
- Sont des constructions rationnelles qui servent d'outils aux autres sciences.
- S'appliquent à la nature au même titre que les autres sciences.

10. La logique désigne :

- Les règles qui permettent de vérifier l'application de notre savoir à la nature.
- Les formules mathématiques qui se construisent dans l'espace et dans le temps.
- Les principes formels qui conditionnent tout raisonnement.
- Les opérations de construction de nos raisonnements, quels que soient leurs objets.

11. Mentionnez les définitions exactes :

- L'induction est un procédé de généralisation.
- L'analogie est une égalité de rapports.
- L'induction est toujours valide.
- L'analogie est toujours un raisonnement inductif.

12. Mentionnez les propositions exactes :

- Les mathématiques constituent pour les autres disciplines un modèle de formalisation.
- Les mathématiques ne procèdent d'aucune construction spatiale.
- La logique est le domaine de la rationalité par excellence.
- La logique permet de formuler des jugements intéressants.

13. Le principe de non-contradiction :

- Interdit de dire plusieurs fois de suite la même chose.
- Interdit de donner deux informations à la fois.
- Entraîne que la négation d'une proposition vraie est fausse et inversement.
- Oblige à ne comparer que deux propositions à la fois.

14. Mentionnez les propositions exactes :

- Dans les jugements synthétiques, le prédicat n'est pas contenu dans le sujet.
- Dans les jugements analytiques, la décomposition doit être conduite jusqu'à terme.
- Dans les jugements théoriques, il y a toujours un raisonnement inductif.
- Dans les jugements analytiques, le prédicat est contenu dans le sujet.

15. La raison :

- N'est pas seulement un instrument formel, mais a aussi une dimension morale.
- Est toujours indifférente à ses applications.
- Est toujours, quelles que soient ses activités, productrice de valeurs.
- Ne peut avoir qu'un aspect formel et calculatoire.

16. Mentionnez les propositions exactes :

- La délibération consiste en l'adoption de règles pour un dialogue constructif.
- La négociation consiste en la recherche de la solution la plus avantageuse pour soi.
- La délibération consiste en la défense de ses intérêts par tous les moyens.
- La négociation consiste en la recherche collective d'une solution commune.

17. L'irrationnel, c'est :

- Ce qui défie nos principes logiques, ce qui semble les remettre en cause.
- Ce que nous ne prenons jamais en compte.
- Ce qui constitue une épreuve provisoire pour la raison qui parvient à la surmonter.
- Ce qui met définitivement en échec la raison.

18. Une représentation du monde consiste en :

- Une vision esthétique de l'univers.
- Un ensemble cohérent de principes et de valeurs qui oriente notre action.
- Une schématisation des forces fondamentales animant la réalité.
- Un ensemble de propositions censé décrire de façon cohérente et complète la réalité.

19. Une doctrine :

- Énonce ses principes pour mieux les enseigner.
- Requiert l'acceptation de ses principes, même si elle les soumet à la discussion.
- Cherche à imposer ses résultats à tout le monde.
- Vise à éteindre le dialogue dans une collectivité, en se présentant comme unique.

20. Une idéologie :

- Cherche à obtenir l'adhésion de façon réfléchie.
- Cherche à obtenir l'adhésion de tous quelle qu'en soit la forme.
- Énonce ses principes pour mieux les soumettre à discussion.
- Suppose ses principes incontestables, pour les imposer.

La science : une démarche expérimentale et corrective

1. La science désigne :

- Dans l'Antiquité, un savoir spécialisé, qui porte exclusivement sur la nature.
- Depuis le XVIIe siècle, l'ensemble des savoirs indifférenciés.
- Dans l'Antiquité, une démarche expérimentale qui répond à un protocole défini.
- Depuis le XVIIe siècle, un savoir essentiellement théorique, rarement appliqué.

2. La science :

- Comprend par définition des procédures d'expérimentation.
- C'est par excellence les sciences de la nature, par extension les sciences sociales.
- Comprend la logique, les mathématiques, les disciplines formelles.
- C'est par excellence les sciences humaines, par extension les sciences expérimentales.

3. L'expérimentation, c'est :

- L'exigence de soumettre tous les énoncés scientifiques à une procédure de test.
- Le fait, dans les sciences, d'accepter toutes les nouvelles hypothèses.
- L'effort pour concevoir les énoncés scientifiques en fonction d'une épreuve appliquée.
- L'intention de toujours commencer une recherche scientifique par une expérience.

4. La démarche expérimentale comprend les phases suivantes :

- Imagination, déduction, test, conclusion.
- Interprétation, doute, reformulation, déduction.
- Observation, interprétation, raisonnement, doute.
- Définition, reformulation, épreuve, déduction.

5. La science :

- S'oppose au sens commun, parce qu'elle met en œuvre des procédures complexes.
- Utilise le sens commun, parce qu'elle cherche à expliquer le monde perçu.
- S'oppose au sens commun, parce qu'elle cherche à étonner l'opinion publique.
- Utilise le sens commun, si l'on entend par là notre capacité partagée à raisonner.

6. L'obstacle épistémologique, selon Bachelard, c'est le fait que :

- Nos représentations courantes nous empêchent de concevoir de façon scientifique.
- La science produit des résultats qui sont des embûches pour notre vie quotidienne.
- Les énoncés scientifiques s'opposent entre eux.
- Les énoncés scientifiques doivent être rapportés à une théorie, non à la perception.

7. Les sciences produisent :

- Des certitudes.
- Des modèles théoriques formalisés, objectivés.
- Des hypothèses que les expérimentations n'ont pas réfutées.
- Des hypothèses à jamais incertaines.

8. Une théorie, c'est :

- Un ensemble d'énoncés reliés entre eux qui cherche à décrire le réel.
- Un ensemble d'énoncés présenté indépendamment de son application.
- Des hypothèses qui sont faites pour être testées, pour être appliquées.
- Des hypothèses par nature inapplicables.

9. L'expérience, c'est :

- L'ensemble des données que nous recevons des organes sensoriels.
- Un moment privilégié que nous avons vécu.
- Au sens scientifique, un ensemble de procédures pour tester une hypothèse.
- Le moyen dont nous disposons pour appréhender la réalité matérielle : la perception.

10. Dans les sciences, l'expérience :

- Procède selon une démarche inductive.
- Sert à confirmer, à valider des hypothèses.
- Consiste en l'ensemble des données reçues des organes sensoriels.
- Est un moment unique, singulier, qui ne peut être soumis à des normes communes.

11. Dans les sciences :

- Les incertitudes se manifestent à chaque étape de l'élaboration théorique.
- Les incertitudes sont évaluées, mesurées.
- Il n'y a pas d'incertitudes.
- Les incertitudes sont circonscrites, parce qu'elles sont formalisées.

12. Les hypothèses, dans les sciences :

- Ne peuvent pas être prouvées par l'expérience, mais seulement réfutées.
- Peuvent être vérifiées par l'expérience, si on multiplie les expérimentations.
- Peuvent être validées par élimination, c'est-à-dire par réfutation de toutes les autres.
- Peuvent être validées au moyen d'expérimentations très précises.

13. La science :

- Est de plus en plus unifiée, au point que ses énoncés se ressemblent.
- Est de plus en plus diversifiée, au point que ses énoncés sont hétérogènes.
- Est de plus en plus en accord avec nos représentations communes.
- Est de plus en plus indépendante de notre perception, qui paraît s'y opposer.

14. Les sciences :

- Utilisent des modes de raisonnement qui changent au cours de l'histoire.
- Cherchent à inventer des procédures expérimentales nouvelles.
- Utilisent les mêmes procédés de raisonnement, bien qu'elles aient des résultats inédits.
- S'appuient sur des connaissances logiques et mathématiques qui sont permanentes.

15. L'histoire des sciences consiste en :

- Une accumulation continue de résultats qui se complètent.
- Une succession de résultats dont les récents peuvent contredire les précédents.
- Une suite d'énoncés qui sont tous incompatibles.
- Des énoncés cohérents au sein de théories qui se contredisent entre elles.

16. **La science :**

- Procède par réfutation d'hypothèses.
- Formule des propositions à partir d'une démarche inductive pour ensuite les prouver.
- Développe une représentation unique du réel par accumulation de ses résultats.
- Développe des modèles qui essaient de représenter de la façon la plus large la réalité.

17. **Les périodes de science normale sont des moments :**

- D'application de la même théorie.
- De réfutation des principes.
- Au cours desquels la représentation du monde est partagée par les scientifiques.
- Au cours desquels n'a lieu aucun débat théorique.

18. **Les périodes de crises sont des moments :**

- De réfutation de tous les résultats scientifiques précédemment obtenus.
- De remise en cause des principes fondamentaux de la science en vigueur.
- Au cours desquels la représentation du monde est partagée par les scientifiques.
- Au cours desquels ont lieu de nombreux débats théoriques.

19. **Le scientisme, c'est :**

- La passion de la science, l'appétit pour les résultats scientifiques.
- La conviction que la science remplacera toutes les autres formes de connaissance.
- L'idée selon laquelle les scientifiques gouvernent nos esprits à notre insu.
- La croyance selon laquelle la science résoudra tous les problèmes de l'humanité.

20. **Les sciences :**

- Sont remises en cause par le constructivisme, qui en fait des constructions sociales.
- Restent notre meilleur outil de connaissance, le plus partagé, le plus efficace.
- Comportent des résultats incertains, imparfaits, qui n'affectent pas leur crédit.
- Sont désormais un savoir dont la valeur n'est pas reconnue supérieure aux autres.

La vérité : une quête inachevée

1. La vérité apparaît en première analyse :

- Comme une donnée.
- Comme un idéal.
- Inaccessible.
- D'accès conditionné au respect de procédures exigeantes.

2. Dans sa conception traditionnelle, la vérité est présentée comme :

- Une identité immédiate.
- Une correspondance entre deux termes.
- Une adéquation avec le réel.
- Une totalité autosuffisante.

3. Habituellement, la vérité est supposée :

- Pouvoir être démontrée.
- Comporter plusieurs dimensions.
- Se réaliser par auto-développement.
- Être une construction artificielle.

4. Pour chercher la vérité :

- Il faut d'abord définir au préalable toutes les étapes de la recherche.
- Il faut partir d'un élément, quel qu'il soit.
- Il faut être capable de réviser et de corriger ses représentations.
- Il faut disposer d'une certitude absolue préalable à la démarche.

5. Mentionnez les propositions exactes :

- Quand on fait des erreurs, on en est conscient.
- Pour identifier la vérité, il faut la reconnaître immédiatement.
- Pour accéder à la vérité, il faut être capable d'une démarche d'évaluation.
- Lorsqu'on fait une erreur, on ne sera jamais en mesure de la corriger.

6. Pour progresser dans la démarche de recherche de la vérité, nous devons disposer :

- D'éléments qui nous permettent de soumettre nos jugements à des évaluations.
- De moyens de corriger nos erreurs au moment même où nous les faisons.
- De comparaisons entre plusieurs éléments, de façon à choisir le moins sujet à caution.
- D'une vérité absolue qui nous permette d'orienter constamment notre démarche.

7. La vérité, selon Descartes :

- Passe par une mise en doute de ses représentations.
- Peut être appréhendée par une formulation qu'il faut répéter sans cesse.
- Peut être saisie par un acte de l'esprit qui s'identifie dans cet acte de réflexion.
- Suppose de commencer par admettre des données sans les remettre en question.

8. La construction de la vérité :

- Suppose un esprit autonome, qui juge par lui-même des valeurs qu'il admet.
- Ne comporte aucune spécialisation disciplinaire.
- Consiste d'abord en un processus d'accumulation du savoir.
- Est toujours une procédure à reconduire parce qu'elle demeure incomplète.

9. La vérité :

- Interdit toute démarche de remise en cause.
- Ne peut être que le résultat d'un doute généralisé indéfiniment.
- Se rencontre par alternance avec des phases de mise en doute.
- Procède de la résistance au développement d'un doute méthodique.

10. La construction de la vérité relève :

- D'une production efficace.
- D'une activité par laquelle on se forme soi-même : une praxis.
- D'un effort dont on cherche à mesurer les acquis.
- D'une spéculation qui ne sera jamais applicable.

11. L'allégorie de la caverne :

- Montre comment accéder directement à la vérité, symbolisée par le soleil.
- Présente de façon imagée les étapes par lesquelles on peut se libérer de nos illusions.
- Met en scène un esprit qui engage une démarche pour améliorer ses représentations.
- Présente une quête couronnée de succès, parvenant à comprendre l'absolu.

12. La vérité :

- S'installe sans difficultés dans un esprit comme dans une communauté.
- Ne peut jamais faire l'objet d'une élaboration collective.
- Est toujours complète, sans manques, faute de quoi elle n'est pas.
- Fait l'objet d'une progression continue et prévisible.

13. La définition de critères de vérité :

- Constitue un code qui permet de détenir l'exclusivité de la vérité.
- À pour objectif de définir des épreuves pour reconnaître la vérité.
- Est destinée à détourner l'attention de l'objectif pour définir un accès indirect au vrai.
- Procède d'une intention de formalisation pour partager le vrai dans une communauté.

14. Sont critères de vérité pour une idée :

- La variabilité.
- Un nombre pair de contradictions.
- L'applicabilité.
- L'évidence, c'est-à-dire la clarté et la distinction.

15. Les critères de vérité :

- Permettent de définir la vérité mais non la fausseté.
- Sont suffisants pour déterminer la vérité.
- Doivent être tous combinés pour être mis en œuvre.
- Ne sont efficaces que s'ils sont combinés avec des critères non formels.

16. La vérité, dans sa dimension politique :

- S'exprime par la formulation d'un accord réunissant la majorité d'une population.
- Consiste en un projet constitué des aspirations communes à de nombreuses personnes.
- Suppose la prise en compte des avis de toutes les personnes concernées.
- Renvoie à la capacité dont disposent certaines personnes d'apaiser les conflits.

17. La vérité apparaît désormais :

- Diversifiée, parce que relevant de disciplines distinctes.
- Multiple, parce que changeante dans un monde en mouvement.
- Obéissant à des procédures d'identification et de vérification spécialisées.
- Indistincte, car mêlée à des éléments de fausseté.

18. La vérité :

- Relève souvent d'une conception relativiste.
- Est une référence fondatrice dont nous ne pouvons nous passer.
- Procède de l'intuition d'une réalité plutôt que d'une exigence intellectuelle.
- S'élabore progressivement au moyen de l'élimination de la fausseté.

19. Le scepticisme :

- Affirme que tout est vrai.
- Affirme que tout est faux.
- Ne permet la mise en œuvre d'aucune recherche de la vérité.
- Peut s'avérer fécond pour la recherche de la vérité.

20. La vérité :

- Apparaît comme une exigence constitutive de l'humanité.
- Fait l'objet d'une quête à jamais inachevée, toujours à poursuivre.
- Se manifeste comme nécessaire, bien que parcellaire.
- Est le fruit d'une construction que l'esprit se réapproprie comme sienne.

LA NATURE

La nature : une réalité à protéger

1. L'environnement, c'est l'ensemble :

- Des êtres vivants parmi lesquels nous vivons.
- Qui constitue notre milieu, en tant qu'unité.
- Des êtres inanimés dans lequel nous vivons.
- Des êtres humains parmi lesquels nous vivons.

2. La nature d'une chose, c'est :

- Son milieu.
- L'ensemble de ses caractéristiques essentielles.
- L'ensemble des relations qu'elle a avec les autres choses.
- Ce qui la définit.

3. La nature, c'est :

- Un ordre qui constitue un modèle de régularité.
- Une disposition qui apparaît comme un principe immobile des choses.
- Un principe d'animation par lequel les choses sont mues.
- Une valeur vers laquelle nous ne pouvons pas ne pas tendre.

4. La nature, c'est :

- L'état d'un être une fois qu'il a achevé son développement complet.
- L'état d'un être avant qu'il n'ait engagé son propre développement.
- Le développement d'un être, en tant qu'il apparaît spontané et déterminé.
- Le développement d'un être, en tant qu'il apparaît volontaire et singulier.

5. Est naturel :

- Ce qui résulte de l'intervention humaine.
- Ce qui apparaît imprévisible.
- Ce qui se manifeste comme dynamique.
- Ce qui est caractérisé par l'absence d'ordre.

6. Les animaux :

- Par opposition aux minéraux, se confondent avec leur milieu.
- Par opposition aux végétaux, sont caractérisés par leur faculté de reproduction.
- Par opposition aux choses, ont à l'extérieur d'eux le principe de leur mouvement.
- Par opposition aux êtres humains, ne sont pas doués de sensibilité.

7. Le mécanisme :

- Procède d'une tendance synthétique totalisatrice dans la compréhension du vivant.
- Explique le vivant en le ramenant à des causes matérielles et efficientes.
- Consiste à rapporter les phénomènes vivants à des causes formelles et finales.
- Traite les phénomènes vivants comme s'ils étaient reproductibles et modifiables.

8. Le finalisme :

- Consiste en l'interprétation des phénomènes vivants en termes de projet, d'intention.
- Consiste en l'explication des phénomènes vivants à partir de leur décomposition.
- Interprète les phénomènes vivants en fonction de leur dynamisme interne.
- Peut être apparenté au mécanisme qui ramène le vivant à de l'étendue et des forces.

9. L'organisme est appréhendé par les sciences de la vie :

- Sous l'angle de ses relations avec son milieu.
- Comme un système, c'est-à-dire en fonction de l'interdépendance de ses parties.
- Par le biais de phénomènes de régulation dont il est le siège.
- Comme un ensemble d'interpénétrations qui se redéfinissent sans cesse.

10. Le finalisme :

- Est considéré comme une réalité naturelle.
- Est un principe dont la science peut rarement se passer.
- Apparaît comme une hypothèse qui peut s'avérer fructueuse dans certains cas.
- Donne lieu à de nombreux calculs formalisés.

11. L'ordre naturel a pu être considéré :

- Comme un modèle pour notre action.
- Comme un principe incontestable pour tous les êtres vivants.
- Comme invitant à s'y conformer pour vivre en accord avec son milieu.
- Comme la source de la sérénité intérieure.

12. Mentionnez les propositions exactes :

- La nature est muette ; c'est l'humain qui identifie ses lois.
- Si on écoute bien sa nature, elle nous dit toujours ce qu'il faut faire.
- La nature est la principale source des valeurs que nous défendons.
- Si on observe bien la nature, on peut l'identifier à des lois, source de régularité.

13. La sociobiologie :

- Tente d'appliquer au monde humain des modèles supposés naturels.
- Tente d'appliquer au monde naturel des modèles humains.
- Cherche à appliquer aux animaux notre modèle de société.
- Cherche à appliquer aux êtres humains des principes identifiés dans le règne animal.

14. Le principe darwinien de « lutte pour la vie » :

- Permet à la théorie de l'évolution de décrire les relations entre les individus.
- Permet à la sociobiologie de tenter de justifier la compétition entre humains.
- Permet à la science d'observer les mêmes phénomènes chez les animaux et les humains.
- Permet à la science de dénoncer la compétition entre humains.

15. La notion de naturel :

- Est le plus souvent valorisée positivement.
- Nous engage à faire prévaloir ce qui est supposé premier, intact.
- Risque de nous conduire à déprécier tout ce qui n'est pas naturel.
- N'est que le résultat de notre investigation de notre milieu.

16. Mentionnez les propositions exactes :

- L'humanité est caractérisée par une nature immuable.
- L'humanité représente un modèle de comportement pour les êtres vivants.
- L'humanité renvoie à un ensemble de propriétés déterminées et partagées.
- L'humanité vit toujours en harmonie avec son milieu.

17. La perfectibilité par laquelle peut être caractérisé l'humain :

- Est une capacité d'accéder à la perfection.
- Est une capacité de progresser.
- Est une capacité de régresser.
- Est une capacité de se définir.

18. L'« anthropocène » désigne l'ère de développement de l'humanité :

- Au cours de laquelle l'action humaine est parvenue à la perfection.
- Au cours de laquelle toutes les actions humaines doivent être coordonnées.
- Au cours de laquelle l'action humaine est parvenue au point de se détruire elle-même.
- Au cours de laquelle l'action humaine transforme radicalement son milieu.

19. Le développement durable, c'est :

- Le développement actuel tempéré par la prise en compte des générations futures.
- La croissance indéfinie de nos moyens de production.
- La confiance en les générations futures pour accroître le développement humain.
- La limitation du développement des générations futures pour préserver nos capacités.

20. Mentionnez les propositions exactes :

- L'écologie « profonde » entend protéger la nature pour préserver l'humain.
- L'écologie « de surface » entend protéger l'humain pour sauvegarder la nature.
- L'écologie « de surface » entend protéger la nature pour elle-même.
- L'écologie « profonde » entend protéger la nature au nom de son unité, de sa structure.

3 RÉPONSES

Le langage : de la parole aux échanges

1. Mentionnez les propositions exactes :

- [x] Parler suppose de communiquer.
- [ ] Communiquer suppose de parler.
- [ ] Désigner des choses suppose de penser.
- [x] Dialoguer suppose de penser.

2. Le langage a différentes fonctions :

- [x] La fonction référentielle consiste à désigner des choses.
- [ ] La fonction significative consiste à associer une chose à un nom.
- [x] La fonction poétique consiste à s'exprimer de belle façon.
- [ ] La fonction émotive consiste à mettre en valeur les termes du message.

3. Un énoncé performatif est :

- [x] Une expression qui transforme la situation à laquelle elle renvoie.
- [ ] Une manière de s'exprimer particulièrement réussie.
- [x] Un énoncé qui ne désigne pas seulement son objet, mais a un effet sur lui.
- [ ] Un ensemble de termes doué(s) du pouvoir de changer le monde.

4. La fonction performative (ou illocutoire) du langage :

- [ ] Est attachée à certains termes (les performatifs) à l'exclusion des autres.
- [ ] Dépend des manières de parler, telles l'intonation et l'accentuation.
- [x] Est corrélée à la position sociale qu'occupe le locuteur et à ses pouvoirs.
- [ ] Est une propriété essentielle de tous les éléments des langues.

5. Mentionnez les propositions exactes :

- [x] Un indice est une partie ou une trace de ce qu'il représente.
- [x] Un signe, en général, est un moyen de faire connaître ce qu'il représente.
- [x] Un signal est un événement physique qui en annonce un autre.
- [x] Un symbole est une désignation qui ressemble à ce qu'elle représente.

6. La signification, c'est :

- ☐ Une expression personnelle qui manifeste l'état d'esprit du locuteur.
- ☐ La mise en correspondance d'énoncés avec des objets du monde.
- ☐ L'identité entre le sens pensé par le locuteur et le sens reçu par le(s) destinataire(s).
- ☐ La relation entre une définition et les éléments du monde qu'il décrit.

7. Mentionnez les propositions exactes :

- ☒ Un symbole est un signe qui est naturellement relié à ce qu'il représente.
- ☐ Un symbole doit faire l'objet d'une interprétation élaborée pour être compris.
- ☒ Un signe linguistique met en relation un signifiant avec un sens conceptuel.
- ☐ Un signe linguistique met en relation des termes et des objets du monde.

8. La désignation :

- ☒ Est le fait de renvoyer à des objets identifiables de l'expérience.
- ☐ Est le fait de renvoyer à des éléments de définition d'une classe d'objets.
- ☐ Est le propre des objets, qui renvoient au mot qui les décrit.
- ☒ Est le propre d'un code, qui met en correspondance des signes et des objets.

9. Une définition, c'est :

- ☐ Un ensemble d'objets.
- ☒ Une notion générale dont on est supposé maîtriser les caractéristiques.
- ☐ Une classe d'objets saisis à partir de leurs éléments communs.
- ☒ Un inventaire de tous les objets appartenant à une classe.

10. Un système se définit par :

- ☐ Le nombre et la nature de ses éléments.
- ☐ Les relations d'indépendance entre ses éléments.
- ☒ Un ensemble de relations.
- ☐ Des données sans lien structuré entre elles.

11. Un code, c'est :

- [x] Un ensemble de désignations.
- [ ] Un ensemble de significations.
- [x] Un ensemble de symboles.
- [ ] Un ensemble de concepts.

12. Penser, c'est :

- [x] Redéfinir le sens d'énoncés donnés.
- [ ] Exprimer une signification jusqu'alors non manifeste.
- [x] Élaborer une lecture d'énoncés donnés.
- [ ] Comprendre de façon absolument inédite des énoncés donnés.

13. L'interprétation, c'est :

- [ ] Le recours à un élément significatif supplémentaire.
- [x] L'explicitation d'un sens latent.
- [ ] La manifestation d'un sens improbable de ce qu'on interprète.
- [ ] La détermination du seul sens de ce qu'on interprète.

14. L'interprétation a pour fonction :

- [x] L'exploration inépuisable des énoncés riches de sens.
- [ ] L'identification du sens ultime de l'œuvre interprétée.
- [ ] De disqualifier les autres interprétations.
- [x] D'entrer en dialogue avec les autres interprétations.

15. La créativité linguistique, c'est :

- [ ] La capacité qu'ont les mots à changer de sens.
- [x] La possibilité qu'a chacun de formuler des énoncés inédits.
- [x] La faculté des éléments des langues de se composer indéfiniment.
- [ ] La potentialité pour les mots d'être le matériau d'œuvres d'art.

16. La pensée consiste en l'effort :

- [ ] Pour se passer des mots.
- [x] Pour généraliser nos conceptions.
- [ ] Pour trouver des mots adaptés à nos idées.
- [x] Pour préciser nos définitions.

17. La compréhension procède :

- [ ] De l'identification des causes efficientes d'une chose.
- [x] De la saisie du sens global (cause finale) d'une chose.
- [ ] De la décomposition de tous les éléments de son objet.
- [x] De l'unification de tous les éléments de son objet pour les saisir ensemble.

18. Mentionnez les propositions exactes :

- [x] La dialectique vise la progression des échanges.
- [x] La rhétorique vise l'embellissement du discours.
- [x] La rhétorique vise à persuader quelqu'un d'accomplir un acte.
- [x] La dialectique vise à convaincre quelqu'un de se rallier à une cause.

19. Mentionnez les propositions exactes :

- [ ] Platon a valorisé la pensée durable stabilisée par l'écriture.
- [x] Le dialogue est l'image de la pensée vivante pour la tradition philosophique.
- [ ] Le but du dialogue est de savoir quel interlocuteur est le meilleur.
- [x] Le dialogue suppose l'interprétation permanente des pensées d'autrui.

20. La délibération :

- [x] Cherche à construire un dialogue de façon rigoureuse.
- [ ] Autorise à mettre tous les moyens en œuvre pour défendre sa cause.
- [x] Vise à mettre les participants d'accord sur l'intérêt commun.
- [x] Consiste en une forme élargie d'échanges dialectiques.

La raison : des usages pondérés

1. La raison, c'est :

- [x] La faculté de généraliser, de formuler des principes.
- [ ] La faculté de remettre en cause toutes ses représentations.
- [x] La faculté de reconnaître des cas comme relevant de principes.
- [ ] La faculté de s'opposer dans le cadre d'un dialogue.

2. Les principes sont :

- [ ] Des propositions particulières, qui dépendent de nos désirs.
- [x] Des propositions fondatrices, premières parce que générales.
- [ ] Des propositions qui sont à mettre à l'épreuve d'expériences adaptées.
- [x] Des propositions qui sont supposées valoir par elles-mêmes, être évidentes.

3. Raisonner, c'est :

- [ ] Combiner des propositions sans se soucier de leur champ d'application.
- [ ] Vérifier l'applicabilité de propositions sans se préoccuper de leurs relations logiques.
- [x] Combiner des propositions afin de tenter de parvenir à une conclusion.
- [x] Chercher à faire correspondre des relations entre des propositions avec le monde.

4. Juger, c'est :

- [x] Appliquer un principe de façon consciente, réfléchie.
- [ ] Prendre une décision soudaine, sans aucune justification.
- [x] Chercher à distinguer des cas, dans un effort de précision.
- [ ] Viser à étendre le champ d'application de son propos par un essai de généralisation.

5. Une théorie :

- [ ] Doit rester à jamais sans application.
- [x] Est présentée comme indépendante de ses applications.
- [ ] A pour modèle les conflits qui régissent le champ politique.
- [x] A pour modèle la formalisation mathématique.

6. L'intuition rationnelle, c'est :

- [x] Une relation directe et réfléchie de l'esprit à ses objets qui apparaissent certains.
- [ ] Le pressentiment que la conclusion du raisonnement sera fâcheuse.
- [ ] La situation de l'esprit lorsqu'il identifie sans délai une solution logique.
- [x] La situation de l'esprit lorsqu'il identifie une solution indubitable, même après effort.

7. La déduction est :

- [x] Un raisonnement démonstratif.
- [ ] Un raisonnement qui va du particulier au général.
- [x] Un raisonnement qui va de l'universel au singulier.
- [x] Un raisonnement qui revient à reconnaître un cas comme relevant d'une règle.

8. L'induction est :

- [ ] Un raisonnement valide.
- [x] Un raisonnement qui procède par généralisation.
- [ ] Un raisonnement qui va du général au singulier.
- [x] Un raisonnement qui revient à identifier une règle à partir de quelques cas.

9. Les mathématiques :

- [x] Sont des formes appliquées à une matière élémentaire : l'espace et le temps.
- [ ] Ne se distinguent pas de la logique.
- [x] Sont des constructions rationnelles qui servent d'outils aux autres sciences.
- [ ] S'appliquent à la nature au même titre que les autres sciences.

10. La logique désigne :

- [ ] Les règles qui permettent de vérifier l'application de notre savoir à la nature.
- [ ] Les formules mathématiques qui se construisent dans l'espace et dans le temps.
- [x] Les principes formels qui conditionnent tout raisonnement.
- [x] Les opérations de construction de nos raisonnements, quels que soient leurs objets.

11. **Mentionnez les définitions exactes :**

- [x] L'induction est un procédé de généralisation.
- [x] L'analogie est une égalité de rapports.
- [ ] L'induction est toujours valide.
- [ ] L'analogie est toujours un raisonnement inductif.

12. **Mentionnez les propositions exactes :**

- [x] Les mathématiques constituent pour les autres disciplines un modèle de formalisation.
- [ ] Les mathématiques ne procèdent d'aucune construction spatiale.
- [x] La logique est le domaine de la rationalité par excellence.
- [ ] La logique permet de formuler des jugements intéressants.

13. **Le principe de non-contradiction :**

- [ ] Interdit de dire plusieurs fois de suite la même chose.
- [ ] Interdit de donner deux informations à la fois.
- [ ] Entraîne que la négation d'une proposition vraie est fausse et inversement.
- [ ] Oblige à ne comparer que deux propositions à la fois.

14. **Mentionnez les propositions exactes :**

- [x] Dans les jugements synthétiques, le prédicat n'est pas contenu dans le sujet.
- [ ] Dans les jugements analytiques, la décomposition doit être conduite jusqu'à terme.
- [ ] Dans les jugements théoriques, il y a toujours un raisonnement inductif.
- [x] Dans les jugements analytiques, le prédicat est contenu dans le sujet.

15. **La raison :**

- [x] N'est pas seulement un instrument formel, mais a aussi une dimension morale.
- [ ] Est toujours indifférente à ses applications.
- [ ] Est toujours, quelles que soient ses activités, productrice de valeurs.
- [ ] Ne peut avoir qu'un aspect formel et calculatoire.

16. Mentionnez les propositions exactes :

- [x] La délibération consiste en l'adoption de règles pour un dialogue constructif.
- [x] La négociation consiste en la recherche de la solution la plus avantageuse pour soi.
- [ ] La délibération consiste en la défense de ses intérêts par tous les moyens.
- [ ] La négociation consiste en la recherche collective d'une solution commune.

17. L'irrationnel, c'est :

- [x] Ce qui défie nos principes logiques, ce qui semble les remettre en cause.
- [ ] Ce que nous ne prenons jamais en compte.
- [ ] Ce qui constitue une épreuve provisoire pour la raison qui parvient à la surmonter.
- [ ] Ce qui met définitivement en échec la raison.

18. Une représentation du monde consiste en :

- [ ] Une vision esthétique de l'univers.
- [x] Un ensemble cohérent de principes et de valeurs qui oriente notre action.
- [ ] Une schématisation des forces fondamentales animant la réalité.
- [x] Un ensemble de propositions censé décrire de façon cohérente et complète la réalité.

19. Une doctrine :

- [x] Énonce ses principes pour mieux les enseigner.
- [x] Requiert l'acceptation de ses principes, même si elle les soumet à la discussion.
- [ ] Cherche à imposer ses résultats à tout le monde.
- [ ] Vise à éteindre le dialogue dans une collectivité, en se présentant comme unique.

20. Une idéologie :

- [ ] Cherche à obtenir l'adhésion de façon réfléchie.
- [x] Cherche à obtenir l'adhésion de tous quelle qu'en soit la forme.
- [ ] Énonce ses principes pour mieux les soumettre à discussion.
- [x] Suppose ses principes incontestables, pour les imposer.

La science : une démarche expérimentale et corrective

1. La science désigne :

- [ ] Dans l'Antiquité, un savoir spécialisé, qui porte exclusivement sur la nature.
- [ ] Depuis le XVIIe siècle, l'ensemble des savoirs indifférenciés.
- [ ] Dans l'Antiquité, une démarche expérimentale qui répond à un protocole défini.
- [ ] Depuis le XVIIe siècle, un savoir essentiellement théorique, rarement appliqué.

2. La science :

- [x] Comprend par définition des procédures d'expérimentation.
- [x] C'est par excellence les sciences de la nature, par extension les sciences sociales.
- [ ] Comprend la logique, les mathématiques, les disciplines formelles.
- [ ] C'est par excellence les sciences humaines, par extension les sciences expérimentales.

3. L'expérimentation, c'est :

- [x] L'exigence de soumettre tous les énoncés scientifiques à une procédure de test.
- [ ] Le fait, dans les sciences, d'accepter toutes les nouvelles hypothèses.
- [x] L'effort pour concevoir les énoncés scientifiques en fonction d'une épreuve appliquée.
- [ ] L'intention de toujours commencer une recherche scientifique par une expérience.

4. La démarche expérimentale comprend les phases suivantes :

- [ ] Imagination, déduction, test, conclusion.
- [ ] Interprétation, doute, reformulation, déduction.
- [x] Observation, interprétation, raisonnement, doute.
- [ ] Définition, reformulation, épreuve, déduction.

5. La science :

- [x] S'oppose au sens commun, parce qu'elle met en œuvre des procédures complexes.
- [ ] Utilise le sens commun, parce qu'elle cherche à expliquer le monde perçu.
- [ ] S'oppose au sens commun, parce qu'elle cherche à étonner l'opinion publique.
- [x] Utilise le sens commun, si l'on entend par là notre capacité partagée à raisonner.

6. L'obstacle épistémologique, selon Bachelard, c'est le fait que :

- [x] Nos représentations courantes nous empêchent de concevoir de façon scientifique.
- [ ] La science produit des résultats qui sont des embûches pour notre vie quotidienne.
- [ ] Les énoncés scientifiques s'opposent entre eux.
- [x] Les énoncés scientifiques doivent être rapportés à une théorie, non à la perception.

7. Les sciences produisent :

- [ ] Des certitudes.
- [x] Des modèles théoriques formalisés, objectivés.
- [x] Des hypothèses que les expérimentations n'ont pas réfutées.
- [ ] Des hypothèses à jamais incertaines.

8. Une théorie, c'est :

- [x] Un ensemble d'énoncés reliés entre eux qui cherche à décrire le réel.
- [x] Un ensemble d'énoncés présenté indépendamment de son application.
- [x] Des hypothèses qui sont faites pour être testées, pour être appliquées.
- [ ] Des hypothèses par nature inapplicables.

9. L'expérience, c'est :

- [x] L'ensemble des données que nous recevons des organes sensoriels.
- [x] Un moment privilégié que nous avons vécu.
- [x] Au sens scientifique, un ensemble de procédures pour tester une hypothèse.
- [x] Le moyen dont nous disposons pour appréhender la réalité matérielle : la perception.

10. Dans les sciences, l'expérience :

- [ ] Procède selon une démarche inductive.
- [ ] Sert à confirmer, à valider des hypothèses.
- [ ] Consiste en l'ensemble des données reçues des organes sensoriels.
- [ ] Est un moment unique, singulier, qui ne peut être soumis à des normes communes.

11. Dans les sciences :

- [ ] Les incertitudes se manifestent à chaque étape de l'élaboration théorique.
- [x] Les incertitudes sont évaluées, mesurées.
- [ ] Il n'y a pas d'incertitudes.
- [x] Les incertitudes sont circonscrites, parce qu'elles sont formalisées.

12. Les hypothèses, dans les sciences :

- [x] Ne peuvent pas être prouvées par l'expérience, mais seulement réfutées.
- [ ] Peuvent être vérifiées par l'expérience, si on multiplie les expérimentations.
- [x] Peuvent être validées par élimination, c'est-à-dire par réfutation de toutes les autres.
- [x] Peuvent être validées au moyen d'expérimentations très précises.

13. La science :

- [ ] Est de plus en plus unifiée, au point que ses énoncés se ressemblent.
- [x] Est de plus en plus diversifiée, au point que ses énoncés sont hétérogènes.
- [ ] Est de plus en plus en accord avec nos représentations communes.
- [x] Est de plus en plus indépendante de notre perception, qui paraît s'y opposer.

14. Les sciences :

- [ ] Utilisent des modes de raisonnement qui changent au cours de l'histoire.
- [x] Cherchent à inventer des procédures expérimentales nouvelles.
- [x] Utilisent les mêmes procédés de raisonnement, bien qu'elles aient des résultats inédits.
- [x] S'appuient sur des connaissances logiques et mathématiques qui sont permanentes.

15. L'histoire des sciences consiste en :

- [ ] Une accumulation continue de résultats qui se complètent.
- [x] Une succession de résultats dont les récents peuvent contredire les précédents.
- [ ] Une suite d'énoncés qui sont tous incompatibles.
- [x] Des énoncés cohérents au sein de théories qui se contredisent entre elles.

16. **La science :**

- [x] Procède par réfutation d'hypothèses.
- [ ] Formule des propositions à partir d'une démarche inductive pour ensuite les prouver.
- [ ] Développe une représentation unique du réel par accumulation de ses résultats.
- [x] Développe des modèles qui essaient de représenter de la façon la plus large la réalité.

17. **Les périodes de science normale sont des moments :**

- [x] D'application de la même théorie.
- [ ] De réfutation des principes.
- [x] Au cours desquels la représentation du monde est partagée par les scientifiques.
- [ ] Au cours desquels n'a lieu aucun débat théorique.

18. **Les périodes de crises sont des moments :**

- [ ] De réfutation de tous les résultats scientifiques précédemment obtenus.
- [x] De remise en cause des principes fondamentaux de la science en vigueur.
- [ ] Au cours desquels la représentation du monde est partagée par les scientifiques.
- [x] Au cours desquels ont lieu de nombreux débats théoriques.

19. **Le scientisme, c'est :**

- [ ] La passion de la science, l'appétit pour les résultats scientifiques.
- [x] La conviction que la science remplacera toutes les autres formes de connaissance.
- [ ] L'idée selon laquelle les scientifiques gouvernent nos esprits à notre insu.
- [x] La croyance selon laquelle la science résoudra tous les problèmes de l'humanité.

20. **Les sciences :**

- [ ] Sont remises en cause par le constructivisme, qui en fait des constructions sociales.
- [x] Restent notre meilleur outil de connaissance, le plus partagé, le plus efficace.
- [x] Comportent des résultats incertains, imparfaits, qui n'affectent pas leur crédit.
- [ ] Sont désormais un savoir dont la valeur n'est pas reconnue supérieure aux autres.

La vérité : une quête inachevée

1. La vérité apparaît en première analyse :

- [ ] Comme une donnée.
- [x] Comme un idéal.
- [ ] Inaccessible.
- [x] D'accès conditionné au respect de procédures exigeantes.

2. Dans sa conception traditionnelle, la vérité est présentée comme :

- [ ] Une identité immédiate.
- [x] Une correspondance entre deux termes.
- [x] Une adéquation avec le réel.
- [ ] Une totalité autosuffisante.

3. Habituellement, la vérité est supposée :

- [x] Pouvoir être démontrée.
- [x] Comporter plusieurs dimensions.
- [ ] Se réaliser par auto-développement.
- [ ] Être une construction artificielle.

4. Pour chercher la vérité :

- [ ] Il faut d'abord définir au préalable toutes les étapes de la recherche.
- [x] Il faut partir d'un élément, quel qu'il soit.
- [x] Il faut être capable de réviser et de corriger ses représentations.
- [ ] Il faut disposer d'une certitude absolue préalable à la démarche.

5. Mentionnez les propositions exactes :

- [ ] Quand on fait des erreurs, on en est conscient.
- [ ] Pour identifier la vérité, il faut la reconnaître immédiatement.
- [x] Pour accéder à la vérité, il faut être capable d'une démarche d'évaluation.
- [ ] Lorsqu'on fait une erreur, on ne sera jamais en mesure de la corriger.

6. Pour progresser dans la démarche de recherche de la vérité, nous devons disposer :

- [x] D'éléments qui nous permettent de soumettre nos jugements à des évaluations.
- [ ] De moyens de corriger nos erreurs au moment même où nous les faisons.
- [x] De comparaisons entre plusieurs éléments, de façon à choisir le moins sujet à caution.
- [ ] D'une vérité absolue qui nous permette d'orienter constamment notre démarche.

7. La vérité, selon Descartes :

- [x] Passe par une mise en doute de ses représentations.
- [ ] Peut être appréhendée par une formulation qu'il faut répéter sans cesse.
- [x] Peut être saisie par un acte de l'esprit qui s'identifie dans cet acte de réflexion.
- [ ] Suppose de commencer par admettre des données sans les remettre en question.

8. La construction de la vérité :

- [x] Suppose un esprit autonome, qui juge par lui-même des valeurs qu'il admet.
- [ ] Ne comporte aucune spécialisation disciplinaire.
- [ ] Consiste d'abord en un processus d'accumulation du savoir.
- [x] Est toujours une procédure à reconduire parce qu'elle demeure incomplète.

9. La vérité :

- [ ] Interdit toute démarche de remise en cause.
- [ ] Ne peut être que le résultat d'un doute généralisé indéfiniment.
- [ ] Se rencontre par alternance avec des phases de mise en doute.
- [x] Procède de la résistance au développement d'un doute méthodique.

10. La construction de la vérité relève :

- [ ] D'une production efficace.
- [x] D'une activité par laquelle on se forme soi-même : une praxis.
- [x] D'un effort dont on cherche à mesurer les acquis.
- [ ] D'une spéculation qui ne sera jamais applicable.

11. L'allégorie de la caverne :

- [ ] Montre comment accéder directement à la vérité, symbolisée par le soleil.
- [x] Présente de façon imagée les étapes par lesquelles on peut se libérer de nos illusions.
- [x] Met en scène un esprit qui engage une démarche pour améliorer ses représentations.
- [ ] Présente une quête couronnée de succès, parvenant à comprendre l'absolu.

12. La vérité :

- [ ] S'installe sans difficultés dans un esprit comme dans une communauté.
- [ ] Ne peut jamais faire l'objet d'une élaboration collective.
- [ ] Est toujours complète, sans manques, faute de quoi elle n'est pas.
- [ ] Fait l'objet d'une progression continue et prévisible.

13. La définition de critères de vérité :

- [ ] Constitue un code qui permet de détenir l'exclusivité de la vérité.
- [x] À pour objectif de définir des épreuves pour reconnaître la vérité.
- [ ] Est destinée à détourner l'attention de l'objectif pour définir un accès indirect au vrai.
- [x] Procède d'une intention de formalisation pour partager le vrai dans une communauté.

14. Sont critères de vérité pour une idée :

- [ ] La variabilité.
- [ ] Un nombre pair de contradictions.
- [x] L'applicabilité.
- [x] L'évidence, c'est-à-dire la clarté et la distinction.

15. Les critères de vérité :

- [ ] Permettent de définir la vérité mais non la fausseté.
- [ ] Sont suffisants pour déterminer la vérité.
- [x] Doivent être tous combinés pour être mis en œuvre.
- [x] Ne sont efficaces que s'ils sont combinés avec des critères non formels.

16. **La vérité, dans sa dimension politique :**

- [x] S'exprime par la formulation d'un accord réunissant la majorité d'une population.
- [x] Consiste en un projet constitué des aspirations communes à de nombreuses personnes.
- [ ] Suppose la prise en compte des avis de toutes les personnes concernées.
- [ ] Renvoie à la capacité dont disposent certaines personnes d'apaiser les conflits.

17. **La vérité apparaît désormais :**

- [x] Diversifiée, parce que relevant de disciplines distinctes.
- [ ] Multiple, parce que changeante dans un monde en mouvement.
- [x] Obéissant à des procédures d'identification et de vérification spécialisées.
- [ ] Indistincte, car mêlée à des éléments de fausseté.

18. **La vérité :**

- [ ] Relève souvent d'une conception relativiste.
- [x] Est une référence fondatrice dont nous ne pouvons nous passer.
- [ ] Procède de l'intuition d'une réalité plutôt que d'une exigence intellectuelle.
- [x] S'élabore progressivement au moyen de l'élimination de la fausseté.

19. **Le scepticisme :**

- [ ] Affirme que tout est vrai.
- [x] Affirme que tout est faux.
- [ ] Ne permet la mise en œuvre d'aucune recherche de la vérité.
- [x] Peut s'avérer fécond pour la recherche de la vérité.

20. **La vérité :**

- [x] Apparaît comme une exigence constitutive de l'humanité.
- [x] Fait l'objet d'une quête à jamais inachevée, toujours à poursuivre.
- [x] Se manifeste comme nécessaire, bien que parcellaire.
- [x] Est le fruit d'une construction que l'esprit se réapproprie comme sienne.

La nature : une réalité à protéger

1. L'environnement, c'est l'ensemble :

- [x] Des êtres vivants parmi lesquels nous vivons.
- [x] Qui constitue notre milieu, en tant qu'unité.
- [ ] Des êtres inanimés dans lequel nous vivons.
- [ ] Des êtres humains parmi lesquels nous vivons.

2. La nature d'une chose, c'est :

- [ ] Son milieu.
- [x] L'ensemble de ses caractéristiques essentielles.
- [ ] L'ensemble des relations qu'elle a avec les autres choses.
- [x] Ce qui la définit.

3. La nature, c'est :

- [x] Un ordre qui constitue un modèle de régularité.
- [ ] Une disposition qui apparaît comme un principe immobile des choses.
- [x] Un principe d'animation par lequel les choses sont mues.
- [ ] Une valeur vers laquelle nous ne pouvons pas ne pas tendre.

4. La nature, c'est :

- [ ] L'état d'un être une fois qu'il a achevé son développement complet.
- [x] L'état d'un être avant qu'il n'ait engagé son propre développement.
- [x] Le développement d'un être, en tant qu'il apparaît spontané et déterminé.
- [ ] Le développement d'un être, en tant qu'il apparaît volontaire et singulier.

5. Est naturel :

- [ ] Ce qui résulte de l'intervention humaine.
- [ ] Ce qui apparaît imprévisible.
- [x] Ce qui se manifeste comme dynamique.
- [ ] Ce qui est caractérisé par l'absence d'ordre.

6. Les animaux :

- [ ] Par opposition aux minéraux, se confondent avec leur milieu.
- [ ] Par opposition aux végétaux, sont caractérisés par leur faculté de reproduction.
- [ ] Par opposition aux choses, ont à l'extérieur d'eux le principe de leur mouvement.
- [ ] Par opposition aux êtres humains, ne sont pas doués de sensibilité.

7. Le mécanisme :

- [ ] Procède d'une tendance synthétique totalisatrice dans la compréhension du vivant.
- [x] Explique le vivant en le ramenant à des causes matérielles et efficientes.
- [ ] Consiste à rapporter les phénomènes vivants à des causes formelles et finales.
- [ ] Traite les phénomènes vivants comme s'ils étaient reproductibles et modifiables.

8. Le finalisme :

- [x] Consiste en l'interprétation des phénomènes vivants en termes de projet, d'intention.
- [ ] Consiste en l'explication des phénomènes vivants à partir de leur décomposition.
- [x] Interprète les phénomènes vivants en fonction de leur dynamisme interne.
- [ ] Peut être apparenté au mécanisme qui ramène le vivant à de l'étendue et des forces.

9. L'organisme est appréhendé par les sciences de la vie :

- [x] Sous l'angle de ses relations avec son milieu.
- [x] Comme un système, c'est-à-dire en fonction de l'interdépendance de ses parties.
- [x] Par le biais de phénomènes de régulation dont il est le siège.
- [x] Comme un ensemble d'interpénétrations qui se redéfinissent sans cesse.

10. Le finalisme :

- [ ] Est considéré comme une réalité naturelle.
- [ ] Est un principe dont la science peut rarement se passer.
- [x] Apparaît comme une hypothèse qui peut s'avérer fructueuse dans certains cas.
- [ ] Donne lieu à de nombreux calculs formalisés.

11. L'ordre naturel a pu être considéré :

- ☒ Comme un modèle pour notre action.
- ☒ Comme un principe incontestable pour tous les êtres vivants.
- ☒ Comme invitant à s'y conformer pour vivre en accord avec son milieu.
- ☒ Comme la source de la sérénité intérieure.

12. Mentionnez les propositions exactes :

- ☒ La nature est muette ; c'est l'humain qui identifie ses lois.
- ☐ Si on écoute bien sa nature, elle nous dit toujours ce qu'il faut faire.
- ☐ La nature est la principale source des valeurs que nous défendons.
- ☒ Si on observe bien la nature, on peut l'identifier à des lois, source de régularité.

13. La sociobiologie :

- ☒ Tente d'appliquer au monde humain des modèles supposés naturels.
- ☐ Tente d'appliquer au monde naturel des modèles humains.
- ☐ Cherche à appliquer aux animaux notre modèle de société.
- ☒ Cherche à appliquer aux êtres humains des principes identifiés dans le règne animal.

14. Le principe darwinien de « lutte pour la vie » :

- ☐ Permet à la théorie de l'évolution de décrire les relations entre les individus.
- ☒ Permet à la sociobiologie de tenter de justifier la compétition entre humains.
- ☐ Permet à la science d'observer les mêmes phénomènes chez les animaux et les humains.
- ☐ Permet à la science de dénoncer la compétition entre humains.

15. La notion de naturel :

- ☒ Est le plus souvent valorisée positivement.
- ☒ Nous engage à faire prévaloir ce qui est supposé premier, intact.
- ☒ Risque de nous conduire à déprécier tout ce qui n'est pas naturel.
- ☒ N'est que le résultat de notre investigation de notre milieu.

16. Mentionnez les propositions exactes :

- [ ] L'humanité est caractérisée par une nature immuable.
- [ ] L'humanité représente un modèle de comportement pour les êtres vivants.
- [ ] L'humanité renvoie à un ensemble de propriétés déterminées et partagées.
- [ ] L'humanité vit toujours en harmonie avec son milieu.

17. La perfectibilité par laquelle peut être caractérisé l'humain :

- [ ] Est une capacité d'accéder à la perfection.
- [x] Est une capacité de progresser.
- [x] Est une capacité de régresser.
- [x] Est une capacité de se définir.

18. L'« anthropocène » désigne l'ère de développement de l'humanité :

- [ ] Au cours de laquelle l'action humaine est parvenue à la perfection.
- [ ] Au cours de laquelle toutes les actions humaines doivent être coordonnées.
- [ ] Au cours de laquelle l'action humaine est parvenue au point de se détruire elle-même.
- [x] Au cours de laquelle l'action humaine transforme radicalement son milieu.

19. Le développement durable, c'est :

- [x] Le développement actuel tempéré par la prise en compte des générations futures.
- [ ] La croissance indéfinie de nos moyens de production.
- [ ] La confiance en les générations futures pour accroître le développement humain.
- [ ] La limitation du développement des générations futures pour préserver nos capacités.

20. Mentionnez les propositions exactes :

- [ ] L'écologie « profonde » entend protéger la nature pour préserver l'humain.
- [ ] L'écologie « de surface » entend protéger l'humain pour sauvegarder la nature.
- [ ] L'écologie « de surface » entend protéger la nature pour elle-même.
- [x] L'écologie « profonde » entend protéger la nature au nom de son unité, de sa structure.

LE RAPPORT À SOI ET LES CHAMPS DE L'ACTION

1 COURS

La conscience : le fondement de notre identité

La **conscience,** c'est la **présence à soi** qui caractérise notre esprit. Étymologiquement, être conscient, c'est « savoir avec » ; en d'autres termes, en même temps qu'on connaît quelque chose, on sait qu'on le connaît. Notre esprit exerce sa faculté d'intellection de façon **réflexive** (en entretenant un rapport à lui-même). Descartes identifie la pensée à ce rapport à soi. Mais la conscience est également une faculté de **représentation,** qui nous permet d'appréhender notre environnement. Parce qu'elle accompagne de façon permanente notre temps de veille, la conscience est le support de l'**identité personnelle :** ce qui fait qu'un être humain est ce qu'il est, c'est-à-dire ce par quoi il est différent des êtres semblables. La difficulté souvent explorée par la tradition est alors de savoir si le contenu de cette conscience est accessible, autrement dit si l'on peut répondre à l'injonction du temple de Delphes, rendue célèbre par Socrate : **« connais-toi toi-même ».** Plusieurs niveaux de conscience ont été distingués : prenant appui sur la **sensation** pure, qui n'est pas encore consciente, la **perception** constitue un premier niveau, celui de l'intégration des sensations (qui constitue notre rapport à ce qui nous entoure). La conscience se manifeste ensuite par l'**affectivité** : notre perception est polarisée par nos émotions, nos sentiments. Le niveau de la **réflexion,** la relation supposée constamment entretenue avec soi-même – l'aperception – constitue l'essence même de la conscience. Dans l'action, pour orienter le rapport aux autres, la **conscience morale** est source de **responsabilité** et de valeurs. La responsabilité est le fait de répondre de ses actes, devant les autres, d'en mesurer les conséquences avant de les commettre. On distingue parfois le rapport au groupe, à l'humanité, aux êtres vivants, au cosmos comme différents degrés de la conscience dans sa dimension spirituelle. La **spiritualité,** c'est précisément la capacité qu'a la conscience de se dépasser, d'entrer en relation intime avec ce qui est et d'élargir son champ de représentation. La conscience est à la fois une réalité **singulière,** comme teintée de ma personnalité, à la fois une propriété **partagée,** aux caractéristiques communes à tous les êtres humains.

Comme rapport fondamental à soi, la conscience devrait être source de **maîtrise continue de soi.** L'apprentissage du rapport aux autres, de la responsabilité, s'appuie sur le principe de la **réflexivité** de la pensée. Descartes pose que je ne peux pas penser sans savoir que je pense. Kant reconnaît que ce **« je pense »** doit pouvoir accompagner toutes mes représentations. Je sais indubitablement que je suis lorsque je pense.

Pourtant, une pensée qui serait exclusivement réflexive risquerait d'être vide (comme dans certaines formes de méditation). Il n'est donc pas sûr que la réflexion puisse s'exercer sans objet. Husserl a souligné que « la conscience est toujours conscience de quelque chose ». La conscience est définie par son intentionnalité, sa capacité à tendre vers un objet (attention, visée, concentration). C'est la direction d'un regard qui permet de saisir son sens, c'est-à-dire son orientation et sa signification. Par suite, ce n'est pas en elle-même mais dans la relation qu'elle entretient avec son objet que se définit la conscience. Il n'y a ainsi pas de conscience sans environnement, pas de conscience sans activité : la **conscience** est toujours **focalisée.** Comme conscience d'objet, la conscience est d'abord **active** ; la réflexion est nécessaire mais secondaire. La conscience pourrait ainsi être caractérisée par ses capacités de focalisation. Réflexion et attention sont des **potentialités** que la conscience réalise par **concentration** ou **méditation**. La conscience est une faculté de **polarisation** : entre deux pôles qui ne peuvent être réalisés parfaitement séparément, la conscience déploie son activité. La conscience est mouvement plutôt que résultat, puissance plutôt qu'achèvement.

En un sens, nous ne sommes rien d'autre que notre conscience. Pourtant, nous avons aussi l'impression que nous sommes plus que notre conscience, qui ne serait qu'une manifestation de notre « moi profond. » Notre **personnalité** outrepasse-t-elle notre conscience ? Le rationalisme moderne a souvent admis que, lorsque je sais que je suis, je sais en même temps ce que je suis, autrement dit qui je suis. Ainsi, pour se connaître, il suffirait de se penser. Mais nous nous surprenons nous-mêmes, nous nous découvrons progressivement, notre connaissance de nous-mêmes est partielle. Ce qui fait notre **identité,** c'est la suite de nos actions, nos actes et leurs conséquences : c'est la **responsabilité,** le fait de se reconnaître comme l'origine de ses pensées et de ses actions. Cela se manifeste par la mémoire. La **mémoire** est censée pouvoir établir un point commun entre tous les moments que j'ai vécus, de façon à constituer mon identité. Cela correspond à ce qui reste permanent en moi. Mais il n'est pas sûr que nous puissions développer une connaissance de ce noyau fondateur : « Nous n'avons pas d'idée de notre âme. » (Malebranche) La pensée de soi n'est pas une **connaissance de soi.** Cette dernière ne serait qu'une **construction progressive.** L'identité n'est pas une réalité déterminée et permanente. Elle est une élaboration patiente. Si nous l'admettons volontiers pour nous-mêmes, nous avons du mal à reconnaître en **autrui,** autre moi, autre conscience, un être en évolution, qu'il convient d'accepter et d'explorer. Chaque personne, par sa réflexivité, son ingéniosité, sa capacité à résister aux épreuves doit être appréhendée comme inépuisable, riche de renouvellement et de potentialités. Si notre **personnalité** est définie comme déterminée par notre caractère, par notre histoire et par nos aspirations, ce que nous sommes comme **personne,** notion juridique et morale, est supposé commun et indéfini : nous sommes censés chercher à maîtriser nos actes, être soucieux de leurs conséquences et, au moins potentiellement, **en relation avec l'humanité.**

N'avons-nous avec les autres consciences que des aspirations potentielles, ou bien également des **propriétés** bien définies et effectivement **partagées** ? L'ensemble de nos états de conscience, comme notre vécu, n'est-il pas empreint de notre expérience et de notre **personnalité** singulière ? Il semble en première approche que je sois unique. Je suis moi, et je sais que je suis le seul à être moi. Par conséquent, j'interviens dans l'activité de ma conscience, mais je ne sais pas à quel degré. Je ne suis donc jamais assuré de l'objectivité de mes représentations. Nous avons en effet une histoire, des souvenirs qui conditionnent notre rapport aux choses. Il serait alors impossible de dépasser notre **subjectivité** : il faudrait ne pas avoir de passé, ou bien pouvoir échanger nos pensées. Si nous admettons que certaines pensées dépendent de nous, la question est de savoir comment être sûr que celles que nous considérons comme **objectives** ne dépendent pas aussi de nous. Sans doute l'objectivité de nos représentations n'est-elle pas donnée. En évaluant nos propres intérêts, en les comparant à ceux des autres, en confrontant nos jugements, nous pouvons construire progressivement une **intersubjectivité.** L'objectivité est élaborée au moyen de la rationalité, parce que la raison vise l'universel dans son effort pour établir la vérité, pour réaliser la moralité. Nous disposons de moyens pour vérifier nos représentations et nos jugements : en les mettant à l'épreuve de l'expérience, de la discussion avec autrui, du développement prononcé de leurs conséquences, notre conscience peut se défaire de sa particularité pour aspirer à des positions communes. Même si nous sommes toujours d'abord subjectifs, nous avons un **devoir d'objectivité.** L'objectivité est toujours à construire, et sa construction n'est jamais achevée. Il nous revient toujours encore de débattre, d'échanger, de **nous cultiver.** Toute certitude peut être soumise à une nouvelle épreuve, relevant de l'expérience ou de la discussion informée **(délibération),** qui constituent des instances d'amélioration de nos convictions. Il nous appartient de reconduire ces procédures, de chercher inlassablement à améliorer notre jugement et nos positions. De la sorte, l'objectivité est moins un état de conscience définitif qu'une volonté qui résiste à l'exercice d'une **remise en cause répétée** avec assiduité. L'objectivité devrait ainsi être constamment consolidée. C'est en développant nos aspirations communes que nous devenons un **sujet** pleinement humain, défini par des **facultés** supposées universelles : affectivité, rationalité, socialité.

L'inconscient : un impensé à reconstruire

Est inconscient ce qui n'est **pas conscient.** Cette privation de conscience ne nous intéresse qu'à la condition d'avoir une **relation à la conscience.** Si on qualifie un souvenir d'inconscient, c'est qu'on prête attention à la relation que nous avons avec ce passé (il se cache ?) ou bien à celle qu'il entretient avec nous (il agit sur nous à notre insu). Plusieurs auteurs ont pu soupçonner que notre capacité de maîtrise de notre volonté ou de notre mémoire faisait fond sur des **données qui échappent à notre volonté**. « Une pensée vient quand elle veut et non quand je veux » remarque Nietzsche. La question est alors de savoir comment ces éléments non conscients peuvent se composer pour constituer nos états de conscience. L'examen porte sur la formation des données inconscientes, pour se demander notamment si elles ont une dimension collective ou bien si elles demeurent personnelles. Il importe également de définir l'apport de la psychanalyse et de préciser dans quelle mesure l'allégation de **motivations inconscientes** est compatible avec le principe de notre liberté et de notre **responsabilité.**

On peut d'abord définir l'inconscient comme ce à quoi n'a pas accès la conscience. Cela recouvre tous les **phénomènes organiques** dont nous sommes le siège, et notamment les phénomènes **perceptifs.** Nous sommes sensibles à des stimulations subliminales (dont l'intensité est inférieure à notre seuil perceptif) desquelles nous ne sommes pas conscients. Leibniz définit nos « petites perceptions » comme celles qui sont trop faibles, ou trop intriquées (comme un bruit de fond) pour être distinguées et identifiées par notre activité consciente, qu'il appelle aperception (réflexion) pour la distinguer de la perception, qui peut échapper à notre attention et à notre contrôle (il s'agit alors de **perceptions inaperçues**). La **conscience** est définie par l'opération d'**intégration** (la somme d'un nombre indéfini de composants de taille infinitésimale) des perceptions inaperçues. Non seulement les données inconscientes ne s'opposent pas à la conscience, mais elles la constituent. Cela signifie que nous rapportons à nous des phénomènes dont nous ne connaissons pas clairement la manifestation. Les rêves ont souvent été expliqués par la manifestation plus ou moins déguisée de perceptions antérieures. Lorsque nous recherchons l'objet d'un souvenir, ou un mot, nous savons disposer « en nous » de cet élément auquel nous n'avons pas accès. Bergson considère que la mémoire enregistre tout ce qu'on a vécu, mais ne laisse pas s'exprimer ces **souvenirs vivaces,** en raison du pouvoir supérieur de la **conscience attachée à l'action.** Les traces mnémoniques qui cherchent à se manifester en trouvent l'occasion pendant la suspension de l'activité consciente, durant les rêves.

En même temps qu'il véhicule notre expérience passée, l'inconscient porte trace de notre **histoire collective.** En explorant les processus physiologiques ou mentaux qui se déroulent partiellement hors du champ d'attention de la conscience, on peut soupçonner que les états qui caractérisent notre activité sont plus riches que leur description explicite ne le laisse supposer. Ainsi a-t-on pu considérer que l'inconscient était constitué d'**instincts,** d'archétypes (représentations symboliques communes) qui nourrissent et permettent d'expliquer nos comportements et notre devenir. En ce sens, l'inconscient est constitué de tendances qui agissent en nous, qui nous relient à la collectivité à laquelle nous appartenons : les **schémas symboliques** dans lesquels nous nous inscrivons sans le savoir limitent en même temps qu'ils nourrissent nos initiatives. On a ainsi pu définir comme inconscient l'ensemble des déterminations qui sont le produit de nos conditionnements. Bourdieu affirme ainsi : « L'inconscient, c'est l'histoire. » Il s'agit de savoir dans quelle mesure ces déterminations qui agissent en nous à notre insu s'opposent à nous. On voit que la question de l'inconscient est celle de notre **ambivalence,** de l'existence d'un **conflit intérieur** à notre subjectivité ou à notre personnalité.

Freud présente l'action d'un souvenir inconscient comme celle d'un deuil qui ne serait pas fait : il en est comme si, au lieu de rendre à la personne défunte des hommages périodiques, nous ne pouvions nous empêcher de rejoindre sa sépulture quotidiennement, au lieu d'aller au travail. L'inconscient psychique est l'hypothèse d'une **activité sous-jacente à notre personnalité,** de tendances qui s'exprimeraient en nous malgré nous. L'inconscient est alors supposé comme un principe unifié d'activité psychique. Comment puis-je être le siège d'une activité psychique que non seulement je ne maîtrise pas, mais dont j'ignore de plus la nature ? Comment cette activité inconsciente ne concurrencerait-elle pas mes intentions explicites ? Quelle est l'ampleur de l'activité de ce **principe intérieur ?** Si elle était trop importante, je ne serais plus maître de moi-même.

Les **symptômes hystériques** sont interprétés par Freud comme des rappels à la conscience de souvenirs traumatiques. Le **traumatisme** résulte du renouvellement de la condamnation par la conscience morale d'une tendance (**pulsion,** force non exprimée, non totalement exprimable, par opposition au **désir,** caractérisé par la conscience de son objet) inavouable. L'inconscient est en effet défini comme le lieu de tendances (pulsions) qui ont été refoulées (le **refoulement** étant l'expulsion hors de la conscience de tendances condamnables) et qui cherchent à s'exprimer à la lisière de la conscience. Le **« ça »** est l'instance supposée contenir les pulsions fondamentales (pulsion de vie/de mort) ; le **Surmoi** est celle censée recéler et appliquer les interdits sociaux et moraux. La personnalité (le

« moi ») résulte de l'évolution du conflit intérieur entre ces deux instances. La guérison est produite par le retour à la conscience de la pulsion dont le refoulement avait échoué. Elle est alors réinvestie, grâce à la « plasticité des tendances ». Il s'agit de la capacité des pulsions à être transformées par le psychisme (cela peut se faire par **déplacement :** changement d'objet ; **inversion :** changement d'orientation d'une tendance ; **transfert :** changement d'objet qui conduit à reproduire ses tendances envers le psychanalyste ; **sublimation :** transformation d'une tendance pour la rendre conforme à des buts socialement valorisés). Par l'effet **cathartique** de la cure (la ***catharsis*** était définie par Aristote comme le fait de vivre comme spectateur les sentiments joués par les acteurs, et par suite d'en être purifié), l'expression de tendances désamorce leur effet pathogène. En devenant une doctrine du psychisme plutôt qu'une thérapie (un traitement des pathologies), la psychanalyse risque de disqualifier les doctrines classiques rationalistes de la maîtrise du sujet par sa volonté et de déresponsabiliser les individus en justifiant par des forces non maîtrisables leurs comportements déviants. Ainsi comprend-on fréquemment la compétition éducative ou économique comme le lieu de réinvestissement de pulsions sexuelles dominatrices, qui s'exprimeraient par sublimation de façon détournée et conforme aux valeurs sociales.

La psychanalyse permet ainsi d'explorer les aspects insoupçonnés de notre **personnalité,** pour investir les éléments qui nous caractérisent à notre insu. Selon le mot de Rimbaud, « Je est un autre ». Lacan définissait l'inconscient comme « le discours de l'Autre », l'Autre étant l'instance à partir de laquelle se constitue le discours adressé. Alain qualifiait l'inconscient de « sombre personnage », comme un « autre moi » qui se jouerait de moi. Pourtant, les interprétations psychanalytiques peuvent être limitées. C'est le caractère pathologique des **symptômes** qui justifie la mise en œuvre d'une théorie et d'une thérapie en laquelle consiste la psychanalyse. Les interprétations psychanalytiques sont des **hypothèses** qui doivent être testées et éprouvées : elles ne doivent intervenir que pour expliquer des phénomènes pathogènes (différents de la norme ou plutôt provoquant des souffrances). En revanche, elles restent stériles lorsqu'elles sont généralisées et détachées de tout contexte d'interprétation. Les hypothèses psychanalytiques sont confirmées lorsqu'elles sont mises en cohérence dans le cadre d'une **reconstruction par une personne** de la singularité **de son passé.** Elles sont en quelque sorte validées par leur résultat : la guérison du traumatisme. La psychanalyse est une **thérapie** plutôt qu'une théorie du psychisme humain. Finalement, la nécessité de recourir à l'hypothèse de l'inconscient nous rappelle notre insuffisance à nous-mêmes ; les difficultés rencontrées pour en restituer la structure et la teneur nous rappellent aussi l'impossibilité de lui assigner une réalité déterminée et substantielle.

Le temps : une réalité qui nous échappe

Le passé n'est plus, l'avenir n'est pas encore ; seul le présent semble exister. Encore celui-ci pourrait m'apparaître insaisissable, si je le caractérise comme un **instant** (la plus petite partie du temps) : dès que je cherche à le saisir, il disparaît dans le passé. Décrire le temps est donc d'emblée problématique : comment ne pas le **dénaturer** par ma description ? Si le temps est vécu, s'il est une réalité intime qui semble nous appartenir, nous en dépendons tout aussi bien. Ne sommes-nous pas définis par notre temporalité ? Si nous pouvons nous libérer de nos déterminations par nos pratiques et notre engagement, nous sommes également soumis au temps, à la mort, au vieillissement, à la nostalgie. Nos **capacités d'action** sur le temps sont difficiles à déterminer : comment agir sur quelque chose dont nous ne nous ne parvenons pas à nous différencier ?

Le **temps** peut être représenté de façon objective comme une **régularité : « Nombre du mouvement** selon l'antérieur et le postérieur » (Aristote). Une manière schématique de se représenter le temps serait de prêter attention au rythme d'un métronome (ou, de façon symbolique, d'une vieille horloge). Cette description d'une **temporalité homogène, calculable, spatialisable** semble en faire une entité extérieure à nous. Pourtant, l'objet du décompte ne peut exister sans l'esprit qui effectue le décompte : notre âme est le siège de l'acte de décompte. Ainsi, on ne peut faire du temps une réalité indépendante de notre conscience. Bergson distingue la **durée humaine** de la représentation artificielle du temps par de l'espace (dans les chronologies, les calendriers, les agendas). Le **temps vécu** est sans cesse inédit, hétérogène, irréversible, indivisible, doué d'un développement spontané et créateur. Il est « ce qui se fait, et même ce qui fait que tout se fait » (Bergson). Soit le temps est en nous et il n'apparaît pas mesurable, soit il est représentable mais il n'est plus ce que nous éprouvons. Le temps est sans doute une **condition formelle** (structure indéterminée) de nos représentations. Toute expérience repose sur ce que nous ressentons dans le temps. Ainsi le temps peut être compris comme le **cadre de notre rapport à toutes choses** (hormis nous-mêmes). Si nous réfléchissons sur notre intériorité, nous nous apercevons que ce cadre ne s'applique pas à celle-ci : la durée que nous sommes n'est pas dans le temps que nous décrivons. Le temps est la condition de déploiement de notre connaissance, à travers laquelle nous ne pouvons nous appréhender nous-mêmes.

Même si nous sommes définis par notre croissance, notre persévérance et notre dégénérescence, nous ne sommes peut-être pas réductibles à notre temporalité. Certes, je peux apparaître **déterminé par mon passé** biologique et psychologique. La nature irréversible du temps se traduit par l'irrévocabilité de mes décisions. Il m'arrive de regretter le temps révolu. On conçoit d'ordinaire la mémoire comme réitération de ce qui a été. Mais est-ce le passé qui se reproduit en moi par le souvenir, ou bien est-ce moi qui détermine mon passé ? Notre **mémoire** est moins reproduction que **réutilisation** : je reprends un élément du passé pour l'inscrire dans la situation actuelle par mon activité. Mon action se définit par ses buts ; l'**avenir** caractérise l'individu comme **projet.** L'être de l'homme est d'être d'abord ce qu'il sera. La mémoire n'est pas seulement une instance de stockage passif des informations : ma mémoire, c'est ma capacité à me reconnaître et à me transformer moi-même. Elle est faculté d'**utiliser,** par suite d'adapter, de modifier l'élément antérieur, non pas de reproduire le **passé.** Le souvenir est donc vivant : il contribue à me définir. L'action humaine n'est ni répétition à l'identique, ni innovation radicale, mais **reprise** ou **réappropriation.** Mon activité est toujours intégration d'une expérience passée à une situation qu'elle crée en fonction d'un engagement pour l'avenir. On peut même soutenir que nos actes seront d'autant plus responsables qu'on en connaît la généalogie. Nous sommes caractérisés par les « âges de la vie » (enfance, maturité, vieillesse) - qui ne manquent pas de se multiplier avec le vieillissement de l'humanité (enfance, adolescence, jeunesse, maturité, sénescence, dépendance). Les stades de l'existence définis par Kierkegaard en fonction de notre rapport au temps (**stade esthétique** : séduction, valorisation de l'instant/**stade éthique** : mariage, inscription dans la durée/**stade religieux** : conscience isolée, aspiration à l'éternité) sont moins des étapes séparées du parcours de la vie que des modalités distinctes de l'appréhension de la temporalité.

Il semble qu'en conséquence nos représentations du temps dépendent en quelque façon du sens que nous donnons à nos activités. Notre intellection des phénomènes (dans l'ordre de leur succession causale) repose sur l'identification d'invariances, de répétitions. Leur **détermination chronologique** (dans un cadre homogène et régulier) suppose que la cause précède l'effet. Le temps de l'**explication** va du passé vers l'avenir. Mais dans mon action, par anticipation, je conçois les fins avant leurs moyens : j'appréhende l'effet avant la cause (c'est pourquoi Aristote affirme que la cause finale est la plus importante). Le **temps humain** semble aller **de l'avenir vers le passé** dans lequel il s'inscrit progressivement. Seule l'éternité échappe au temps, car elle n'a ni avant ni après. La répétition permet de conjurer l'irrévocable, sinon d'en amoindrir les effets : par les rites sacrés, les fautes sont expiées. **L'éternel retour,** sous une forme mythique, permet même de nier l'irréversible : en imaginant que le temps n'est pas linéaire, Nietzsche formule un défi pour notre capacité d'acceptation. Si j'accueille ce qui est, en supposant qu'il adviendra et se répétera indéfiniment, je confère une valeur absolue à l'instant (sans avant ni après, l'instant peut être compris comme élément de l'éternité). Il s'agit d'une épreuve pour ma volonté, de savoir si je puis pleinement vouloir ce qui est, tout ce qui est, surtout ce qui me fait souffrir. Si nous n'avons pas le pouvoir d'**agir sur le temps,** nous avons la possibilité d'**en infléchir la signification** pour nous.

Justement, à grande échelle, **l'histoire** interroge nos facultés d'intellection et d'interprétation à travers le temps. L'histoire désigne un **récit** plaisant (une narration qui est caractérisée par une chronologie) ; plus sérieusement elle renvoie à **l'ensemble des événements** vécus dont les humains ont pu laisser trace par l'écriture ; souvent le terme s'applique à la **discipline qui prend pour objet le passé** humain. Mais l'enquête historique n'est jamais garantie d'atteindre son objet : elle ne peut y accéder en totalité, ni le reconstituer. Elle procède donc à une explication qui, pour rester à jamais incomplète, n'en cherche pas moins à se montrer la moins inexacte possible. Mais à considérer le passé dans son ensemble, il ne s'agit pas seulement de le restituer fidèlement ; à grande échelle nous nous interrogeons sur l'orientation des événements, sur la finalité des actions humaines dans leur totalité, sur le **sens de l'histoire.** C'est l'objet des **philosophies de l'histoire,** qui se sont développées à la fin du XVIIIe siècle et au XIXe siècle, d'expliciter les conditions de possibilité d'un progrès dans l'ensemble du devenir humain. Les penseurs comme Kant, Hegel, Marx ont considéré que les événements pris dans leur globalité tendent vers la **fin de l'histoire**, sans que les humains aient conscience de concourir à la réalisation de ce but ; ce schéma est souvent dénommé **« ruse de la raison »** (supposée capable de gouverner le monde en dépit des objectifs consciemment visés par les agents). Depuis, l'intention d'exactitude des interprétations historiques a pris le pas sur les théories de la fin de l'histoire, dont le propos a semblé disqualifié par les atrocités de masse perpétrées au XXe siècle. Mais les grands événements, sortes de « points de bascule de l'histoire », sont comme autant d'occasions de s'interroger sur la persistance d'un sens de l'évolution des sociétés, ou sur le caractère définitivement inintelligible du temps dans sa totalité.

Le **temps des choses** est relation de dépendance du présent à l'égard du passé ; ordre des sciences, de ma mémoire, de mes déterminations. Le **temps de l'action** humaine est relation de dépendance du présent à l'égard de l'avenir ; champ de l'anticipation, des projets, de la création. Le **temps de l'existence** suppose l'élaboration du sens que nous attribuons à la temporalité à travers une reprise libre de nos déterminations.

La technique : un pouvoir à tempérer

La **technique** consiste en l'utilisation d'une connaissance en vue d'une production déterminée. Elle est caractérisée par sa visée d'**efficacité,** sa transmissibilité. Sa mise en œuvre dans une organisation collective se traduit par des **règles** explicites, des obligations régulièrement accomplies. Les premières opérations par lesquelles nous transformons notre milieu sont des gestes qui, parce qu'ils sont difficiles et requièrent une formation, sont qualifiés de techniques. La technique est « une **disposition à produire** accompagnée de règles exactes », dit Aristote. Les opérations élémentaires ont mobilisé des matériaux, rendant la tâche à la fois plus aisée à accomplir et plus complexe à réaliser, puisqu'elle requiert la composition d'éléments faisant intervenir des **compétences spécifiques.** La technique, qui désignait autrefois l'opération par laquelle on transforme la nature, décrit désormais les **résultats et les moyens de notre ingéniosité.** Savoir-faire, ensemble de règles qui le régissent, production d'instruments de plus en plus perfectionnés, la technique semble comporter de multiples aspects. Platon rapporte le **mythe de Prométhée,** qui, après la distribution aux différentes espèces vivantes des qualités qui leur permettront de survivre, vole l'ingéniosité aux dieux pour en faire don à l'**humain, espèce démunie** physiquement car oubliée par son frère. Faute de disposer d'une capacité salvatrice, l'espèce humaine pourra **pallier ses déficiences** en démultipliant **ses inventions.** La technicité va dès lors se développer considérablement, au point de nous interroger sur ses limites et sur notre capacité à en circonscrire la prolifération. La technique nous sert, mais nous rend également dépendant. La question est de savoir si la préservation de notre environnement rend nécessaire une rupture avec la notion de progrès et à quel degré.

En un sens, l'histoire de l'humanité n'est autre que celle du développement de ses techniques. Bergson considère que l'intelligence est opératrice plutôt que savante : elle consiste en « la faculté de fabriquer des objets artificiels ». L'**outil** est un élément matériel prolongeant le corps humain pour faciliter son action. L'**instrument** vise inversement à recueillir une information sur le monde avant d'agir. La **machine** est un outil susceptible de stocker de l'énergie et par suite capable d'exécuter une suite d'opérations. Le terme **robot** désignait autrefois une machine douée d'automatismes et de récepteurs conçus pour la rendre apte à exécuter des opérations complexes s'apparentant à une adaptation au milieu, mais on tend désormais à l'appliquer exclusivement à des automates qui exécutent des opérations prenant pour modèles les gestes humains ou animaux. On utilise le terme **technologie** pour parler de toutes les techniques complexes, réunissant de nombreux composants, notamment des moyens de traitement de l'information. **La technique fait système,** au sens où les innovations requièrent des savoir-faire inédits, qui encouragent le développement d'autres instruments. « Tout se tient dans le monde technique » avait souligné Jacques Ellul. C'est dire qu'on ne peut séparer la technique et son usage, non plus que les bonnes utilisations et les abus. Il n'y a pas de technique inoffensive. Nous sommes irrémédiablement **transformés par les moyens** élaborés **que nous utilisons** : non seulement ils nous rendent moins adaptables, moins rustiques, mais ils nécessitent de plus en plus de connaissances, et nous rendent peut-être aveugles à nous-mêmes. Rousseau avait en ce sens osé soutenir que **le progrès des sciences et des arts** ne contribuait pas à l'amélioration de l'espèce humaine. On pourrait même considérer que les techniques rendent plus nuisible l'espèce humaine, dans la mesure où elles en aggravent les actes. Surtout, les moyens techniques ont eu des **conséquences irréversibles sur l'environnement,** au point de nous faire entrer dans l'ère de l'**« anthropocène »,** moment de l'histoire au cours duquel le milieu ne peut plus être défini indépendamment des actions humaines. À une échelle plus modeste, nous avons des difficultés à trouver un paysage non modelé par les interventions de la technicité.

Les techniques étaient initialement faites pour nous libérer des contraintes naturelles, pour accroître notre pouvoir. C'est en ce sens que Descartes valorise un savoir appliqué, propre à nous rendre « comme **maîtres et possesseurs de la nature** ». Mais les conséquences de l'inexorable et prodigieuse prolifération des techniques sont multiples, difficiles à endiguer : en premier lieu, la dégradation de notre milieu, ensuite la transformation de notre propre nature, enfin la menace d'une disparition de nos conditions de vie. Il est donc requis de se demander à quelles conditions la technique peut rester libératrice, comment **limiter notre action sur la nature** et si nous pourrions vivre sans la technique, ou bien avec moins de techniques. En appliquant avec intelligence nos connaissances à notre milieu, nous tirons satisfaction de l'exercice de nos forces et de leurs produits qui humanisent notre milieu. Mais l'évolution des techniques peut nous rendre dépendants et menace notre environnement. La centrale électrique fait dépendre le cours d'eau de son fonctionnement à elle, à l'inverse du moulin à aubes, dont le mouvement dépendait du débit du cours d'eau ; ainsi Heidegger souligne-t-il que la **technique arraisonne la nature** et par suite la dénature. Simondon remarquait que les objets techniques engendrent pour leur usage une technicité que les humains incorporent. Plus encore, les automates dans une fabrique conditionnent le rythme de travail des ouvriers, qui ne sont plus les opérateurs maîtrisant des machines : la **technicité** est **devenue aliénante** (elle rend autres à eux-mêmes les individus). Ainsi, la technique semble devenue incontrôlable : elle comporte de nombreux dangers, en vertu desquels il conviendrait de la réguler.

La radioactivité, la pollution de l'atmosphère, l'effet de serre risquent de dégrader nos conditions de vie, voire de menacer la perpétuation de notre espèce. Les risques technologiques (nucléaires, bactériologiques, chimiques) ont brisé la confiance que le monde moderne avait en notre savoir. La remise en cause des applications de notre technicité peut être justifiée de diverses façons : on peut sauvegarder notre milieu au nom de la **préservation de l'humanité,** on peut identifier des propriétés de **la nature** qui justifient de **la protéger pour elle-même.** Ainsi, Serres a pu tantôt affirmer la nécessité d'une maîtrise de notre propre maîtrise de la nature, tantôt justifier la protection de notre terre au titre de son caractère accueillant et nourricier. Jonas développe un **« principe responsabilité »** : les capacités destructrices de nos techniques (nucléaire, effet de serre des émissions de dioxyde de carbone) nous donnent une **obligation envers les générations futures :** « Agis toujours de telle sorte que les effets de ton action soient compatibles avec la permanence d'une vie authentiquement humaine sur terre. » Cela nous impose au moins de conjurer toute menace portant sur l'espèce humaine dans sa totalité. S'il existe aujourd'hui un consensus sur la nécessité de limiter les dommages à l'environnement, la question porte sur la manière d'effectuer la transition énergétique, soit en continuité avec notre mode de production (position majoritaire), soit en rupture (théories de la décroissance).

Plusieurs autres difficultés s'imposent encore : va-t-on accroître les capacités techniques au point de permettre aux machines de concurrencer, voire de supplanter les humains ? Doit-on en retour redéfinir l'humanité en fonction des modifications que lui fait subir la technologie ? La littérature a nourri la hantise d'une autonomisation de la technique (*Frankenstein, Dr Jekyll and Mr Hyde*) qui culmine aujourd'hui dans le **transhumanisme** (qui développe et interroge les modifications du corps humain par des techniques) et l'hypothèse toute théorique de la convergence NBIC (nanotechnologie, biotechnologie, informatique, sciences cognitives ; rapport de la *National Science Foundation,* 2002) censée conduire au **posthumanisme** (au dépassement de la nature humaine par la technique). Ces inquiétudes qui semblent procéder de la rupture de confiance entre la population et les scientifiques, et alimentent des phantasmes de plus en plus prégnants. Au lieu d'entretenir les plus grandes inquiétudes, nos technologies pourraient nous inviter à reconsidérer nos caractérisations de l'humanité : par ses capacités de refus, par sa souffrance, par son affectivité.

L'art : la quête délicate de la beauté

L'**art** désigne, par opposition à la théorie, la **manière de faire,** c'est-à-dire plus précisément l'**ensemble des règles à appliquer** pour réaliser de la meilleure façon une production. L'art est un terme mélioratif attaché à l'activité humaine, qu'elle soit répétitive ou exceptionnelle (technique, artisanat, création artistique). Dans l'Antiquité, ces domaines de production n'étaient pas distingués ; ce n'est qu'à partir de la Renaissance que la **création artistique** est valorisée, que l'artiste est reconnu et célébré, que la notion d'art s'applique exclusivement à la **création d'œuvres** qui ont pour objet le beau (**les beaux-arts,** distingués des arts libéraux, lesquels désignaient au Moyen Âge les principales disciplines d'enseignement). L'art concerne toujours l'inscription d'une chose dans le monde. L'artiste cherche à produire une œuvre qui s'impose par sa valeur intrinsèque, qui vise à manifester quelque chose de la beauté. Cette **beauté,** supposée **indépendante du rapport de l'œuvre à son extériorité,** se marque par une forme de **densité,** qu'on exprime souvent par la notion d'**harmonie** : une correspondance entre les parties, les éléments de l'œuvre. Cette dernière étant inscrite dans la matérialité, on ne peut se dispenser d'une réflexion sur son rapport avec le monde qui lui sert d'une certaine façon de modèle. C'est la question de l'**imitation** : si l'art reproduit la nature, il ne sert à rien, mais s'il en est indépendant, il n'éclaire pas le réel. Il n'est pas toujours aisé de délimiter le domaine de l'activité artistique : entre le nombre très restreint de chefs-d'œuvre, et l'ambition d'un art total, non délimité par des règles, la question du **goût** est celle de savoir si on peut juger le beau, si l'on peut distinguer les œuvres avec **pertinence** et **objectivité**. Enfin, l'interrogation sur la création artistique pose la question du **génie** : est-il caractérisé par sa liberté de création ou bien par l'exigence d'exprimer une nécessité qui s'impose à lui ?

Rien n'est hors du monde, donc tout dépend à un certain degré de la nature. Aristote a posé que **l'art (la poésie) est imitation** : elle a pour fonction de mettre en valeur, d'éclairer ce qu'elle représente. C'est en effet relativement au modèle, à ce qu'elle décrit et embellit, qu'une œuvre est jugée. Pourtant, la production artistique ne saurait avoir pour seule fonction de reproduire le réel : déjà Aristote parlait d'**imitation de l'action.** C'est dire que l'œuvre doit procéder d'une forme de novation : il en est comme si les sensations prenaient une **valeur esthétique** lorsqu'elles cessent de renvoyer à leur objet pour entrer dans une résonance mystérieuse les unes avec les autres. Elles peuvent alors constituer un accès à la beauté idéale que vise la création. Pourtant, la **beauté parfaite** serait sans doute **inaccessible** : le chef-d'œuvre inconnu que décrit Balzac n'est pas reconnu par les peintres admirateurs de son auteur. Ainsi, l'œuvre d'art n'est ni création absolue si reproduction, mais **révélation,** ou plutôt **expression** : l'expression, c'est le mouvement par lequel une réalité est, hors d'elle-même, mieux représentée qu'en elle-même. L'art a pour rôle de **magnifier,** de mettre en valeur esthétiquement ce qu'il prend pour objet. L'art consiste moins en la représentation d'une belle chose qu'en la **belle représentation** d'une chose. (Kant) On peut donc inverser la relation de subordination que la tradition avait établie entre l'art et la nature : « Les vraies beautés de la nature doivent beaucoup aux peintres » (Alain). Loin d'être subordonné à des formes qui lui préexistent, l'art tend désormais à **se donner ses propres règles,** ce qui pose la question de la limitation de son domaine.

Le **jugement de goût** est censé faire intervenir des critères esthétiques. S'ils étaient seulement sensibles, ils risqueraient de rester subjectifs. Mais s'ils sont objectifs, on peut se demander pourquoi la production du beau est si difficile et pourquoi la critique n'est pas toujours unanime. Il existe bien des canons de la beauté, des règles circonscrites ; mais la véritable beauté paraît passer outre toute norme. D'abord, le jugement de goût est supposé **désintéressé** (indépendant de mes aspirations morales, de mes tendances intellectuelles) : il devrait **porter sur le beau, pour le beau lui-même.** Si cette appréciation passe par les sens, alors il faut supposer un sens « commun », qui permette de distinguer les grandes œuvres des productions ordinaires. On éprouve le beau comme « objet d'une **satisfaction nécessaire** ». Pourtant, le **goût** n'est sans doute pas une capacité que nous sommes en mesure d'exercer naturellement, de façon spontanée. Au contraire, il **suppose une culture** qui permette une appréciation informée, laquelle peut s'exprimer comme un **« jeu entre l'entendement et l'imagination »** (Kant). Comprenons qu'il s'agit d'un mouvement - qui plus est d'aller et retour - entre deux activités : le jugement, acte de l'esprit, et l'imagination, dynamisme des représentations. Il convient donc de cultiver la correspondance entre nos facultés, pour parvenir à un accord sur les plus grandes œuvres. Il convient finalement de développer ses propres aptitudes à sentir et à réfléchir sur ses sensations. Ce que Kant définit comme **« ce qui plaît universellement sans concept »,** c'est ce qui semble s'imposer en vertu d'une finalité « sans représentation d'une fin ». Autrement dit, l'œuvre semble « faite pour » manifester quelque chose, sans qu'on puisse connaître précisément la nature de cette chose. Si « la représentation de sa fin » nous fait défaut, c'est que **l'œuvre est inépuisable** ; nous n'aurons jamais achevé la tâche de l'interpréter. On admet aujourd'hui que les lectures auxquelles ne cesse de donner lieu une œuvre la prolongent au lieu de la dévoyer. « J'attends de mes lecteurs qu'ils m'expliquent ce que j'ai voulu dire dans mon œuvre » disait Gide.

Les artistes se sont imposés depuis l'époque moderne comme des personnalités riches, originales et même marginales. En conséquence, les génies ont paru se distinguer par leur liberté de comportement comme de création. Les grands artistes choisissent leurs thèmes, leur style, créent parfois des courants esthétiques ; Kant définit le **génie** comme **« le talent qui donne sa règle à l'art ».** Pourtant, les créateurs se caractérisent aussi par leur **maîtrise technique** : ils sont capables de prouesses dans la précision, la reproduction de gestes particulièrement délicats. Montesquieu a bien souligné que, pour transgresser une règle, il faut la maîtriser. En outre, l'artiste n'est pas seulement caractérisé par sa liberté : selon le témoignage des plus grands, la création apparaît comme **la soumission à une exigence intérieure** de novation. « Une œuvre d'art est bonne si elle provient de la nécessité » (Rilke). Cette nécessité est de nature spirituelle ; elle se manifeste intérieurement, comme une aspiration irrépressible. Il apparaît ainsi que le choix de ses orientations esthétiques par un artiste relève moins d'une liberté fantaisiste que d'un **impératif ressenti comme fécond,** riche et irrésistible. L'art est alors caractérisé par sa richesse intrinsèque, qui peut donner lieu à une forme de mysticisme esthétique. Ainsi Cézanne déclarait-il que « l'œuvre d'art est à moitié divine ». Néanmoins, on pourrait distinguer deux tendances dans l'histoire de l'art : l'aspiration à l'**approfondissement,** la **densification des sensations,** qui conduit à un travail de précision et d'investigation spirituelle, et la tentation de **diversification,** qui accompagne le mouvement d'**émancipation de l'art** à l'égard de son modèle. Si l'art antique visait à décrire le monde, l'**art classique** entend le magnifier, tandis que l'**art moderne** cherche à produire un effet sur le récepteur, quitte à prendre des libertés avec la représentation. L'**art contemporain** finalement élargit le champ de l'activité artistique, en rompant avec toute norme de l'œuvre, puisqu'il cherche à interroger le public sur le sens et la place de l'art dans la société. L'art contemporain ne produit plus d'œuvres vouées à une appréciation esthétique ; il est réflexion et confrontation d'idées plutôt que présentation de réalisations s'adressant à la sensibilité. Dès lors, il risque de perdre sa relation avec un public semblant largement attaché à la beauté sous sa forme sensible.

La religion : foi, doctrine et rites

Les dispositions religieuses établissent un rapport privilégié avec le sacré. Le **sacré** est l'ensemble des instances, distinguées de la sphère profane, par lesquelles l'humain entretient une **relation avec un autre monde,** en droit transcendant. La **religion** se définit par trois dimensions : affective, théorique, sociale. Le sentiment que nourrit une conscience dans le rapport au sacré, c'est la **foi.** L'ensemble doctrinal qui énonce les choses que doit croire le fidèle, ce sont les **dogmes.** Les pratiques réunissant les adeptes d'une religion dans des activités de célébration, ce sont les **rites.** Une religion est une communauté de croyance et de culte. Elle relie (sens du terme *religare*) les hommes entre eux, et au divin. Elle constitue aussi une **interprétation du monde :** le fidèle lit l'expérience à sa manière, de façon sélective, élective (étymologie *relegere* : reprendre avec soin). La **croyance,** certitude **subjectivement suffisante et objectivement insuffisante,** élabore un rapport au transcendant - ce qui est d'un tout autre ordre -, et par suite détermine. La croyance affirme l'existence et la valeur de cette réalité essentielle, alors que l'**athéisme** en défend l'inexistence, tandis que l'**agnosticisme** soutient l'impossibilité de connaître cette transcendance et par suite de se prononcer. La religion procède d'un lien avec le **sacré,** ce qui est distingué par sa valeur supérieure, sa nature suprasensible, son statut métaphysique. Elle élabore un type de rapport au monde particulier, qui relève d'un sens conçu en fonction d'une autre réalité, d'accès indirect, sinon mystérieux. La **spiritualité** renvoie aux croyances en une réalité supérieure, d'ordre non matériel, sous la forme d'un (ou de multiples) esprit(s). Le fait religieux interroge le rapport au divin, la compatibilité avec la raison, la signification des rites dans la société.

La religion est à la fois une activité généralisée et particularisée : si toute société entretient une forme de religion, les religions existantes sont très différentes ; mieux, il semble y avoir dans toute société des esprits insensibles à toute aspiration à l'absolu. Ainsi la **spiritualité** apparaît-elle comme une dimension profonde de l'esprit humain, mais elle demeure inégalement explorée par les individualités. La première manifestation de la religion à la conscience, c'est la **foi,** sentiment intime d'une relation à une instance supérieure, donatrice de sens, potentiellement absolue. Cultiver une foi, c'est entretenir cette relation précieuse avec le **sacré,** monde supérieur au nôtre. Sublime, souverain, voire inaccessible, le divin s'impose comme source de respect et d'obéissance. Si ce monde est transcendant, on peut se demander si nous pouvons y accéder. C'est au moins l'objet de la prière. Si la prière n'a pas de résultat assuré, n'aurait-elle qu'une fonction psychologique ? Mais si nous pensons que la foi a le pouvoir d'intercéder auprès du divin, ne sommes-nous pas prétentieux, coupables de l'excès que les Grecs appelaient ***hybris***, qui consiste à outrepasser la condition qui nous est assignée ? N'est-ce pas également se représenter la relation au divin de façon dégradée, comme un marchandage ? Sans doute pas, si la foi exprime un possible dépassement des contradictions du monde, comme une confiance en l'unité universelle. Paradoxe d'une certitude jamais assurée, elle est le **sentiment fragile d'une totalité** s'avérant, au-delà de l'expérience, finalement heureuse. Par suite, toute foi authentique est une quête, une recherche assidue qui reste à jamais incomplète, sinon inquiète. La valeur de la foi serait dès lors moins celle d'une affirmation que celle d'une investigation.

Un **dogme** est une proposition que le fidèle doit accepter sans en remettre en cause la source. Par cette adhésion, il marque son appartenance à une communauté. Si les dogmes étaient parfaitement intelligibles et démontrables, la religion ne serait qu'humaine, voire formalisable. Il est donc d'abord requis d'accepter les vérités révélées par la foi. « Crois, et tu comprendras. » (Augustin) Il subsiste toujours du mystère, de l'incompréhensible. Tertullien le formule sous l'aspect d'un paradoxe : « Je crois parce que c'est absurde. » Mais si on ne comprenait rien de ce qu'on croit, on serait radicalement soumis, on ne connaîtrait pas la valeur de ce qu'on croit et on ne pourrait communiquer sa foi. Il importe d'expliciter la foi : les preuves de l'existence de Dieu s'efforcent d'établir que l'idée de l'être infiniment infini ne peut être artificielle. Thomas d'Aquin postule l'accord entre **la raison et la foi** ; il essaie de montrer que les choses ne contiennent pas en elles-mêmes la raison de leur existence. Mais les preuves de l'existence de Dieu ne font-elles pas dépendre la foi de notre capacité d'intellection ? Que valent les preuves, si elles ne convainquent pas les sceptiques ? C'est que les preuves ont une valeur rationnelle, mais leur validité ne repose pas seulement sur la rationalité. Elles supposent une **intuition,** celle **de l'absolu** ; elles ne constituent pas des démonstrations de la foi ; elles en sont plutôt des élucidations. Il y a une supériorité de la foi concernant le champ d'application : elle a en effet pour objet le suprasensible, elle entend se prononcer sur le destin (le mien, celui de l'humanité). En ce sens, la foi ne dépend pas de la raison pour advenir ; elle ne trouve dans la raison qu'un moyen d'exposition, qui peut servir à conforter le fidèle dans des moments de faiblesse. La raison explique ce que nous vivons, sans outrepasser le domaine de l'expérience. Autonome, la **raison** a une supériorité quant à la lisibilité, la transmissibilité de ses propositions. Les preuves, en tant que rationnelles, sont donc insuffisantes. Seule l'intuition d'une présence de l'absolu peut donner sens aux rationalisations de la foi. La **théologie négative** consiste pour sa part à se contenter de concevoir les attributs du divin par opposition aux caractéristiques humaines, que nous avons la capacité de concevoir. Par exemple, je peux appréhender l'infini comme négation du fini, comme absence de toute limitation.

Les **rites** caractérisent l'aspect social de la religion : reliés entre eux dans la mesure même où ils nourrissent un lien avec un autre monde, les fidèles se livrent à des pratiques codifiées, obéissent à un ensemble de règles qui définissent un culte collectif. Les rites unissent les fidèles dans une **communauté morale et solidaire.** Ils constituent une consécration de la foi ; ils permettent à chacun de conforter son rapport au sacré. La fonction sociale de la religion est primordiale, si bien qu'on peut se demander s'il n'existerait pas des rituels sans transcendance, des religions sans Dieu(x). Girard a montré que les pratiques religieuses ont pour but d'extirper la violence d'un groupe social en faisant le sacrifice d'un bouc émissaire qui en est supposé responsable. Comte formule la **loi des trois états,** selon laquelle l'esprit humain, après avoir expliqué les phénomènes par le recours à des volontés supérieures **(âge religieux),** puis par le recours à des concepts abstraits **(âge métaphysique),** se contente désormais de mettre en relation les phénomènes qu'il observe, sans se préoccuper de leur nature **(âge positif).** Dès lors, le positivisme a tenté de sacraliser des éléments de l'humanité, célébrant ainsi le « Grand-Être » et proposant une religion paradoxalement laïque. On peut distinguer, à l'instar de Bergson, deux aspects de la religion : la **religion statique** fournit un ensemble de codes et de règles et assure ainsi l'unité d'une communauté. À l'inverse, la **religion dynamique** est une aspiration intérieure à faire évoluer les croyances, à développer un nouveau rapport au sacré ; elle relève plus de l'intuition, procède d'un certain **mysticisme** (croyance en la possibilité d'une union avec le divin). Le mystique étant par nature exceptionnel, la religion est souvent caractérisée par son aspect social comme un ensemble de pratiques. Pourtant, le monde moderne a rendu les règles et les pratiques sociales beaucoup moins dépendantes de la religion (Weber a parlé de « désenchantement du monde »). La **laïcité** consiste justement à définir les institutions et les activités publiques comme indépendantes de toute religiosité. Feuerbach a soutenu que les attributs divins résultent d'une projection et d'une magnification des propriétés humaines. Les religions procéderaient donc de l'**anthropomorphisme** (tendance à prêter des caractéristiques humaines à des êtres non-humains). Nietzsche a proclamé « Dieu est mort », invitant les humains à prendre conscience de leur vitalité, de leur créativité pour ne plus les soumettre à une transcendance. Paradoxalement, la laïcisation des pratiques en Occident donne lieu à une revitalisation de la quête de spiritualité sous la forme d'un « retour du religieux » (Gilles Kepel).

2 QUESTIONS

La conscience : le fondement de notre identité

1. La conscience, c'est essentiellement :

- Une relation spontanée, immédiate à notre environnement.
- Une disposition à la réflexion.
- Une absence de relation aux autres humains.
- Une présence à soi.

2. La conscience, comme représentation :

- Nous met en relation avec ce qui nous est extérieur.
- Nous met en relation avec nous-mêmes.
- S'accompagne de rapport à soi.
- N'est pas compatible avec la réflexion.

3. Le « connais-toi toi-même » de Socrate :

- Définit le premier objet de l'enquête philosophique comme réflexion.
- Donne lieu à la première psychologie de l'histoire de la pensée.
- Est une tâche difficile à remplir.
- Donne lieu à une méthode particulière par laquelle une conscience sort d'elle-même.

4. Les niveaux de conscience :

- Sont des étapes que la conscience franchit une à une à chaque fois qu'elle s'exerce.
- Distinguent ce que l'exercice de la conscience mêle étroitement dans ses actes.
- Sont l'affection, la dilatation, l'extension, la concentration.
- Sont la perception, l'affection, la réflexion, la responsabilité.

5. La conscience :

- Est présentée par la tradition comme essentiellement, sinon constamment réflexive.
- Associe étroitement la perception (représentation) et l'aperception (réflexion).
- A des facultés de focalisation et de dilatation.
- Est capable de concentration et de méditation.

6. La réflexivité, c'est la faculté de la conscience :

- De se prendre pour objet.
- De s'exercer de façon automatique.
- De se rapporter à soi-même.
- D'élargir son champ d'investigation.

7. L'intentionnalité, c'est la propriété de la conscience :

- Qui désigne sa capacité à se prendre pour objet.
- Qui renvoie à sa faculté de changer fréquemment d'intention.
- Qui désigne sa capacité à élargir son champ d'objets.
- Qui renvoie à sa faculté de s'éprouver comme une tension intellectuelle.

8. La conscience peut être caractérisée comme :

- Une faculté de polarisation, c'est-à-dire de variation de ses objets.
- Une capacité de concentration, d'application à un seul objet.
- Une faculté d'oscillation, d'hésitation et d'indétermination.
- Une capacité de dilatation, c'est-à-dire d'élargissement de son champ d'objets.

9. La concentration peut être définie comme :

- Une capacité de dilatation, c'est-à-dire d'élargissement de son champ d'objets.
- Une faculté de focaliser son attention sur un objet dans sa précision.
- Une capacité de réduire le nombre de ses objets de conscience.
- Une faculté de faire rapidement varier ses objets de conscience.

10. La méditation peut être définie comme :

- Une capacité d'étendre considérablement le champ de ses objets de conscience.
- Une faculté de faire rapidement varier ses objets de conscience.
- Le moyen préconisé par plusieurs spiritualités pour faire corps avec l'univers.
- Un exercice avec lequel toutes les consciences ne sont pas familiarisées.

11. Mentionnez les propositions exactes :

- La réflexion est le principe (le fondement) de la responsabilité.
- La responsabilité est le principe (le fondement) de la personnalité.
- La réflexion est le principe (le fondement) de la personnalité.
- La mémoire est le principe (le fondement) de l'identité.

12. Pour le rationalisme classique :

- La certitude de l'existence entraîne la certitude de la pensée.
- La certitude de la pensée entraîne la certitude de l'existence.
- La certitude de la réflexion entraîne la certitude de l'identité.
- La certitude de l'identité entraîne la certitude de la réflexion.

13. La responsabilité :

- Est une conséquence de la présence à soi en laquelle consiste la conscience.
- Est une conséquence, pour un sujet, de sa mise en accusation par autrui.
- Consiste en le fait de répondre de ses actes.
- Consiste en le fait de mesurer les conséquences de ses actes avant de les commettre.

14. La connaissance de soi :

- Est une certitude à laquelle on accède d'emblée.
- Est une conséquence de la conscience de soi.
- Relève d'une constitution progressive.
- Peut faire l'objet d'une connaissance certaine.

15. Chaque personne :

- Est déterminée une fois pour toutes.
- Est constituée de ressources inépuisables par son ingéniosité, sa capacité de résister.
- Ne comporte que des traits de caractère singuliers.
- Peut trouver en elle des facultés partagées par l'humanité.

16. La personnalité, c'est :

- Le sujet humain considéré sous l'aspect psychologique.
- L'ensemble des aspirations qui distinguent un individu d'un autre.
- Le sujet humain considéré sous l'aspect juridique et moral.
- L'individu appréhendé dans son apparence et ses modifications superficielles.

17. Une personne, c'est :

- Le sujet humain considéré sous l'aspect psychologique.
- L'individu en tant qu'il entre en conflit avec d'autres individus.
- Le sujet humain considéré sous l'aspect juridique et moral.
- L'individu appréhendé sous l'aspect des conflits qu'il entretient avec lui-même.

18. La subjectivité, c'est :

- Le fait pour un sujet d'être constitué par les propriétés qui caractérisent un sujet.
- Le fait pour un sujet d'être assuré de l'impartialité de ses représentations.
- Le fait pour une représentation d'être dépendante du sujet qui la conçoit.
- Le fait pour une représentation de pouvoir être prouvée.

19. L'intersubjectivité désigne :

- Ce qui n'appartient ni à un sujet, ni à l'autre, mais se situe entre les deux.
- Ce qui est partagé par plusieurs sujets et acquiert ainsi une valeur.
- Ce qui s'impose comme un obstacle à la connaissance du sujet par lui-même.
- Ce qui résulte de l'échange entre plusieurs sujets humains.

20. Se cultiver, c'est :

- Développer ses connaissances, en accroître le nombre.
- S'interroger sur ses connaissances, les mettre en débat.
- Chercher à développer des connaissances sur son caractère singulier.
- Chercher à développer des connaissances sur l'humanité, ses facultés partagées.

L'inconscient : un impensé à reconstruire

1. L'inconscient, c'est :

- Tout ce qui échappe à la conscience.
- Ce qui échappe à la conscience alors que la conscience le reconnaît comme sien.
- Tout ce qui n'est pas conscient.
- Ce qui n'est pas conscient et a une relation avec la conscience.

2. Est inconsciente :

- Une donnée qui échappe à ma volonté.
- Une volonté qui ne m'est pas donnée.
- Une pensée que je n'ai pas déterminée.
- Une détermination que je n'ai pas pensée.

3. Sont non conscientes :

- Les opérations physiologiques dont nous sommes le siège.
- Les sensations d'intensité inférieure à notre seuil perceptif.
- Les traces de souvenirs non actuellement remémorés.
- Les sensations que nous avons durant notre sommeil.

4. Si l'on considère l'inconscient comme collectif, il est constitué :

- Des lois que nous avons apprises durant notre scolarité.
- Des structures premières composant des représentations fondatrices.
- De conditionnements qui s'imposent à nous sans que nous sachions comment.
- De principes logiques qui nous permettent de construire nos raisonnements.

5. L'inconscient peut être dit composé :

- D'instincts premiers qui animent nos comportements.
- De représentations symboliques fondamentales.
- De forces qui s'expriment continuellement en nous à l'opposé de notre conscience.
- De formes d'expressions toutes faites que nous répétons sans y penser.

6. L'inconscient constitue :

- Une certitude manifeste et démontrée.
- Une donnée immédiatement accessible par notre conscience.
- Une hypothèse théorique qui peut être féconde.
- Un effort d'élucidation de symptômes non encore expliqués.

7. Pour la psychanalyse, l'inconscient est constitué :

- De souvenirs inertes.
- De valeurs collectives.
- De pulsions refoulées.
- De traumatismes à jamais cachés.

8. L'inconscient exprime :

- La dépendance de notre volonté à l'égard d'une force irrépressible qui nous échappe.
- L'insuffisance de notre connaissance de nous-mêmes.
- L'unité de notre psychisme.
- L'ambivalence de notre intériorité psychique.

9. Notre psychisme est considéré par la psychanalyse :

- Comme le siège d'un conflit.
- Comme une unité bien caractérisée.
- En grande partie caché.
- À jamais inaccessible.

10. Une pulsion, c'est :

- Une force inhérente à notre psychisme.
- Un désir.
- Une tendance qui ne s'exprime pas (encore) consciemment.
- Un phénomène qui nous bouleverse profondément et régulièrement.

11. Freud définit l'inconscient :

- Comme l'instance de refoulement de nos tendances inavouables.
- Comme une activité sous-jacente à notre personnalité.
- Comme l'instance grâce à laquelle se révèle notre véritable personnalité.
- Comme l'ensemble des aspirations fondamentales qui me définissent.

12. Les formations inconscientes :

- Sont plus plastiques (modifiables) que les formations conscientes.
- Sont moins plastiques (modifiables) que les formations conscientes.
- Sont plus explicites (formulables) que les formations conscientes.
- Sont moins explicites (formulables) que les formations conscientes.

13. Un traumatisme résulte :

- De la répétition de la condamnation d'une pulsion qui tente de s'exprimer.
- De la violence d'une pulsion par laquelle nous tentons de nous nuire à nous-mêmes.
- De l'incompréhension d'une situation de conflit que nous ne maîtrisons pas.
- De la compréhension d'un conflit explicite à jamais insoluble.

14. La catharsis, c'est :

- L'ensemble des instincts fondamentaux auxquels se rapportent nos pulsions.
- L'ensemble des interdits que nous avons intégrés lors de notre éducation.
- L'expression libératrice de certaines de nos pulsions.
- La situation de conflit que nous devons vivre en permanence.

15. Le moi :

- Est l'ensemble des données fondamentales qui échappent à notre conscience.
- Est constitué par les pulsions les plus violentes qui nous caractérisent.
- Résulte de l'action des normes sociales sur notre psychisme.
- Résulte d'un conflit intérieur entre forces primaires et normes sociales.

16. Le Surmoi :

- Est l'ensemble des données fondamentales qui échappent à notre conscience.
- Est l'ensemble des interdits que nous avons intégrés lors de notre éducation.
- Est l'ensemble des instincts fondamentaux auxquels se rapportent nos pulsions.
- Résulte de l'action des normes sociales sur notre psychisme.

17. Le transfert, c'est :

- L'expression libératrice de certaines de nos pulsions.
- Le fait de revivre envers le psychanalyste des tendances profondes.
- L'ensemble des instincts fondamentaux auxquels se rapportent nos pulsions.
- La transformation de nos tendances pour les conformer aux valeurs sociales.

18. La sublimation, c'est :

- La transformation de nos tendances pour les conformer à un désir de transgression.
- La transformation de nos tendances pour les conformer aux valeurs sociales.
- Ce par quoi nous nous distinguons des autres personnalités.
- Ce par quoi nous nous rapprochons des comportements des autres.

19. La sublimation :

- Nous permet d'adapter nos pulsions aux attentes morales et sociales.
- Nous permet de distinguer nos aspirations des attentes morales et sociales.
- Nous permet de revivre envers le psychanalyste des tendances profondes.
- Nous permet d'investir une énergie personnelle dans des buts collectifs.

20. Les interprétations psychanalytiques :

- Ne sont valides que dans un cadre collectif vérifié par de nombreuses personnes.
- Sont toujours valides.
- Sont valides pour une période de temps restreinte.
- Ne sont valides que dans le cadre de la reconstitution de son passé par un patient.

Le temps : une réalité qui nous échappe

1. Le temps, c'est :

- Le décompte des phases d'un mouvement.
- Le mouvement du nombre.
- Le dénombrement d'une succession.
- Une accumulation de décomptes.

2. L'instant, c'est :

- La plus petite partie du temps.
- Un intervalle de temps très court qui permet de définir un temps en musique.
- Une durée indéfinie.
- Un élément du temps qui reste insaisissable.

3. Mentionnez les propositions exactes :

- On peut agir sur le temps.
- On ne peut agir sur le temps.
- On peut agir sur le sens que nous attribuons à la temporalité.
- On ne peut agir sur le sens que nous attribuons à la temporalité.

4. Pour Bergson, est artificielle :

- L'idée d'une interpénétration des moments du temps.
- La représentation spatiale du temps.
- L'idée d'une hétérogénéité des moments de la temporalité.
- La définition du temps comme un décompte.

5. Pour Bergson, la durée :

- N'est pas spatialisable.
- Est une réalité homogène.
- Témoigne de notre détermination par la matérialité.
- Témoigne de notre créativité.

6. Le temps, pour Kant :

- Est un concept vide de sens.
- Est une forme a priori de la sensibilité.
- Est une sensibilité formelle a posteriori.
- Est une condition, une structure de notre perception.

7. Le temps est le cadre :

- De notre rapport aux choses.
- De notre rapport à nous-mêmes.
- De notre rapport à nous-mêmes, lorsque nous nous traitons comme une chose.
- De notre rapport aux choses, lorsque nous les traitons comme des consciences.

8. Le temps est une condition :

- De la connaissance de soi.
- De la connaissance des choses.
- De la perception des objets.
- De l'intuition de notre intériorité.

9. Le passé est :

- La dimension de ma liberté.
- L'instance de mes déterminations.
- Ce par quoi je tends à me définir.
- Ce par quoi je tends à être défini.

10. L'avenir est :

- La dimension de ma liberté.
- L'instance de mes déterminations.
- Ce par quoi je tends à me définir.
- Ce par quoi je tends à être défini.

11. La mémoire est :

- La reproduction à l'identique du passé.
- Une inscription du passé dans un projet.
- Une création du passé.
- Une réinterprétation du passé.

12. L'action humaine est :

- Toujours novatrice.
- Répétitive.
- Reprise ou réappropriation du passé.
- Lorsqu'elle est enrichissante, formation de soi.

13. Mentionnez les propositions exactes :

- Le stade religieux valorise l'instant.
- Les stades selon Kierkegaard sont des manières d'appréhender le temps.
- Le stade éthique valorise l'éternité.
- De l'absence de lien entre imagination et entendement.

14. Mentionnez les propositions exactes :

- Le temps des choses (objets matériels) va du futur vers le passé.
- Le temps humain va de l'avenir vers le passé.
- Le temps humain se confond avec le temps des choses.
- Nous pouvons déterminer aisément la configuration du temps pour nous.

15. L'éternel retour consiste à :

- Croire que le temps est réellement cyclique.
- M'imaginer capable de vouloir indéfiniment la répétition de ce que je vis.
- Affirmer que le temps est infini.
- Accepter ce qui est au point de le vouloir intégralement.

16. Mentionnez les propositions exactes :

- En considérant une succession, nous avons tendance à interroger son ordre, son sens.
- Les successions auxquelles nous avons affaire nous sont toujours indifférentes.
- Quand nous rendons compte d'une succession, nous en faisons une histoire.
- Nous ne pouvons jamais justifier l'ordre des successions que nous rencontrons.

17. L'histoire, c'est :

- La description des temps passés.
- L'explication des successions d'événements.
- Ce qui permet de prédire l'avenir.
- La tentative pour rendre compte d'un ordre dans les actions humaines.

18. L'histoire désigne :

- Un récit, une narration événementielle.
- Un ensemble d'hypothèses interprétatives.
- Le mouvement de l'humanité vers sa finalité.
- La discipline qui étudie le passé humain.

19. Le sens de l'histoire :

- C'est l'hypothèse d'une orientation globale de tous les événements.
- C'est l'idée d'une finalité du devenir humain.
- C'est l'idée que l'humanité court à sa perte dans le temps.
- C'est l'idée que l'histoire est réversible.

20. La fin de l'histoire :

- C'est le terme ultime de la temporalité.
- C'est le but global des actions de l'humanité.
- C'est la disparition de l'humanité.
- C'est l'orientation du devenir, qui s'impose en dépit des efforts des humains.

La technique : un pouvoir à tempérer

1. La technique est définie par :

- Sa précision.
- L'ampleur de ses conséquences.
- Son efficacité.
- L'absence d'inconvénients.

2. La technique, c'est un ensemble de règles :

- Visant à parvenir au meilleur résultat.
- Qui sont appliquées indéfiniment sans être jamais corrigées.
- Qui sollicitent la réflexion de l'opérateur.
- Qui ne dépendent jamais de l'opérateur, mais uniquement de l'objet traité.

3. La technique, c'est :

- La capacité de se servir d'outils.
- La capacité de développer un savoir-faire.
- Le procédé intuitif et spontané qui produit des résultats variables.
- Le procédé fortuit qui produit des résultats sans pouvoir être transmis.

4. L'humanité est démunie selon le mythe d'Épiméthée et de Prométhée :

- Parce qu'elle ne dispose pas de propriétés physiques pour assurer sa sauvegarde.
- Parce qu'elle a tellement de facultés intellectuelles qu'elle ne sait pas s'en servir.
- Parce qu'elle a des capacités inadaptées à la situation dans laquelle elle se trouve.
- Parce qu'elle a été oubliée dans la distribution des qualités.

5. Selon Bergson, l'intelligence :

- Est ce qui permet de résoudre des problèmes théoriques.
- Est ce qui permet de résoudre des problèmes pratiques.
- Est d'abord faculté de connaissance.
- Est d'abord ingéniosité opératoire.

6. Un outil, c'est :

- Un élément matériel qui permet de recueillir des informations sur le monde.
- Un élément matériel qui prolonge le corps humain pour faciliter son action.
- Un composant technique qui requiert un stockage d'énergie.
- Un composant technique qui fonctionne grâce aux forces humaines.

7. Un instrument, c'est :

- Un élément matériel qui permet de recueillir des informations sur le monde.
- Un élément matériel qui prolonge le corps humain pour faciliter son action.
- Un composant technique qui peut stocker des informations.
- Un composant technique caractérisé par sa grande puissance.

8. Une machine, c'est :

- Une construction matérielle douée d'une capacité d'adaptation.
- Une construction matérielle qui prolonge le corps humain pour faciliter son action.
- Une construction matérielle qui requiert un stockage d'énergie.
- Une construction matérielle douée d'une grande puissance.

9. Un robot, c'est :

- Une construction matérielle douée d'une capacité d'adaptation.
- Une construction matérielle qui requiert un stockage d'énergie.
- Une construction matérielle qui peut exécuter des actions imitant des êtres vivants.
- Une construction matérielle qui fonctionne sans énergie.

10. Une technologie, c'est :

- Une technique qui fait intervenir de nombreux savoirs et qui apparaît complexe.
- Un moyen de stockage et de traitement de l'information à grande échelle.
- Une technique mettant en œuvre une série de séquences opératoires élémentaires.
- Un moyen de stockage de l'information pour la conserver indéfiniment.

11. La technique fait système :

- Parce qu'on ne peut employer une technique sans les employer toutes.
- Parce qu'on ne peut employer une technique sans en employer une autre.
- Parce qu'on ne peut séparer la technique de ses usages.
- Parce qu'on ne peut séparer la technique de ses concepteurs (inventeurs).

12. Rousseau :

- Considère que les Lumières contribuent à l'amélioration de l'humanité.
- Met en doute la capacité des Lumières à améliorer l'humanité.
- Considère que les Lumières ont contribué à affaiblir physiquement l'humanité.
- Affirme que les Lumières ont permis de renforcer physiquement l'humanité.

13. Descartes :

- Appelle au développement de connaissances appliquées.
- Appelle au développement de connaissances théoriques.
- Formule un principe de limitation de l'usage des techniques.
- Formule un principe fondateur pour l'application des techniques.

14. On considère aujourd'hui :

- Qu'on a développé des techniques en méconnaissant leurs effets sur l'environnement.
- Qu'on a toujours mesuré les effets des techniques sur l'environnement.
- Qu'il convient désormais de tempérer nos techniques pour préserver la nature.
- Qu'il convient de mettre en œuvre toutes les techniques au profit de l'humanité.

15. Selon Heidegger, « la technique arraisonne la nature ». Cela signifie :

- Que la technicité a toujours raison contre la nature.
- Que l'évolution des techniques a transformé de façon irréversible la nature.
- Que la technique impose la raison au milieu naturel.
- Que la technique s'épuise dans une rationalité vaine.

16. **La technique est aliénante :**

- Dans la mesure où elle impose un rythme aux employés qui les déshumanise.
- Dans la mesure où elle conduit à modifier notre définition de la nature.
- Dans la mesure où elle se révèle déterminante pour l'activité humaine.
- Dans la mesure où elle se révèle incontrôlable.

17. **Mentionnez les propositions exactes :**

- On limite aujourd'hui les dommages de la technicité au nom de l'humanité.
- On limite aujourd'hui les dommages de la technicité au nom de la nature.
- On limite aujourd'hui les dommages de la technicité au nom de la divinité.
- On limite aujourd'hui les dommages de la technicité au nom de la technicité.

18. **Le principe responsabilité :**

- Souligne l'importance de prendre garde aux autres lorsqu'on agit.
- Tend à limiter nos actions collectives ayant des conséquences sur l'espèce humaine.
- Énonce une obligation à l'égard des générations passées.
- Énonce une obligation à l'égard des générations futures.

19. **Le transhumanisme :**

- Remet radicalement en cause la définition de l'humanité.
- S'interroge sur les évolutions de la définition de l'humanité.
- Réfléchit sur les augmentations techniques de l'humanité.
- Cherche à promouvoir d'autres formes d'humanité.

20. **Le posthumanisme :**

- Remet radicalement en cause la définition de l'humanité.
- S'interroge sur les évolutions de la définition de l'humanité.
- Réfléchit sur les augmentations techniques de l'humanité.
- Cherche à promouvoir d'autres formes d'humanité.

L'art : la quête délicate de la beauté

1. L'art désigne :

- Une manière de concevoir, de théoriser.
- Une manière de faire, de réaliser.
- La meilleure manière de faire.
- N'importe quelle manière de faire.

2. Dans l'Antiquité :

- L'art était distingué de l'artisanat, de la technique.
- L'art était considéré comme imitant la nature.
- L'art n'était pas défini comme créateur de beauté.
- L'art était considéré comme la plus importante activité humaine.

3. La création artistique :

- N'est valorisée qu'à partir du XIXe siècle.
- Est assimilée aux arts libéraux.
- Se donne d'abord pour objet l'utilité.
- Suppose la production d'une œuvre qui n'a aucun rapport avec le monde.

4. La beauté est une propriété :

- Qui témoigne de la dépendance de l'œuvre à l'égard de ce qui lui est extérieur.
- Qui témoigne de l'indépendance de l'œuvre à l'égard de ce qui lui est extérieur.
- Qui témoigne de la banalité de l'œuvre.
- Qui témoigne de la densité d'une œuvre.

5. L'harmonie, c'est :

- La correspondance entre l'œuvre et son modèle.
- La correspondance entre l'œuvre et la personne qui l'apprécie.
- La correspondance entre les différentes parties de l'œuvre.
- La correspondance entre l'œuvre et le contexte historique de son émergence.

6. L'imitation de la nature, c'est :

- La première fonction qui a été attribuée à l'œuvre d'art.
- La correspondance fidèle entre l'œuvre et son modèle.
- Une fonction dont l'art tend à s'émanciper au cours de l'histoire.
- La dépendance de l'œuvre à l'égard de la beauté préexistante.

7. Attacher à l'œuvre d'art une fonction de représentation, c'est :

- La subordonner à l'inspiration de l'artiste.
- La subordonner à la volonté de faire passer un message.
- La subordonner au donné naturel.
- Limiter excessivement ses fonctions.

8. La beauté parfaite :

- Est une condition de l'existence des œuvres.
- Est un idéal impossible à atteindre.
- Se rencontre parfois dans l'histoire de l'art.
- Serait incompatible avec les limitations de notre sensibilité.

9. L'expression, c'est :

- Le fait de s'imposer par l'intériorité (la spiritualité).
- Le fait de manifester extérieurement ses qualités.
- Une propriété traduisant la lisibilité des œuvres d'art.
- La faculté pour une signification d'être manifestée de manière sensible.

10. Le jugement de goût est :

- Subjectif.
- Un effort pour identifier les propriétés du beau.
- Objectif.
- Une aspiration à partager les critères d'appréciation du beau.

11. **Le goût, c'est :**

- Une capacité de notre perception.
- La faculté d'apprécier la beauté artistique.
- Une faculté innée que certains possèdent et d'autres pas.
- Une faculté qui se cultive.

12. **Le jugement de goût :**

- Est spontané, dépend des individus.
- S'efforce de définir des normes d'appréciation de la beauté.
- Est nourri par une culture portant sur le domaine concerné.
- Manifeste l'indépendance des individus.

13. **Le beau est le résultat :**

- De l'activité de l'imagination.
- De l'activité de l'entendement.
- D'une lutte entre l'imagination et l'entendement.
- D'une absence de lien entre imagination et entendement.

14. **L'œuvre d'art selon Kant :**

- Plaît conceptuellement sans universel.
- Plaît universellement sans concept.
- Est douée d'une finalité indéterminée.
- Est douée d'une terminaison infinie.

15. **L'œuvre d'art peut être appréhendée :**

- À travers une signification déterminée.
- Au moyen d'une interprétation jamais achevée.
- En fonction d'une finalité précise.
- En vertu d'une visée qui ne peut jamais être précisément circonscrite.

16. **Le génie témoigne :**

- D'une liberté absolue.
- D'une technicité convenue.
- D'une capacité à transgresser les règles.
- D'une technicité paraissant originale.

17. **Pour l'artiste, la réalisation de l'œuvre d'art est :**

- Une fantaisie.
- Une exigence intérieurement ressentie.
- Une réalisation fortuite.
- Une volonté nourrie de façon continue.

18. **Le goût est :**

- La faculté de rapporter une œuvre à des normes.
- Une appréciation personnelle portant sur une œuvre.
- Un jugement sur la valeur d'une œuvre.
- La capacité à situer historiquement une œuvre.

19. **Deux tendances s'expriment dans l'histoire de l'art :**

- L'approfondissement de la relation de l'œuvre à son modèle.
- L'émancipation de l'œuvre d'art par rapport à son modèle.
- L'émancipation de l'œuvre d'art par rapport aux sensations qu'elle suscite.
- L'approfondissement des sensations que suscite l'œuvre d'art.

20. **Mentionnez les propositions exactes :**

- L'art classique vise à mettre en valeur la beauté.
- L'art moderne vise à susciter la réaction du spectateur.
- L'art contemporain renonce à la fonction représentative de l'œuvre.
- L'art contemporain vise à interroger le spectateur sur le sens de l'art.

La religion : foi, doctrine et rites

1. La religion, c'est un ensemble de croyances :

- Tendant à opposer les êtres humains.
- Portant sur des réalités extérieures et supérieures à notre monde.
- Portant sur les manières dont les humains organisent leurs rapports.
- Portant sur l'origine et les buts de l'humanité.

2. Le sacré, c'est :

- Ce qui est séparé de notre monde sensible.
- Ce qui régit notre monde sensible.
- Ce qui est digne de respect, voire de vénération.
- Ce qui se manifeste dans la sensation comme la plus belle réalité.

3. La foi peut être définie comme :

- Un ensemble de principes.
- Une relation privilégiée au sacré.
- Une pratique régulière de rites.
- Une conviction codifiée par des formulations.

4. Les dogmes religieux :

- Sont des affirmations qu'une communauté impose à l'ensemble de l'humanité.
- Sont des affirmations qu'une communauté impose à ses membres.
- Sont des croyances que le fidèle reconnaît comme vraies.
- Sont des croyances qui varient parce qu'elles expriment la foi de chacun.

5. Les rites sont des pratiques collectives :

- Par lesquelles une communauté rend son culte.
- Qui permettent de théoriser une croyance.
- Qui permettent de conforter une croyance en la partageant.
- Par lesquelles les fidèles expriment leur solidarité.

6. La croyance est :

- Objectivement suffisante, subjectivement insuffisante.
- Subjectivement suffisante, objectivement insuffisante.
- Une conviction sans démonstration.
- Une démonstration qui ne requiert pas d'adhésion de l'esprit.

7. L'athéisme :

- Affirme qu'on ne peut se prononcer sur l'existence de Dieu.
- Affirme que Dieu n'existe pas.
- Refuse toute religiosité.
- Refuse toute spiritualité.

8. L'agnosticisme :

- Affirme qu'on ne peut se prononcer sur l'existence de Dieu.
- Affirme que Dieu n'existe pas.
- Affirme que Dieu existe.
- Refuse toute affirmation sur l'existence de Dieu.

9. La spiritualité :

- Désigne le domaine des explications du monde matériel.
- Renvoie à la croyance en un monde de l'esprit non matériel.
- Désigne ce qui est facilement accessible, facilement identifiable.
- Renvoie à une réalité accessible par une démarche de l'esprit.

10. L'*hybris* (la démesure) :

- Consiste à passer outre, volontairement ou non, un interdit.
- Consiste à se montrer trop prétentieux dans ses affirmations.
- Consiste à outrepasser les déterminations de la condition humaine.
- Consiste à respecter la condition qui nous est donnée par la nature.

11. **La religion :**

- Entend trouver un principe d'unité au-delà de l'expérience.
- Cherche à donner aux êtres humains les moyens de se distinguer, de s'opposer.
- Entend trouver des différences fondatrices au-delà de l'expérience.
- Cherche à donner aux êtres humains les moyens de s'identifier, de s'unir.

12. **La foi :**

- S'oppose à la raison parce qu'elle est toujours en tous points irrationnelle.
- S'oppose à la raison parce qu'elle est en partie irrationnelle.
- S'apparente à la raison parce qu'elle procède de modèles formels.
- S'apparente à la raison parce qu'elle relève d'un acte de l'esprit.

13. **La raison est supérieure à la foi :**

- Parce qu'elle porte sur une réalité inaccessible à la foi.
- Parce qu'elle a des résultats vérifiables et communicables.
- Parce qu'elle est capable de démontrer que la foi n'a pas de valeur.
- Parce qu'elle permet un enseignement accessible à tous.

14. **La foi est supérieure à la raison :**

- Parce qu'elle porte sur un monde suprasensible supposé supérieur à la foi.
- Parce qu'elle est capable de disqualifier la raison dans ses résultats.
- Parce qu'elle fournit de meilleures explications de notre monde sensible.
- Parce qu'elle permet un enseignement accessible à tous.

15. **La théologie négative :**

- Procède de l'idée que Dieu n'existe pas.
- Cherche à définir Dieu à partir de la négation de ses attributs.
- Cherche à définir les attributs de Dieu à partir de la négation des attributs humains.
- Cherche à définir Dieu à partir de la négation de son idée.

16. Les rites :

- Sont des pratiques individuelles par lesquelles le croyant symbolise sa foi.
- Sont des pratiques collectives par lesquelles les fidèles témoignent de leur foi.
- Consistent en débats qui permettent aux croyants d'échanger des arguments.
- Consistent en des prières codifiées propres à conforter la croyance des fidèles.

17. La loi des trois états d'Auguste Comte :

- Explique que l'âge religieux est la phase ultime de développement de l'humanité.
- Montre que l'esprit par lequel la science se développe fait disparaître la religion.
- Explique que le développement de l'humanité procède de façon cyclique.
- Explique que l'âge positif est la phase ultime de développement de l'humanité.

18. Mentionnez les propositions exactes :

- La religion statique tend à développer les initiatives des croyants.
- La religion dynamique développe des codes sociaux qui aident les croyants à vivre.
- La religion statique est le propre des grands inspirateurs de la spiritualité.
- La religion dynamique est commune au plus grand nombre de fidèles.

19. Le mysticisme, c'est :

- Le goût pour les mythes, histoires fantastiques à connotation religieuse.
- La croyance en la possibilité de s'unir avec le divin.
- La croyance en la valeur de vérité des mythes.
- La tendance à développer une intellection intuitive du divin.

20. L'anthropomorphisme :

- Consiste à prêter des caractéristiques divines à l'humain.
- Consiste à prêter des caractéristiques humaines au divin.
- Tend à diviniser l'humain.
- Tend à humaniser le divin.

3 RÉPONSES

La conscience : le fondement de notre identité

1. La conscience, c'est essentiellement :

- [ ] Une relation spontanée, immédiate à notre environnement.
- [x] Une disposition à la réflexion.
- [ ] Une absence de relation aux autres humains.
- [x] Une présence à soi.

2. La conscience, comme représentation :

- [x] Nous met en relation avec ce qui nous est extérieur.
- [ ] Nous met en relation avec nous-mêmes.
- [x] S'accompagne de rapport à soi.
- [ ] N'est pas compatible avec la réflexion.

3. Le « connais-toi toi-même » de Socrate :

- [x] Définit le premier objet de l'enquête philosophique comme réflexion.
- [ ] Donne lieu à la première psychologie de l'histoire de la pensée.
- [x] Est une tâche difficile à remplir.
- [ ] Donne lieu à une méthode particulière par laquelle une conscience sort d'elle-même.

4. Les niveaux de conscience :

- [ ] Sont des étapes que la conscience franchit une à une à chaque fois qu'elle s'exerce.
- [x] Distinguent ce que l'exercice de la conscience mêle étroitement dans ses actes.
- [ ] Sont l'affection, la dilatation, l'extension, la concentration.
- [x] Sont la perception, l'affection, la réflexion, la responsabilité.

5. La conscience :

- [x] Est présentée par la tradition comme essentiellement, sinon constamment réflexive.
- [x] Associe étroitement la perception (représentation) et l'aperception (réflexion).
- [x] A des facultés de focalisation et de dilatation.
- [x] Est capable de concentration et de méditation.

6. La réflexivité, c'est la faculté de la conscience :

- [x] De se prendre pour objet.
- [ ] De s'exercer de façon automatique.
- [x] De se rapporter à soi-même.
- [ ] D'élargir son champ d'investigation.

7. L'intentionnalité, c'est la propriété de la conscience :

- [ ] Qui désigne sa capacité à se prendre pour objet.
- [ ] Qui renvoie à sa faculté de changer fréquemment d'intention.
- [ ] Qui désigne sa capacité à élargir son champ d'objets.
- [ ] Qui renvoie à sa faculté de s'éprouver comme une tension intellectuelle.

8. La conscience peut être caractérisée comme :

- [ ] Une faculté de polarisation, c'est-à-dire de variation de ses objets.
- [x] Une capacité de concentration, d'application à un seul objet.
- [ ] Une faculté d'oscillation, d'hésitation et d'indétermination.
- [x] Une capacité de dilatation, c'est-à-dire d'élargissement de son champ d'objets.

9. La concentration peut être définie comme :

- [ ] Une capacité de dilatation, c'est-à-dire d'élargissement de son champ d'objets.
- [x] Une faculté de focaliser son attention sur un objet dans sa précision.
- [x] Une capacité de réduire le nombre de ses objets de conscience.
- [ ] Une faculté de faire rapidement varier ses objets de conscience.

10. La méditation peut être définie comme :

- [x] Une capacité d'étendre considérablement le champ de ses objets de conscience.
- [ ] Une faculté de faire rapidement varier ses objets de conscience.
- [x] Le moyen préconisé par plusieurs spiritualités pour faire corps avec l'univers.
- [x] Un exercice avec lequel toutes les consciences ne sont pas familiarisées.

11. Mentionnez les propositions exactes :

- [x] La réflexion est le principe (le fondement) de la responsabilité.
- [ ] La responsabilité est le principe (le fondement) de la personnalité.
- [ ] La réflexion est le principe (le fondement) de la personnalité.
- [x] La mémoire est le principe (le fondement) de l'identité.

12. Pour le rationalisme classique :

- [ ] La certitude de l'existence entraîne la certitude de la pensée.
- [x] La certitude de la pensée entraîne la certitude de l'existence.
- [x] La certitude de la réflexion entraîne la certitude de l'identité.
- [ ] La certitude de l'identité entraîne la certitude de la réflexion.

13. La responsabilité :

- [x] Est une conséquence de la présence à soi en laquelle consiste la conscience.
- [ ] Est une conséquence, pour un sujet, de sa mise en accusation par autrui.
- [x] Consiste en le fait de répondre de ses actes.
- [x] Consiste en le fait de mesurer les conséquences de ses actes avant de les commettre.

14. La connaissance de soi :

- [ ] Est une certitude à laquelle on accède d'emblée.
- [x] Est une conséquence de la conscience de soi.
- [x] Relève d'une constitution progressive.
- [ ] Peut faire l'objet d'une connaissance certaine.

15. Chaque personne :

- [ ] Est déterminée une fois pour toutes.
- [x] Est constituée de ressources inépuisables par son ingéniosité, sa capacité de résister.
- [ ] Ne comporte que des traits de caractère singuliers.
- [x] Peut trouver en elle des facultés partagées par l'humanité.

16. La personnalité, c'est :

- [x] Le sujet humain considéré sous l'aspect psychologique.
- [x] L'ensemble des aspirations qui distinguent un individu d'un autre.
- [ ] Le sujet humain considéré sous l'aspect juridique et moral.
- [ ] L'individu appréhendé dans son apparence et ses modifications superficielles.

17. Une personne, c'est :

- [ ] Le sujet humain considéré sous l'aspect psychologique.
- [ ] L'individu en tant qu'il entre en conflit avec d'autres individus.
- [x] Le sujet humain considéré sous l'aspect juridique et moral.
- [ ] L'individu appréhendé sous l'aspect des conflits qu'il entretient avec lui-même.

18. La subjectivité, c'est :

- [x] Le fait pour un sujet d'être constitué par les propriétés qui caractérisent un sujet.
- [ ] Le fait pour un sujet d'être assuré de l'impartialité de ses représentations.
- [x] Le fait pour une représentation d'être dépendante du sujet qui la conçoit.
- [ ] Le fait pour une représentation de pouvoir être prouvée.

19. L'intersubjectivité désigne :

- [ ] Ce qui n'appartient ni à un sujet, ni à l'autre, mais se situe entre les deux.
- [x] Ce qui est partagé par plusieurs sujets et acquiert ainsi une valeur.
- [ ] Ce qui s'impose comme un obstacle à la connaissance du sujet par lui-même.
- [x] Ce qui résulte de l'échange entre plusieurs sujets humains.

20. Se cultiver, c'est :

- [x] Développer ses connaissances, en accroître le nombre.
- [x] S'interroger sur ses connaissances, les mettre en débat.
- [ ] Chercher à développer des connaissances sur son caractère singulier.
- [x] Chercher à développer des connaissances sur l'humanité, ses facultés partagées.

L'inconscient : un impensé à reconstruire

1. L'inconscient, c'est :

- [ ] Tout ce qui échappe à la conscience.
- [x] Ce qui échappe à la conscience alors que la conscience le reconnaît comme sien.
- [ ] Tout ce qui n'est pas conscient.
- [x] Ce qui n'est pas conscient et a une relation avec la conscience.

2. Est inconsciente :

- [x] Une donnée qui échappe à ma volonté.
- [ ] Une volonté qui ne m'est pas donnée.
- [x] Une pensée que je n'ai pas déterminée.
- [ ] Une détermination que je n'ai pas pensée.

3. Sont non conscientes :

- [x] Les opérations physiologiques dont nous sommes le siège.
- [x] Les sensations d'intensité inférieure à notre seuil perceptif.
- [x] Les traces de souvenirs non actuellement remémorés.
- [x] Les sensations que nous avons durant notre sommeil.

4. Si l'on considère l'inconscient comme collectif, il est constitué :

- [ ] Des lois que nous avons apprises durant notre scolarité.
- [x] Des structures premières composant des représentations fondatrices.
- [x] De conditionnements qui s'imposent à nous sans que nous sachions comment.
- [ ] De principes logiques qui nous permettent de construire nos raisonnements.

5. L'inconscient peut être dit composé :

- [x] D'instincts premiers qui animent nos comportements.
- [x] De représentations symboliques fondamentales.
- [ ] De forces qui s'expriment continuellement en nous à l'opposé de notre conscience.
- [ ] De formes d'expressions toutes faites que nous répétons sans y penser.

6. L'inconscient constitue :

- [ ] Une certitude manifeste et démontrée.
- [ ] Une donnée immédiatement accessible par notre conscience.
- [x] Une hypothèse théorique qui peut être féconde.
- [x] Un effort d'élucidation de symptômes non encore expliqués.

7. Pour la psychanalyse, l'inconscient est constitué :

- [ ] De souvenirs inertes.
- [ ] De valeurs collectives.
- [x] De pulsions refoulées.
- [ ] De traumatismes à jamais cachés.

8. L'inconscient exprime :

- [ ] La dépendance de notre volonté à l'égard d'une force irrépressible qui nous échappe.
- [x] L'insuffisance de notre connaissance de nous-mêmes.
- [ ] L'unité de notre psychisme.
- [x] L'ambivalence de notre intériorité psychique.

9. Notre psychisme est considéré par la psychanalyse :

- [x] Comme le siège d'un conflit.
- [ ] Comme une unité bien caractérisée.
- [x] En grande partie caché.
- [ ] À jamais inaccessible.

10. Une pulsion, c'est :

- [x] Une force inhérente à notre psychisme.
- [ ] Un désir.
- [x] Une tendance qui ne s'exprime pas (encore) consciemment.
- [ ] Un phénomène qui nous bouleverse profondément et régulièrement.

11. Freud définit l'inconscient :

- [x] Comme l'instance de refoulement de nos tendances inavouables.
- [x] Comme une activité sous-jacente à notre personnalité.
- [ ] Comme l'instance grâce à laquelle se révèle notre véritable personnalité.
- [ ] Comme l'ensemble des aspirations fondamentales qui me définissent.

12. Les formations inconscientes :

- [x] Sont plus plastiques (modifiables) que les formations conscientes.
- [ ] Sont moins plastiques (modifiables) que les formations conscientes.
- [ ] Sont plus explicites (formulables) que les formations conscientes.
- [x] Sont moins explicites (formulables) que les formations conscientes.

13. Un traumatisme résulte :

- [x] De la répétition de la condamnation d'une pulsion qui tente de s'exprimer.
- [ ] De la violence d'une pulsion par laquelle nous tentons de nous nuire à nous-mêmes.
- [x] De l'incompréhension d'une situation de conflit que nous ne maîtrisons pas.
- [ ] De la compréhension d'un conflit explicite à jamais insoluble.

14. La catharsis, c'est :

- [ ] L'ensemble des instincts fondamentaux auxquels se rapportent nos pulsions.
- [ ] L'ensemble des interdits que nous avons intégrés lors de notre éducation.
- [x] L'expression libératrice de certaines de nos pulsions.
- [ ] La situation de conflit que nous devons vivre en permanence.

15. Le moi :

- [ ] Est l'ensemble des données fondamentales qui échappent à notre conscience.
- [ ] Est constitué par les pulsions les plus violentes qui nous caractérisent.
- [ ] Résulte de l'action des normes sociales sur notre psychisme.
- [x] Résulte d'un conflit intérieur entre forces primaires et normes sociales.

16. Le Surmoi :

- [ ] Est l'ensemble des données fondamentales qui échappent à notre conscience.
- [x] Est l'ensemble des interdits que nous avons intégrés lors de notre éducation.
- [ ] Est l'ensemble des instincts fondamentaux auxquels se rapportent nos pulsions.
- [x] Résulte de l'action des normes sociales sur notre psychisme.

17. Le transfert, c'est :

- [ ] L'expression libératrice de certaines de nos pulsions.
- [x] Le fait de revivre envers le psychanalyste des tendances profondes.
- [ ] L'ensemble des instincts fondamentaux auxquels se rapportent nos pulsions.
- [ ] La transformation de nos tendances pour les conformer aux valeurs sociales.

18. La sublimation, c'est :

- [ ] La transformation de nos tendances pour les conformer à un désir de transgression.
- [x] La transformation de nos tendances pour les conformer aux valeurs sociales.
- [ ] Ce par quoi nous nous distinguons des autres personnalités.
- [x] Ce par quoi nous nous rapprochons des comportements des autres.

19. La sublimation :

- [x] Nous permet d'adapter nos pulsions aux attentes morales et sociales.
- [ ] Nous permet de distinguer nos aspirations des attentes morales et sociales.
- [ ] Nous permet de revivre envers le psychanalyste des tendances profondes.
- [x] Nous permet d'investir une énergie personnelle dans des buts collectifs.

20. Les interprétations psychanalytiques :

- [ ] Ne sont valides que dans un cadre collectif vérifié par de nombreuses personnes.
- [ ] Sont toujours valides.
- [ ] Sont valides pour une période de temps restreinte.
- [x] Ne sont valides que dans le cadre de la reconstitution de son passé par un patient.

Le temps : une réalité qui nous échappe

1. Le temps, c'est :

- [x] Le décompte des phases d'un mouvement.
- [ ] Le mouvement du nombre.
- [x] Le dénombrement d'une succession.
- [ ] Une accumulation de décomptes.

2. L'instant, c'est :

- [x] La plus petite partie du temps.
- [ ] Un intervalle de temps très court qui permet de définir un temps en musique.
- [ ] Une durée indéfinie.
- [x] Un élément du temps qui reste insaisissable.

3. Mentionnez les propositions exactes :

- [x] On peut agir sur le temps.
- [ ] On ne peut agir sur le temps.
- [x] On peut agir sur le sens que nous attribuons à la temporalité.
- [ ] On ne peut agir sur le sens que nous attribuons à la temporalité.

4. Pour Bergson, est artificielle :

- [ ] L'idée d'une interpénétration des moments du temps.
- [x] La représentation spatiale du temps.
- [ ] L'idée d'une hétérogénéité des moments de la temporalité.
- [x] La définition du temps comme un décompte.

5. Pour Bergson, la durée :

- [x] N'est pas spatialisable.
- [ ] Est une réalité homogène.
- [ ] Témoigne de notre détermination par la matérialité.
- [x] Témoigne de notre créativité.

6. Le temps, pour Kant :

- [ ] Est un concept vide de sens.
- [x] Est une forme a priori de la sensibilité.
- [ ] Est une sensibilité formelle a posteriori.
- [x] Est une condition, une structure de notre perception.

7. Le temps est le cadre :

- [x] De notre rapport aux choses.
- [ ] De notre rapport à nous-mêmes.
- [x] De notre rapport à nous-mêmes, lorsque nous nous traitons comme une chose.
- [ ] De notre rapport aux choses, lorsque nous les traitons comme des consciences.

8. Le temps est une condition :

- [ ] De la connaissance de soi.
- [x] De la connaissance des choses.
- [x] De la perception des objets.
- [ ] De l'intuition de notre intériorité.

9. Le passé est :

- [ ] La dimension de ma liberté.
- [x] L'instance de mes déterminations.
- [ ] Ce par quoi je tends à me définir.
- [x] Ce par quoi je tends à être défini.

10. L'avenir est :

- [x] La dimension de ma liberté.
- [ ] L'instance de mes déterminations.
- [x] Ce par quoi je tends à me définir.
- [ ] Ce par quoi je tends à être défini.

11. La mémoire est :

- [ ] La reproduction à l'identique du passé.
- [x] Une inscription du passé dans un projet.
- [ ] Une création du passé.
- [x] Une réinterprétation du passé.

12. L'action humaine est :

- [ ] Toujours novatrice.
- [ ] Répétitive.
- [x] Reprise ou réappropriation du passé.
- [x] Lorsqu'elle est enrichissante, formation de soi.

13. Mentionnez les propositions exactes :

- [ ] Le stade religieux valorise l'instant.
- [x] Les stades selon Kierkegaard sont des manières d'appréhender le temps.
- [ ] Le stade éthique valorise l'éternité.
- [x] De l'absence de lien entre imagination et entendement.

14. Mentionnez les propositions exactes :

- [ ] Le temps des choses (objets matériels) va du futur vers le passé.
- [x] Le temps humain va de l'avenir vers le passé.
- [ ] Le temps humain se confond avec le temps des choses.
- [ ] Nous pouvons déterminer aisément la configuration du temps pour nous.

15. L'éternel retour consiste à :

- [ ] Croire que le temps est réellement cyclique.
- [x] M'imaginer capable de vouloir indéfiniment la répétition de ce que je vis.
- [ ] Affirmer que le temps est infini.
- [x] Accepter ce qui est au point de le vouloir intégralement.

16. Mentionnez les propositions exactes :

- [x] En considérant une succession, nous avons tendance à interroger son ordre, son sens.
- [ ] Les successions auxquelles nous avons affaire nous sont toujours indifférentes.
- [x] Quand nous rendons compte d'une succession, nous en faisons une histoire.
- [ ] Nous ne pouvons jamais justifier l'ordre des successions que nous rencontrons.

17. L'histoire, c'est :

- [ ] La description des temps passés.
- [x] L'explication des successions d'événements.
- [ ] Ce qui permet de prédire l'avenir.
- [x] La tentative pour rendre compte d'un ordre dans les actions humaines.

18. L'histoire désigne :

- [ ] Un récit, une narration événementielle.
- [x] Un ensemble d'hypothèses interprétatives.
- [ ] Le mouvement de l'humanité vers sa finalité.
- [x] La discipline qui étudie le passé humain.

19. Le sens de l'histoire :

- [x] C'est l'hypothèse d'une orientation globale de tous les événements.
- [x] C'est l'idée d'une finalité du devenir humain.
- [ ] C'est l'idée que l'humanité court à sa perte dans le temps.
- [ ] C'est l'idée que l'histoire est réversible.

20. La fin de l'histoire :

- [ ] C'est le terme ultime de la temporalité.
- [x] C'est le but global des actions de l'humanité.
- [ ] C'est la disparition de l'humanité.
- [x] C'est l'orientation du devenir, qui s'impose en dépit des efforts des humains.

La technique : un pouvoir à tempérer

1. La technique est définie par :

- [x] Sa précision.
- [ ] L'ampleur de ses conséquences.
- [x] Son efficacité.
- [ ] L'absence d'inconvénients.

2. La technique, c'est un ensemble de règles :

- [x] Visant à parvenir au meilleur résultat.
- [ ] Qui sont appliquées indéfiniment sans être jamais corrigées.
- [x] Qui sollicitent la réflexion de l'opérateur.
- [ ] Qui ne dépendent jamais de l'opérateur, mais uniquement de l'objet traité.

3. La technique, c'est :

- [x] La capacité de se servir d'outils.
- [x] La capacité de développer un savoir-faire.
- [ ] Le procédé intuitif et spontané qui produit des résultats variables.
- [ ] Le procédé fortuit qui produit des résultats sans pouvoir être transmis.

4. L'humanité est démunie selon le mythe d'Épiméthée et de Prométhée :

- [x] Parce qu'elle ne dispose pas de propriétés physiques pour assurer sa sauvegarde.
- [ ] Parce qu'elle a tellement de facultés intellectuelles qu'elle ne sait pas s'en servir.
- [ ] Parce qu'elle a des capacités inadaptées à la situation dans laquelle elle se trouve.
- [x] Parce qu'elle a été oubliée dans la distribution des qualités.

5. Selon Bergson, l'intelligence :

- [ ] Est ce qui permet de résoudre des problèmes théoriques.
- [x] Est ce qui permet de résoudre des problèmes pratiques.
- [ ] Est d'abord faculté de connaissance.
- [x] Est d'abord ingéniosité opératoire.

6. Un outil, c'est :

- [ ] Un élément matériel qui permet de recueillir des informations sur le monde.
- [x] Un élément matériel qui prolonge le corps humain pour faciliter son action.
- [ ] Un composant technique qui requiert un stockage d'énergie.
- [x] Un composant technique qui fonctionne grâce aux forces humaines.

7. Un instrument, c'est :

- [x] Un élément matériel qui permet de recueillir des informations sur le monde.
- [ ] Un élément matériel qui prolonge le corps humain pour faciliter son action.
- [x] Un composant technique qui peut stocker des informations.
- [ ] Un composant technique caractérisé par sa grande puissance.

8. Une machine, c'est :

- [ ] Une construction matérielle douée d'une capacité d'adaptation.
- [ ] Une construction matérielle qui prolonge le corps humain pour faciliter son action.
- [x] Une construction matérielle qui requiert un stockage d'énergie.
- [ ] Une construction matérielle douée d'une grande puissance.

9. Un robot, c'est :

- [x] Une construction matérielle douée d'une capacité d'adaptation.
- [x] Une construction matérielle qui requiert un stockage d'énergie.
- [x] Une construction matérielle qui peut exécuter des actions imitant des êtres vivants.
- [ ] Une construction matérielle qui fonctionne sans énergie.

10. Une technologie, c'est :

- [x] Une technique qui fait intervenir de nombreux savoirs et qui apparaît complexe.
- [x] Un moyen de stockage et de traitement de l'information à grande échelle.
- [ ] Une technique mettant en œuvre une série de séquences opératoires élémentaires.
- [ ] Un moyen de stockage de l'information pour la conserver indéfiniment.

11. La technique fait système :

- [ ] Parce qu'on ne peut employer une technique sans les employer toutes.
- [x] Parce qu'on ne peut employer une technique sans en employer une autre.
- [x] Parce qu'on ne peut séparer la technique de ses usages.
- [ ] Parce qu'on ne peut séparer la technique de ses concepteurs (inventeurs).

12. Rousseau :

- [ ] Considère que les Lumières contribuent à l'amélioration de l'humanité.
- [x] Met en doute la capacité des Lumières à améliorer l'humanité.
- [x] Considère que les Lumières ont contribué à affaiblir physiquement l'humanité.
- [ ] Affirme que les Lumières ont permis de renforcer physiquement l'humanité.

13. Descartes :

- [x] Appelle au développement de connaissances appliquées.
- [ ] Appelle au développement de connaissances théoriques.
- [ ] Formule un principe de limitation de l'usage des techniques.
- [x] Formule un principe fondateur pour l'application des techniques.

14. On considère aujourd'hui :

- [x] Qu'on a développé des techniques en méconnaissant leurs effets sur l'environnement.
- [ ] Qu'on a toujours mesuré les effets des techniques sur l'environnement.
- [x] Qu'il convient désormais de tempérer nos techniques pour préserver la nature.
- [ ] Qu'il convient de mettre en œuvre toutes les techniques au profit de l'humanité.

15. Selon Heidegger, « la technique arraisonne la nature ». Cela signifie :

- [ ] Que la technicité a toujours raison contre la nature.
- [x] Que l'évolution des techniques a transformé de façon irréversible la nature.
- [x] Que la technique impose la raison au milieu naturel.
- [ ] Que la technique s'épuise dans une rationalité vaine.

16. La technique est aliénante :

- [x] Dans la mesure où elle impose un rythme aux employés qui les déshumanise.
- [ ] Dans la mesure où elle conduit à modifier notre définition de la nature.
- [x] Dans la mesure où elle se révèle déterminante pour l'activité humaine.
- [ ] Dans la mesure où elle se révèle incontrôlable.

17. Mentionnez les propositions exactes :

- [x] On limite aujourd'hui les dommages de la technicité au nom de l'humanité.
- [x] On limite aujourd'hui les dommages de la technicité au nom de la nature.
- [ ] On limite aujourd'hui les dommages de la technicité au nom de la divinité.
- [ ] On limite aujourd'hui les dommages de la technicité au nom de la technicité.

18. Le principe responsabilité :

- [ ] Souligne l'importance de prendre garde aux autres lorsqu'on agit.
- [x] Tend à limiter nos actions collectives ayant des conséquences sur l'espèce humaine.
- [ ] Énonce une obligation à l'égard des générations passées.
- [x] Énonce une obligation à l'égard des générations futures.

19. Le transhumanisme :

- [ ] Remet radicalement en cause la définition de l'humanité.
- [x] S'interroge sur les évolutions de la définition de l'humanité.
- [x] Réfléchit sur les augmentations techniques de l'humanité.
- [ ] Cherche à promouvoir d'autres formes d'humanité.

20. Le posthumanisme :

- [x] Remet radicalement en cause la définition de l'humanité.
- [ ] S'interroge sur les évolutions de la définition de l'humanité.
- [ ] Réfléchit sur les augmentations techniques de l'humanité.
- [x] Cherche à promouvoir d'autres formes d'humanité.

L'art : la quête délicate de la beauté

1. L'art désigne :

- [ ] Une manière de concevoir, de théoriser.
- [x] Une manière de faire, de réaliser.
- [x] La meilleure manière de faire.
- [ ] N'importe quelle manière de faire.

2. Dans l'Antiquité :

- [ ] L'art était distingué de l'artisanat, de la technique.
- [x] L'art était considéré comme imitant la nature.
- [x] L'art n'était pas défini comme créateur de beauté.
- [ ] L'art était considéré comme la plus importante activité humaine.

3. La création artistique :

- [ ] N'est valorisée qu'à partir du XIXe siècle.
- [ ] Est assimilée aux arts libéraux.
- [ ] Se donne d'abord pour objet l'utilité.
- [ ] Suppose la production d'une œuvre qui n'a aucun rapport avec le monde.

4. La beauté est une propriété :

- [ ] Qui témoigne de la dépendance de l'œuvre à l'égard de ce qui lui est extérieur.
- [x] Qui témoigne de l'indépendance de l'œuvre à l'égard de ce qui lui est extérieur.
- [ ] Qui témoigne de la banalité de l'œuvre.
- [x] Qui témoigne de la densité d'une œuvre.

5. L'harmonie, c'est :

- [ ] La correspondance entre l'œuvre et son modèle.
- [ ] La correspondance entre l'œuvre et la personne qui l'apprécie.
- [x] La correspondance entre les différentes parties de l'œuvre.
- [ ] La correspondance entre l'œuvre et le contexte historique de son émergence.

6. L'imitation de la nature, c'est :

- [x] La première fonction qui a été attribuée à l'œuvre d'art.
- [x] La correspondance fidèle entre l'œuvre et son modèle.
- [x] Une fonction dont l'art tend à s'émanciper au cours de l'histoire.
- [x] La dépendance de l'œuvre à l'égard de la beauté préexistante.

7. Attacher à l'œuvre d'art une fonction de représentation, c'est :

- [ ] La subordonner à l'inspiration de l'artiste.
- [ ] La subordonner à la volonté de faire passer un message.
- [x] La subordonner au donné naturel.
- [x] Limiter excessivement ses fonctions.

8. La beauté parfaite :

- [ ] Est une condition de l'existence des œuvres.
- [x] Est un idéal impossible à atteindre.
- [ ] Se rencontre parfois dans l'histoire de l'art.
- [x] Serait incompatible avec les limitations de notre sensibilité.

9. L'expression, c'est :

- [ ] Le fait de s'imposer par l'intériorité (la spiritualité).
- [x] Le fait de manifester extérieurement ses qualités.
- [ ] Une propriété traduisant la lisibilité des œuvres d'art.
- [x] La faculté pour une signification d'être manifestée de manière sensible.

10. Le jugement de goût est :

- [ ] Subjectif.
- [x] Un effort pour identifier les propriétés du beau.
- [ ] Objectif.
- [x] Une aspiration à partager les critères d'appréciation du beau.

11. Le goût, c'est :

- [ ] Une capacité de notre perception.
- [x] La faculté d'apprécier la beauté artistique.
- [ ] Une faculté innée que certains possèdent et d'autres pas.
- [x] Une faculté qui se cultive.

12. Le jugement de goût :

- [ ] Est spontané, dépend des individus.
- [x] S'efforce de définir des normes d'appréciation de la beauté.
- [x] Est nourri par une culture portant sur le domaine concerné.
- [ ] Manifeste l'indépendance des individus.

13. Le beau est le résultat :

- [ ] De l'activité de l'imagination.
- [ ] De l'activité de l'entendement.
- [ ] D'une lutte entre l'imagination et l'entendement.
- [ ] D'une absence de lien entre imagination et entendement.

14. L'œuvre d'art selon Kant :

- [ ] Plaît conceptuellement sans universel.
- [x] Plaît universellement sans concept.
- [x] Est douée d'une finalité indéterminée.
- [ ] Est douée d'une terminaison infinie.

15. L'œuvre d'art peut être appréhendée :

- [ ] À travers une signification déterminée.
- [x] Au moyen d'une interprétation jamais achevée.
- [ ] En fonction d'une finalité précise.
- [x] En vertu d'une visée qui ne peut jamais être précisément circonscrite.

16. Le génie témoigne :

- ☐ D'une liberté absolue.
- ☐ D'une technicité convenue.
- ☒ D'une capacité à transgresser les règles.
- ☒ D'une technicité paraissant originale.

17. Pour l'artiste, la réalisation de l'œuvre d'art est :

- ☐ Une fantaisie.
- ☒ Une exigence intérieurement ressentie.
- ☐ Une réalisation fortuite.
- ☒ Une volonté nourrie de façon continue.

18. Le goût est :

- ☒ La faculté de rapporter une œuvre à des normes.
- ☐ Une appréciation personnelle portant sur une œuvre.
- ☒ Un jugement sur la valeur d'une œuvre.
- ☐ La capacité à situer historiquement une œuvre.

19. Deux tendances s'expriment dans l'histoire de l'art :

- ☐ L'approfondissement de la relation de l'œuvre à son modèle.
- ☒ L'émancipation de l'œuvre d'art par rapport à son modèle.
- ☐ L'émancipation de l'œuvre d'art par rapport aux sensations qu'elle suscite.
- ☒ L'approfondissement des sensations que suscite l'œuvre d'art.

20. Mentionnez les propositions exactes :

- ☒ L'art classique vise à mettre en valeur la beauté.
- ☒ L'art moderne vise à susciter la réaction du spectateur.
- ☒ L'art contemporain renonce à la fonction représentative de l'œuvre.
- ☒ L'art contemporain vise à interroger le spectateur sur le sens de l'art.

La religion : foi, doctrine et rites

1. La religion, c'est un ensemble de croyances :

- [ ] Tendant à opposer les êtres humains.
- [x] Portant sur des réalités extérieures et supérieures à notre monde.
- [ ] Portant sur les manières dont les humains organisent leurs rapports.
- [x] Portant sur l'origine et les buts de l'humanité.

2. Le sacré, c'est :

- [x] Ce qui est séparé de notre monde sensible.
- [ ] Ce qui régit notre monde sensible.
- [x] Ce qui est digne de respect, voire de vénération.
- [ ] Ce qui se manifeste dans la sensation comme la plus belle réalité.

3. La foi peut être définie comme :

- [ ] Un ensemble de principes.
- [x] Une relation privilégiée au sacré.
- [ ] Une pratique régulière de rites.
- [x] Une conviction codifiée par des formulations.

4. Les dogmes religieux :

- [ ] Sont des affirmations qu'une communauté impose à l'ensemble de l'humanité.
- [x] Sont des affirmations qu'une communauté impose à ses membres.
- [x] Sont des croyances que le fidèle reconnaît comme vraies.
- [ ] Sont des croyances qui varient parce qu'elles expriment la foi de chacun.

5. Les rites sont des pratiques collectives :

- [x] Par lesquelles une communauté rend son culte.
- [ ] Qui permettent de théoriser une croyance.
- [x] Qui permettent de conforter une croyance en la partageant.
- [ ] Par lesquelles les fidèles expriment leur solidarité.

6. La croyance est :

- [ ] Objectivement suffisante, subjectivement insuffisante.
- [x] Subjectivement suffisante, objectivement insuffisante.
- [x] Une conviction sans démonstration.
- [ ] Une démonstration qui ne requiert pas d'adhésion de l'esprit.

7. L'athéisme :

- [ ] Affirme qu'on ne peut se prononcer sur l'existence de Dieu.
- [x] Affirme que Dieu n'existe pas.
- [x] Refuse toute religiosité.
- [ ] Refuse toute spiritualité.

8. L'agnosticisme :

- [x] Affirme qu'on ne peut se prononcer sur l'existence de Dieu.
- [ ] Affirme que Dieu n'existe pas.
- [ ] Affirme que Dieu existe.
- [x] Refuse toute affirmation sur l'existence de Dieu.

9. La spiritualité :

- [ ] Désigne le domaine des explications du monde matériel.
- [x] Renvoie à la croyance en un monde de l'esprit non matériel.
- [ ] Désigne ce qui est facilement accessible, facilement identifiable.
- [x] Renvoie à une réalité accessible par une démarche de l'esprit.

10. L'*hybris* (la démesure) :

- [x] Consiste à passer outre, volontairement ou non, un interdit.
- [ ] Consiste à se montrer trop prétentieux dans ses affirmations.
- [x] Consiste à outrepasser les déterminations de la condition humaine.
- [ ] Consiste à respecter la condition qui nous est donnée par la nature.

11. **La religion :**

- [x] Entend trouver un principe d'unité au-delà de l'expérience.
- [ ] Cherche à donner aux êtres humains les moyens de se distinguer, de s'opposer.
- [ ] Entend trouver des différences fondatrices au-delà de l'expérience.
- [x] Cherche à donner aux êtres humains les moyens de s'identifier, de s'unir.

12. **La foi :**

- [ ] S'oppose à la raison parce qu'elle est toujours en tous points irrationnelle.
- [x] S'oppose à la raison parce qu'elle est en partie irrationnelle.
- [ ] S'apparente à la raison parce qu'elle procède de modèles formels.
- [x] S'apparente à la raison parce qu'elle relève d'un acte de l'esprit.

13. **La raison est supérieure à la foi :**

- [ ] Parce qu'elle porte sur une réalité inaccessible à la foi.
- [x] Parce qu'elle a des résultats vérifiables et communicables.
- [ ] Parce qu'elle est capable de démontrer que la foi n'a pas de valeur.
- [x] Parce qu'elle permet un enseignement accessible à tous.

14. **La foi est supérieure à la raison :**

- [x] Parce qu'elle porte sur un monde suprasensible supposé supérieur à la foi.
- [ ] Parce qu'elle est capable de disqualifier la raison dans ses résultats.
- [ ] Parce qu'elle fournit de meilleures explications de notre monde sensible.
- [ ] Parce qu'elle permet un enseignement accessible à tous.

15. **La théologie négative :**

- [ ] Procède de l'idée que Dieu n'existe pas.
- [ ] Cherche à définir Dieu à partir de la négation de ses attributs.
- [x] Cherche à définir les attributs de Dieu à partir de la négation des attributs humains.
- [ ] Cherche à définir Dieu à partir de la négation de son idée.

16. Les rites :

- [ ] Sont des pratiques individuelles par lesquelles le croyant symbolise sa foi.
- [x] Sont des pratiques collectives par lesquelles les fidèles témoignent de leur foi.
- [ ] Consistent en débats qui permettent aux croyants d'échanger des arguments.
- [x] Consistent en des prières codifiées propres à conforter la croyance des fidèles.

17. La loi des trois états d'Auguste Comte :

- [ ] Explique que l'âge religieux est la phase ultime de développement de l'humanité.
- [x] Montre que l'esprit par lequel la science se développe fait disparaître la religion.
- [ ] Explique que le développement de l'humanité procède de façon cyclique.
- [x] Explique que l'âge positif est la phase ultime de développement de l'humanité.

18. Mentionnez les propositions exactes :

- [ ] La religion statique tend à développer les initiatives des croyants.
- [ ] La religion dynamique développe des codes sociaux qui aident les croyants à vivre.
- [ ] La religion statique est le propre des grands inspirateurs de la spiritualité.
- [ ] La religion dynamique est commune au plus grand nombre de fidèles.

19. Le mysticisme, c'est :

- [ ] Le goût pour les mythes, histoires fantastiques à connotation religieuse.
- [x] La croyance en la possibilité de s'unir avec le divin.
- [ ] La croyance en la valeur de vérité des mythes.
- [x] La tendance à développer une intellection intuitive du divin.

20. L'anthropomorphisme :

- [ ] Consiste à prêter des caractéristiques divines à l'humain.
- [x] Consiste à prêter des caractéristiques humaines au divin.
- [ ] Tend à diviniser l'humain.
- [x] Tend à humaniser le divin.

LES DIMENSIONS DE LA RESPONSABILITÉ

1 COURS

La liberté : la construction de son autonomie

L'action consiste en la détermination par un sujet de sa propre conduite. Elle met en œuvre une **intention,** qui s'accomplit à travers des phases de **délibération,** de **décision**, d'**exécution. Agir,** c'est à la fois choisir les actes que l'on va mettre en œuvre, et être défini en retour par ces options. L'action libre est donc une démarche globale par laquelle **nous nous réalisons.** Dans l'acte, nous nous perdons en nous extériorisant, en nous exposant aux circonstances. Mais nous nous identifions, en nous transformant et d'une certaine manière en nous produisant nous-mêmes. La liberté d'agir est toujours **conditionnée** : la volonté ne peut s'exercer de façon absolue, sans un cadre qui lui donne sens en même temps qu'il la limite. Ce cadre définit une **situation,** soit l'ensemble des paramètres (conditions, dimensions) qui caractérisent un lieu et un temps donnés pour un individu. Dès lors, par nos choix, nous exprimons des appartenances, des affiliations et des influences. La **volonté** désigne d'une part la décision intellectuelle par laquelle nous retenons une option (ou bien nous reconnaissons dans celle que nous avons antérieurement retenue), d'autre part la capacité à réaliser, à exprimer par nos actes et notre persévérance (souvent dans l'adversité) les choix qui nous définissent. **Choisir,** c'est prendre une position : adopter ou rejeter une option ; le choix est défini par l'acte d'élection (et d'élimination) plutôt que par l'importance de ses conséquences.

La liberté semble s'opposer au **déterminisme,** qui considère que les **rapports** entre tous les objets du monde sont **régis par des lois irrépressibles.** Puisque nous sommes, en tant que corps matériel, également une chose du monde, nous pouvons nous juger entièrement soumis à des normes prévisibles. C'est ce que supposent les scientifiques, qui utilisent le principe d'une détermination strictement physique des phénomènes qu'ils étudient (suivant le **principe de causalité** : « il n'y a pas d'effet sans cause », « les mêmes causes dans les mêmes conditions produisent les mêmes effets »). Pour le **déterminisme** absolu, qui considère que tout – y compris notre esprit – est soumis au principe de causalité, la liberté consiste en l'ignorance des causes qui nous déterminent. Pour reprendre une métaphore stoïcienne, en tant qu'acteur, nous ne choisissons ni la pièce, ni le décor, ni notre rôle sur le théâtre du monde. Seules nos dispositions intérieures pendant que nous jouons (sentiment de pénibilité ou de facilité, d'échec ou de réussite) peuvent donner une idée de notre liberté (alors définie comme intellectuelle). Même si nous supposons toutes les relations entre les choses matérielles déterminées, la liberté peut relever du postulat selon lequel **nous ne sommes pas seulement une chose matérielle,** ce qui s'accorde avec la tradition dominant l'histoire de la pensée occidentale. Notre esprit (notre âme ?), supposé(e) immatériel(le), serait le siège de notre **décision** libre, qui peut être analysée comme une cause sans autre cause qu'elle-même. Le **déterminisme** peut ainsi être présenté comme une hypothèse méthodologique : il ne s'agit pas d'affirmer, comme le **fatalisme,** que les choses sont réellement prévues, écrites, destinées (de sorte que des événements donnés ne peuvent manquer de se produire, quoi qu'on fasse), mais bien de les supposer régulées pour mieux agir en fonction de leurs lois, voire sur elles. Notre action libre et informée postule alors que nous ne sommes pas seulement une chose matérielle.

En agissant, nous nous déterminons nous-mêmes. Quelle que soit l'importance des **déterminations matérielles** ou intellectuelles qui s'exercent sur nous, il semble toujours nous rester une latitude de décision : même face à la mort, nous pouvons encore avoir une attitude de résignation ou de refus. Conçue comme intérieure (intellectuelle ou spirituelle), la liberté est **irrépressible** : tel est le propos des Stoïciens. Sous cet aspect, la liberté apparaît comme un absolu : nous avons **toujours le choix,** même et surtout quand nous sommes acculés à ce choix par la difficulté de la situation. Ainsi peut-on comprendre le mot de Sartre : « Nous sommes libres de tout, sauf de ne l'être pas. » Nous ne choisissons pas notre **condition** (nous sommes soumis aux lois du monde qui nous échoit), nous sommes influencés par les autres (l'**influence** étant une force qui s'exerce sur nous sans que nous en connaissions l'intensité ni l'ampleur). Il nous revient donc **de donner du sens à une situation** dans laquelle nous sommes projetés : même si nous sommes passifs, cette passivité peut encore nous être attribuée.

Les orientations que nous donnons à nos activités dépendent évidemment de nos connaissances : nous réfléchissons, comparons les possibilités, en retenons une, la mettons en œuvre. La liberté s'identifie intérieurement au **libre arbitre,** c'est-à-dire à la **capacité à se déterminer soi-même** : nous avons l'impression de coïncider avec nos propres décisions. Le sentiment intime de la liberté traduit l'indépendance de la décision : nous seuls effectuons ce choix, sans que rien ne nous y contraigne. Nos connaissances semblent accroître notre liberté, puisqu'elles nous permettent d'explorer des possibilités qui peuvent améliorer notre action. **Notre libre arbitre dépend de l'amplitude de notre information.** Pourtant, si nous étions parfaitement informés, comment choisirions-nous, une fois sûrs de l'option, la meilleure ? Ne serions-nous pas dans la position de l'**âne de Buridan,** fiction plaisante d'un animal strictement rationnel qui, ayant autant de raisons de boire que de manger, incapable de choisir entre eau et avoine à égale distance, meurt de faim ? Pour dépasser cette impossibilité de se représenter de façon purement rationnelle la liberté, on a pu essayer de voir dans les **actes gratuits** l'essence même de la liberté. Ces actes sont des **agissements apparemment sans aucune motivation** (ne pas passer un concours ou ne pas signer un contrat qu'on a préparé de longue date, insulter quelqu'un sans raison, voire le tuer). Ils peuvent apparaître stupides, mais aussi manifester notre **capacité de négation** : nous sommes capables de récuser les raisons qui nous animent, même les plus fortes.

Il convient de conjoindre ces deux aspects de la liberté : d'une part, la **faculté d'informer** nos actes, qui traduit notre réflexion, en recueillant le plus de données possibles, d'autre part, la **capacité à s'opposer,** en niant jusqu'aux plus fortes déterminations, qui exprime notre indépendance. **La liberté** est conçue au mieux comme **faculté de se réapproprier nos déterminations** : nous sommes toujours influencés, déjà engagés, conditionnés. Nous ne pouvons pas nier toute raison sauf à nous nier nous-mêmes, mais nous pouvons, au cours de la réflexion, envisager toutes les options. La liberté se manifeste au mieux dans la négation (de notre dépendance, de notre environnement, voire de nos propres engagements), mais elle ne se réalise que dans l'élaboration **d'une démarche patiente, complexe, qui intègre et comprend la négation** au lieu de s'en contenter ou à l'inverse de l'exclure. Se réapproprier des déterminations, c'est reconnaître qu'elles ne sont pas notre propre, que nous avons tenté de les nier mais qu'en dépit de cet effort, nous les avons finalement incorporées à notre personnalité.

La liberté n'est pas une faculté que je peux appréhender de façon personnelle : si j'étais seul, je serais soumis au monde et je ne sais pas quelle distance je pourrais avoir à l'endroit du réel. Humain, nous savons que nous vivons parmi les autres. Les décisions que nous avons à prendre s'inscrivent dans un **contexte social** et **politique.** Lorsque nous effectuons des choix, nous ne pouvons pas ne pas prendre en compte ceux des autres. Par nos décisions, nous nous conformons à d'autres ou nous nous opposons à eux. En anticipant une situation, nous nous déterminons toujours aussi en fonction des autres. Parce que nous sommes **responsables,** sauf exception nous respectons les autres, ne leur nuisons pas ; nous adoptons des **normes pour les préserver.** La liberté a toujours une dimension collective car nos actes ne cessent de se conjuguer. La **responsabilité** consiste à anticiper les conséquences de nos choix pour les autres.

Finalement, nous mesurons que la liberté ne se réalise pas sous la forme d'une **indépendance** matérielle (un rapport d'extériorité aux êtres et aux choses qui serait impossible à concevoir), mais sous les espèces d'une **autonomie** construite (l'autonomie consiste à adopter par soi les règles auxquelles on obéit). La liberté se construit : à travers la recherche d'une indépendance (par exemple d'une autosuffisance matérielle par rapport à nos proches), nous mesurons progressivement toute la difficulté de choisir les principes auxquels nous nous soumettons. La liberté se réalise progressivement dans la **reconnaissance de soi** : lorsque j'accomplis des actes imprévisibles, je suis créatif (puisque je ne m'en tiens pas à ce qui était attendu de moi) et je réalise ma liberté, si je les reconnais comme constitutifs. Ainsi, la liberté n'est pas tant un donné qu'un processus : il s'agit sans doute d'une **construction** et d'une **conquête** dont on peut se douter que nous n'en aurons jamais fini d'essayer de la développer et de l'incarner.

Le devoir : un impératif à respecter

Le **devoir** est la forme que prend la moralité (prescription du bien, proscription du mal) **pour une conscience** : autrement dit la voix du bien. Il y a une immédiateté du devoir. Pourtant, le devoir est censé nous élever, faire de nous des êtres nobles, grands : il se manifeste de façon proche, **intime,** personnelle, mais exprime une **valeur supérieure,** générale, impersonnelle, indépendante de nos intérêts. Le respect des valeurs morales prend la forme d'un **commandement,** d'une **obligation** régissant notre conduite. Faire son devoir, c'est déterminer ses actes en fonction d'une loi, par obéissance à un principe dont la valeur nous apparaît supérieure à toute autre disposition. Kant a donné une expression formelle à ce **respect de la loi morale** : par devoir, nous n'agissons pas seulement conformément à une norme, mais aussi en vertu de l'obligation qui s'impose à tous, motivés exclusivement par le respect pour la loi. Le devoir se formule comme un **impératif catégorique,** qui **commande de façon inconditionnée** (« tu ne tueras point », « tu ne mentiras pas »), par opposition aux impératifs hypothétiques, qui prescrivent un comportement pour obtenir un résultat, de réaliser un objectif, en le subordonnant à une condition (« si tu veux être apprécié, sois aimable », « si tu veux être récompensé, sois honnête »). L'impératif catégorique soumet la volonté du sujet parce que l'humain ne peut pas ne pas vouloir la fin qu'il énonce.

Traditionnellement, le devoir est supposé unique : on en parle au singulier. Cela renvoie à l'idée que, dans une situation donnée, une seule conduite est « la » bonne. Le devoir est **permanent, nécessaire, définitif** : c'est parce qu'il est une Idée qu'il exerce un pouvoir sur moi, que je lui accorde une autorité. Il en est comme si le devoir n'était pas seulement humain, comme s'il était la voix d'un autre monde. Ainsi, il n'y a qu'**un devoir** : celui d'être humain. Le devoir n'est pas d'abord déterminé par les objets sur lesquels il porte, mais par l'intention qu'il exprime. L'idée d'**agir en faveur de l'humanité peut** orienter toutes nos actions. Le devoir est défini formellement, c'est-à-dire qu'il peut s'appliquer à toutes les situations. S'il n'y a pas de contenu du devoir, il n'existe pas de conflits de devoirs. Pourtant, on a reproché aux moralistes d'opposer artificiellement le bien et le mal. L'expérience apparaît plus complexe ; les décisions que nous avons à prendre en situation grave font intervenir de multiples paramètres. Sartre a ainsi souligné que nous sommes souvent confrontés à des **conflits de devoirs** et que la difficulté morale consiste moins à choisir entre le bien et le mal qu'**entre différents maux le moindre** (servir sa famille ou sa patrie, accomplir ses obligations professionnelles ou parentales). Si notre devoir prend toujours la forme d'un engagement, il relève donc d'une option. Si la **morale** se présente toujours comme universelle et prescriptive, l'**éthique** engage toujours un sujet dans l'élaboration de sa conduite et dans l'appréciation de la situation à laquelle il est confronté. L'**éthique fondamentale** désigne la manière dont nous élaborons, chacun, notre conduite vertueuse ; l'éthique appliquée désigne un ensemble d'obligations relatives à un champ d'action, par exemple professionnelles (une **déontologie**). Le devoir n'est pas seulement défini formellement, mais aussi dans sa réalisation : acte, il ne peut être apprécié que dans son accomplissement. Dans cette mesure, il y a une pluralité de devoirs, en fonction des différentes collectivités auxquelles nous appartenons. On parle de devoir familial, de devoir professionnel, de devoir civique, de devoirs religieux, comme d'autant de dimensions de nos actions. Il y a une **hiérarchie des devoirs,** chaque devoir ayant une valeur proportionnelle au nombre de personnes auxquelles il s'applique. Si le devoir moral tend à prendre la forme d'un absolu, le sujet contracte également des obligations relatives à ses engagements.

Réaliser son devoir consiste à **se soumettre à une autorité supérieure,** voire transcendante. Le bien résulte de la **subordination volontaire à une raison** qui se présente comme universelle. Pourtant, **le sujet moral ne saurait faire qu'obéir : il doit aussi promouvoir des valeurs.** La véritable morale est, selon Bergson, dynamique : en effet, le sujet se découvre dans l'acte créateur, il instaure des valeurs dont il deviendra symbole ou modèle (il ne se contente pas d'appliquer des règles statiques qui assurent le maintien de l'ordre dans une société). Pour Nietzsche, la volonté de puissance se définit comme la capacité de créer ses propres valeurs. Mais le sujet ne peut être défini comme affirmation de soi au mépris des normes sociales. Nous ne pouvons ni nous contenter d'adopter passivement des valeurs, ni les remettre en cause systématiquement. **Faire son devoir, c'est toujours aussi s'engager devant les autres :** la capacité à se reconnaître dans ses actes suppose un moment nécessaire d'appréciation des valeurs, qui fait de tout engagement une réappropriation critique. « Les devoirs se mesurent en général à nos relations avec les autres. » (Épictète) **Le devoir**

procède ainsi d'une construction personnelle, éthique : expérience du doute et de son dépassement, il inscrit en nous la moralité comme une **conduite délibérée et déterminée,** mais toujours aussi **pénible.** Réaliser son devoir, c'est faire l'effort de réaliser un projet qui nous coûte parce que sa valeur en quelque façon nous dépasse. Que j'adopte une **éthique de conviction** (autrement appelée « déontologisme », prenant ma décision en vertu d'un principe supposé intangible) ou une **éthique de responsabilité** (ou « conséquentialisme », prenant ma décision en vertu des suites effectives qu'on peut attribuer à mon action), je m'engage dans une réflexion morale : le devoir met la conscience dans un rapport décisif avec elle-même. Il exprime alors la nécessité d'aller au-delà de ses propres déterminations par une intuition tournée vers le genre humain. Dès lors, le devoir est à la fois un **abandon de soi comme individu** et une **condition de réalisation de soi comme sujet.** Le devoir ne peut être relié à la satisfaction de nos aspirations que de façon indirecte, comme réalisation de la liberté et comme accomplissement de soi. Il peut être appréhendé comme un effort de responsabilisation : « Chacun de nous est responsable de l'humanité entière » disait Sartre.

Le devoir est une **obligation sociale** autant que **morale.** S'il a pour modèle un impératif d'humanité qu'il conviendrait de respecter de façon inconditionnelle, il exprime aussi l'inscription d'un sujet dans une société. On peut dès lors se demander si le devoir ne procéderait pas de **normes sociales** (adoptées en fonction d'une tradition, ou d'une majorité) plutôt que de **valeurs** (susceptibles d'orienter nos conduites parce qu'elles constituent des idéaux dignes d'être choisis pour eux-mêmes). Les lois, les coutumes de notre pays ne sont-elles pas à l'origine des obligations que nous éprouvons ? Certes **la loi** est une **expression** du devoir **positive et collective,** donc accessible à tous. Les interdictions civiles ont une dimension morale. Le devoir s'apprend, s'acquiert progressivement, à force d'obéissance, notamment de respect des lois. Pourtant, lorsque des citoyens s'autorisent à protester contre une loi, ils manifestent une capacité d'appréciation indépendante de leur apprentissage. Antigone est le symbole de la défense d'un droit naturel, non écrit, universel. Si la morale est humaine, elle est, rationnelle ou affective, supposée partagée. Le devoir serait comme un instinct assuré, une aptitude inséparable de l'humanité, tandis que les **lois** seraient comme des **déclinaisons imparfaites de la moralité.** Le devoir reste formel, impersonnel, général ; la loi en exprime la portée dans les champs, de plus en plus variés, de son application. Les citoyens ont une capacité morale de juger la loi. Mais cette capacité de désobéissance doit exhiber une valeur, viser une publicité pour s'imposer comme un acte exemplaire et non comme une initiative circonstanciée. Ainsi, la **désobéissance civile** doit procéder d'une conscience éclairée sur ses devoirs. Si le **devoir** est unique, universel, il s'impose comme la **tâche de l'humanité.** Mais cette description ne vaut qu'à titre d'**idéal,** réalisé tendanciellement, progressivement au cours de la vie. Autrement dit, notre action se caractérise par une **délibération permanente** au sein de la multiplicité des devoirs, présentés d'abord comme des contraintes. Le devoir n'apparaît unique et sublime, dépassant toutes les injonctions particulières, légales ou professionnelles, qu'au terme de ma formation. Mon action à la longue construit ma probité, mon authenticité, ma dignité comme une progression à travers la diversité de mes obligations. C'est pourquoi on aura tendance lors de notre apprentissage à faire prévaloir la **morale, prescriptive** ; lors de notre maturité, à faire prévaloir l'**éthique, délibérative,** parce que celle-ci résulte de la formation de la personne. L'idéal serait de rendre l'éthique homogène à la morale, le devoir intégrant les diverses obligations contractées d'abord passivement, puis intégrées comme des déclinaisons cohérentes du bien.

La justice : la vertu politique et sociale

La justice est une **norme** et un **idéal** ; elle est censée **« attribuer à chacun ce qui lui revient ».** Elle ne se réduit pas aux lois instituées dans un pays ni à la sanction par les juridictions des infractions qu'elles ont subies. Le **droit** désigne justement ces **règles positives,** édictées par un pouvoir identifiable, valables sur un territoire, intelligibles pour ceux auxquels elles s'appliquent. La **justice** est supposée avoir une valeur supérieure : elle ne correspond pas seulement au droit institué, qu'on appelle **droit positif** pour l'opposer au **droit « naturel »,** ensemble de normes et de prérogatives qui serait identifiable(s) indépendamment de tout contexte (il serait de tout lieu et de tout temps), qui relèverait par suite de notre appartenance à l'humanité. En ce sens, le **droit naturel** serait indentifiable, soit parce qu'il s'imposerait à nous nécessairement (par exemple du fait du divin) ; soit parce qu'il serait logique, rationnel ; soit parce qu'il correspondrait aux points communs à toutes les législations. Antigone, qui refuse que son frère Polynice soit privé pour des raisons politiques de sépulture – c'est-à-dire de vie post mortem – est devenue le symbole de la défense du droit naturel.

La justice a de multiples dimensions. Certes, c'est une distribution. En ce sens, elle consiste en l'**application du bien dans une collectivité.** Être juste, c'est rendre à chacun ce qui lui appartient, ce qui lui est dû. Cette définition simple exprime en même temps la difficulté d'établir l'exacte **correspondance entre une attribution et un mérite.** On peut distinguer le **sens**

moral (définissant la capacité partagée à se prononcer sur la pondération souhaitable, l'aptitude d'une conscience à apprécier ce qui est légitime, ou plutôt à dénoncer l'injuste) ; le **sens institutionnel** (qui désigne l'ensemble des tribunaux - dispositifs de sanction des infractions aux lois - et de leur activité) ; le **sens social** (qui renvoie à l'idéal de distribution des biens dans une collectivité). La justice sociale pose la question de savoir selon quel principe on effectue la répartition (de biens, de titres ou de récompenses). On distingue habituellement deux ou trois manières d'attribuer des biens ou d'affecter des rétributions : l'**égalité,** par laquelle chacun reçoit la même chose ; l'**équité,** qui vise la proportionnalité, l'adéquation exacte entre ce qui est mérité et ce qui est attribué. On peut encore définir deux principes pour établir cette correspondance entre les personnes et les propriétés qu'elles reçoivent : ou bien ceux qui ont moins reçoivent plus (justice **compensatoire**), ou bien ceux qui ont plus reçoivent plus (justice « récompensatoire », rarement identifiée, mais correspondant par exemple à la répartition des responsabilités en fonction des diplômes).

Même si la justice apparaît comme une valeur propre à s'imposer à l'humanité, force est de constater qu'elle se réalise à travers des législations, des traditions, des cultures différentes les unes des autres. Même le droit naturel, supposé universel, apparaît conçu de diverses façons par ceux qui s'emploient à le décrire. Le **relativisme culturel** nie l'existence de valeurs universelles et ne reconnaît que des normes propres aux différentes régions du monde. Toutefois, les législations s'opposent plus dans ce qu'elles prescrivent que dans ce qu'elles proscrivent. Ainsi peut-on admettre que les normes de moralité et de justice sont d'abord négatives : même si l'on a des difficultés pour déterminer le bien, la justice, nous savons ce qu'est le mauvais, l'injuste. Mais nous avons pourtant besoin d'une **norme supérieure** à la loi pour juger telle ou telle législation. C'est le rôle que jouent les **droits de l'homme** aujourd'hui. Puisque la justice n'est pas aisément réalisée, il faut admettre qu'elle n'est pas donnée (par exemple par une Révélation), mais qu'elle suppose une construction progressive au cours de l'histoire : « Ne pouvant faire que ce qui est juste fût fort, on a fait que ce qui est fort fût juste. » (Pascal) Le plus fort s'impose toujours (car la justice est matériellement inférieure), mais il faut pourtant que la force soit contrôlée par la justice (il est souhaitable finalement qu'elle règne). Ainsi, la justice pourrait être pensée comme l'**amélioration progressive des institutions** ; on mesure ainsi, au cours du dernier siècle, la progression du respect des droits des justiciables et, au cours des dernières décennies, les progrès, certes lents, mais inédits, d'une justice pénale internationale.

La représentation symbolique de la justice est édifiante : on la représente sous la forme d'une femme qui a les yeux bandés (renvoyant à son **impartialité** : elle ne prend pas en compte les particularités des personnes), tenant une balance (désignant sa **pondération** : son effort pour évaluer avec exactitude les délits et les peines, afin de maintenir un équilibre dans la société), ainsi que tenant un glaive ou une épée (exprimant la **force de son action** : elle prononce des arrêts qui tranchent fermement une question, qui imposent le plus souvent une peine et qui, en dernière instance, ont force exécutoire). La justice consiste en la **puissance alliée à la morale** : on peut comprendre que les Anciens disaient que la justice est la vertu suprême et que, comme l'Ancien Testament (*Proverbes*) l'affirme, « sur la justice repose le monde ». C'est en tant que principe supérieur que la justice est l'objet de toutes nos aspirations. Cependant, réalisée dans une société, la justice ne cesse de faire l'objet de controverses et de difficultés.

Comment établir la justice de **peines** infligées par les tribunaux aux auteurs d'infractions à la loi ? Il semble d'abord que l'autorité de l'institution repose sur la valorisation de la **sanction.** La justice, à travers les magistrats que sont les procureurs de la République et les avocats généraux, est chargée **de maintenir l'ordre et de défendre les intérêts de la société.** À ce titre, la justice peut viser la sévérité (à l'instar de la funeste « loi du talion ») : la fonction de la sanction serait de réparer l'infraction, quand c'est possible, et d'empêcher de nouvelles infractions, en adoptant une **fonction dissuasive.** Pourtant l'histoire de la justice est celle d'une **humanisation** de ses jugements. Les tribunaux tiennent compte des droits de la personne. L'égalité de tous les citoyens se traduit par la **présomption d'innocence** (tout prévenu est supposé innocent tant qu'il n'a pas été reconnu coupable par la cour), la possibilité de l'appel (toute décision de justice pouvant être contestée devant un tribunal chargé de réviser la décision dite de première instance). Beccaria a initié la **rationalisation des peines** : il formule le principe de légalité et de proportionnalité de la sanction au délit. Finalement, la fonction de la peine est moins de punir sévèrement, de garantir les droits des prévenus, que de **rétablir un équilibre social** rompu par l'infraction. La justice vise l'acceptation de ses procédures par l'ensemble des citoyens. Le but de la justice serait de faire reconnaître au prévenu la justice de la peine qui lui est infligée, et de le réinsérer dans la société. L'institution judiciaire a donc des objectifs dignes et nobles, mais il n'est pas sûr qu'elle ait les moyens de les réaliser ; ainsi de sa mission de réhabilitation du condamné.

C'est le thème de la justice sociale qui a occupé les débats philosophiques des dernières décennies. John Rawls propose une rationalisation de l'évaluation des inégalités : en nous plaçant dans une situation fictive (le

« **voile d'ignorance** ») dans laquelle nous n'avons aucune information sur la position que nous occuperons dans le jeu social, il nous invite à définir l'écart maximal tolérable dans la distribution d'une propriété. Une société juste est une société dans laquelle les **droits fondamentaux** sont également répartis, dans laquelle les inégalités sont **acceptées unanimement** par les individus rationnels. Pourtant, la fiction théorique du « voile d'ignorance » a été sévèrement critiquée : elle apparaît **difficilement applicable,** parce qu'on ne peut imaginer se départir de toutes ses propriétés, de toutes ses convictions. Surtout, une société parfaitement juste serait parfaitement égalitaire : transparente, insupportable, parce que parfaitement rationnelle. Ainsi, dans l'impossibilité de réaliser la justice sociale parfaite, nous nous contentons de lutter contre les inégalités qui apparaissent les plus injustes. Ainsi, notre société lutte d'abord contre l'exclusion plus que contre les différences. Il semble plutôt que l'opacité de nos sociétés nous fournisse autant de motifs de **lutter contre les injustices** que nous sommes toujours capables de dénoncer. Par la révolte contre les actes ou situations injustes que nous rencontrons, nous confirmons que la justice reste un **idéal** susceptible de nous animer et de nous mobiliser.

L'État : un pouvoir souverain mais régulé

L'**État** consiste en un ensemble d'institutions juridiques, policières, administratives et économiques destiné à régir les **affaires communes** dans un cadre de droit. Il est devenu l'instance politique par excellence, dans l'ordre de laquelle nos conflits sont résolus selon des procédures déterminées. Il se réalise dans des **fonctions régaliennes** (défendre le pays, maintenir l'ordre, fonder les échanges) ; il se traduit par un gouvernement autonome exerçant son pouvoir sur un territoire indépendant. L'État est en effet caractérisé par trois facteurs : une **population,** un **territoire,** un **pouvoir effectif** (marqué par sa concentration). L'État a le **monopole des fonctions de sécurité** ; il est défini par Max Weber comme « communauté revendiquant pour elle-même avec succès le monopole de la violence physique légitime ». Les pouvoirs étatiques engagent à penser l'origine de l'État, les limitations de son pouvoir et l'extension de ses fonctions. Nous avons besoin d'institutions stables (le terme vient de ***stare,*** tenir debout), mais nous sommes enclins à nous en méfier, comme de toute organisation sociale. La relation de l'individu à la société reste marquée par l'ambigüité : toute aspiration sociale est mêlée d'une répulsion à l'égard du collectif. Kant parle d'**« insociable sociabilité »** pour désigner cette ambivalence constitutive du rapport de l'individu à ses groupes d'appartenance. Toute société est conflictuelle parce que ses membres apparaissent eux-mêmes soumis à des tensions irrépressibles. C'est justement cette conflictualité que l'État a pour mission de tempérer, tout en lui offrant un cadre d'expression non violent.

L'État se caractérise par la **souveraineté** de son pouvoir : cette capacité de commander sans être commandé, qui se traduit par le fait de définir ses propres pouvoirs (au moyen d'une **Constitution,** loi suprême régissant la structure, l'organisation et le fonctionnement des administrations publiques) est, selon Bodin, indivisible, perpétuelle. L'État est ou n'est pas, mais ne semble pas procéder d'une genèse. Les théories du **contrat social** sont pourtant des hypothèses théoriques destinées à rendre compte de l'institution étatique. Le **pacte social** est présenté par Hobbes et par Rousseau comme un acte radical de soumission de la volonté individuelle à une autorité collective destinée à prendre en charge la sécurité des individus. La fiction d'un **« état de nature »** précédant le contrat social permet de mettre en évidence les rivalités qui opposent les individus, l'inévitable surgissement de causes de discorde. Dès lors, l'institution d'une force commune à l'autorité de laquelle tous doivent être soumis apparaît comme la seule solution au problème de l'incompatibilité des comportements. L'acte de consentement est **originaire, unanime, sans réserves.** Bien que cette adhésion de chacun soit toujours à reconduire, par le biais de la participation, même modeste, aux affaires publiques, l'accord de tous les membres d'une nation avec l'existence même du pouvoir, qui se manifeste par le consentement à la Constitution (et ce qu'on appelle parfois « le pacte républicain ») est supposé toujours déjà effectué : c'est qu'il est un **fondement** logique plutôt qu'une **origine** historique. Il permet de comprendre notre préférence pour une liberté limitée mais garantie à une liberté sans restrictions mais précaire, éphémère.

La souveraineté étatique semble sans limite, puisqu'elle définit sa propre **légitimité.** Dès lors, l'action de l'État sur les individus semble ne ressortir d'aucun garde-fou. L'État serait amené à agir de façon d'autant plus injuste qu'il doit prévenir les comportements des plus dangereux des citoyens, d'autant plus violente qu'il doit intervenir dans l'urgence de situations graves. En soulignant que la principale fonction du pouvoir exécutif est avant tout de **se perpétuer** pour pérenniser les conditions de la sécurité collective, Machiavel admet que l'action publique peut s'excepter des règles de la morale et du droit commun ; c'est le principe de la **raison d'État,** selon lequel les pouvoirs souverains peuvent ne pas justifier moralement leur action, puisqu'ils œuvrent au nom d'une cause supérieure. Pourtant, la confiance des citoyens ne saurait reposer que sur des **institutions respectueuses du bon sens et de la justice.** En cela l'État représente selon les termes de Hegel « le rationnel en soi et pour soi ». Certes l'action publique ressortit parfois d'une exigence d'efficacité ou d'anticipation qui conduit les penseurs individualistes comme Nietzsche à le présenter comme « le plus froid de tous les monstres froids ». Mais cela ne saurait justifier les dérives d'un pouvoir bafouant la distinction entre la sphère publique et la sphère privée, pratique caractérisant le **totalitarisme** (doctrine de l'État total, sans restriction de son champ d'action).

Au contraire, l'État de droit circonscrit son action en la subordonnant au **bien-être des citoyens,** et en la conditionnant au **respect des droits** des individus. Le monopole du pouvoir de l'État n'implique donc pas l'absence de limitations dans l'exercice de ses fonctions. Selon Montesquieu, l'État doit s'organiser afin que chacune de ses fonctions soit exercée de façon tempérée, limitée par d'autres organes institutionnels. « Pour qu'on ne puisse pas abuser du pouvoir, il faut que, par la disposition des choses, le pouvoir arrête le pouvoir. » Dans un État de droit, **les pouvoirs s'équilibrent** mutuellement. En outre, les institutions sont soumises au **respect des droits fondamentaux de la personne** (consignés dans les *Déclarations des droits de l'homme*). Parce que les citoyens sont aussi responsables du respect de leurs droits et de leurs intérêts par les institutions, les titulaires du pouvoir peuvent être tentés de reproduire les opinions des citoyens, voire de flatter leurs aspirations les plus spontanées (le **populisme** suppose que le peuple, uniformément animé par son bon sens, dispose de solutions simples). Mais la fonction des responsables publics n'est pas seulement d'exprimer le jugement commun, mais aussi de l'éclairer, notamment en favorisant **l'esprit critique.**

L'**État de droit** suppose la participation des citoyens au débat démocratique. C'est par la **délibération** que les institutions républicaines invitent chacun à surmonter ses conflits avec les autres et à contribuer à la construction politique collective. Selon Rousseau, par le contrat social, nous accédons à la **volonté générale,** définie comme la volonté pour tous en chacun. Par cet effort d'élévation à la conception de l'intérêt de tous (**l'intérêt général**), chacun élabore sa position sur ce qu'il convient de mettre en œuvre pour réaliser ce qui est le mieux pour la collectivité (le « bien commun », selon l'appellation antique). Même en s'opposant aux décisions d'un gouvernement (par exemple par la grève ou les manifestations), les citoyens contribuent au fonctionnement démocratique du pouvoir. Faute de cette participation, Tocqueville a souligné que la démocratie serait menacée de **despotisme,** certes par défaut, dans la mesure où les gouvernants qui exerceraient leur fonction de façon isolée seraient en position de gouverner sans contrôle, sans garantie de l'adhésion des citoyens à leurs décisions. Certes, une volonté générale unanime semble un idéal (bien que le « consensus républicain » désigne l'accord le plus large sur les valeurs fondamentales de notre régime), mais les débats et désaccords n'empêchent pas le fonctionnement de l'État : ils le constituent et le légitiment. Ces débats attestent la **complexité de l'action publique,** qui prend en compte de nombreux paramètres (par exemple la compétence respective des différents échelons de gestion des affaires communes : local, national, européen, international), et rend entre les positions qui s'affrontent dans le débat public des **arbitrages acceptables par tous.**

L'État a des fonctions régaliennes qui concernent principalement la sécurité : les institutions publiques doivent assurer la **paix** et la **tranquillité collectives.** Cela passe par l'entretien de relations de courtoisie ou de vigilance à l'égard des autres pays (par la diplomatie et la défense du territoire), par le maintien de l'ordre public grâce aux forces de police et de gendarmerie, par la production du droit et l'exercice du pouvoir judiciaire. S'y ajoute la souveraineté économique, par l'émission de la monnaie. L'État est aussi amené à définir les conditions juridiques des activités d'échange : il est **régulateur** d'un marché qui ne peut se développer en toute indépendance. Pour assurer la **concorde** entre les citoyens, l'État adopte une mission d'éducation qui permet aux individus d'intégrer les valeurs morales et culturelles qui assurent la **cohésion nationale.** Suite aux injustices engendrées par la révolution industrielle et au coût croissant de la santé, à la fin du XIXe siècle les pouvoirs publics en viennent à assurer des missions de protection sociale. L'État est redéfini comme **État-providence** (prévenant les risques et assurant une aide sociale), en quoi il accomplit une fonction de garantie contre les accidents de la vie. Par ses fonctions économiques de stabilisation conjoncturelle, d'allocation des richesses, de redistribution (correction des inégalités), l'État exerce de plus en plus une mission de justice sociale. À une époque où la libéralisation et la mondialisation des marchés semblent réduire les marges d'intervention économique de l'État, les attentes des citoyens à l'égard des institutions publiques se montrent pourtant croissantes. « Si l'État est fort, il nous écrase. S'il est faible, nous périssons. » (Paul Valéry) Lors des crises les plus graves, les États-nations réaffirment leur souveraineté (en se montrant indépendants les uns des autres) et leur pouvoir sur les citoyens (en mettant en œuvre des mesures parfois liberticides de protection de la collectivité).

Le travail : entre aliénation et engagement

Marx définit le **travail** comme « l'activité consciente et volontaire par laquelle l'humain met en mouvement les forces dont son corps est doué afin de **s'assimiler des matières** pour leur donner une **forme utile à la vie** ». Mise en œuvre et résultat de notre technicité, le travail consiste en un effort de transformation d'un donné conformément à un **projet collectif.** Exercice d'une force par la médiation de techniques, **activité salariée** échangée sur un marché, **profession** à laquelle on s'identifie, le travail a une grande importance dans nos sociétés. Mis en œuvre pour satisfaire des besoins (ou des désirs), il est toujours inscription d'un effort dans une matière, et à ce titre considéré comme **pénible** (***tripalium*** désigne un instrument de torture) mais également supposé nous apporter des bénéfices et des avantages considérables. Selon ***La Genèse,*** il est imposé par Dieu comme une **punition,** mais il devrait permettre de **racheter le péché.** Selon John Locke, le travail est le **fondement du droit de propriété** : l'usage de forces pour transformer la nature rend l'opérateur propriétaire de ce qu'il a transformé, soustrayant ce bien au droit commun de tous sur le donné naturel. Les produits du travail ont une valeur, d'abord définie par leur fonction. L'intérêt d'un objet vient de ce à quoi il sert. La **valeur d'usage** désigne cette utilité. Selon les économistes classiques, cette valeur d'usage résulte du coût des facteurs de production (schématiquement matières premières et travail). Le travail est donc source de valeur. La **valeur d'échange** est en revanche définie sur un marché, par exemple en fonction de la rareté du produit. Le travail est lui-même organisé sur un marché, au sein duquel les entreprises offrent un salaire en échange d'un temps d'activité, durant lequel les individus mettent leurs forces ou leurs capacités, en vertu d'un contrat, à disposition de leur employeur. L'évolution du travail résulte de la démultiplication des techniques, qui entraîne une **spécialisation** des tâches. Le développement considérable de l'économie pose la question des fonctions du travail pour les personnes qui y consacrent la majeure partie de leur temps, de la justice du marché organisé de façon libérale, des valeurs qui définissent nos échanges.

Le travail est désormais spécialisé ; nos sociétés s'organisent en fonction de **tâches très différenciées.** La division du travail est censée relever de la différence de nos capacités ; pourtant, la spécialisation des activités peut apparaître aliénante, car elle réduit les opérateurs à des tâches répétitives et inintéressantes. La première organisation du travail, ce serait la distinction de métiers, lors de la sédentarisation, pour correspondre à nos besoins élémentaires : cultivateur, bâtisseur, habilleur. Ainsi, les travailleurs peuvent agir mieux par répétition et augmenter leur productivité. En outre, chacun peut s'identifier à la spécificité de son travail. Pourtant, la fragmentation des tâches risque d'apparaître **inhumaine,** car on se lasse de faire la même chose ; surtout, on ne peut s'identifier à un geste, à une tâche qui est trop élémentaire. C'est pourquoi l'exécution d'une tâche devrait toujours permettre à l'opérateur de lui **attribuer un sens.** Même s'il effectue un geste spécifique, l'employé devrait disposer d'une vision d'ensemble de son activité, et d'une possibilité d'avancement dans sa carrière, afin d'éviter la démotivation. « Le travail est un moyen de vivre, l'œuvre est une raison de vivre. » (Valéry). L'**œuvre,** c'est une réalisation qui porte la marque de mon activité. En produisant non seulement un objet, mais une œuvre, on se forme soi-même. Toute production devrait rester une pratique : une activité qui a une dimension formatrice, donc identitaire.

Le travail apparaît à la fois comme une **contrainte** à laquelle nous sommes **soumis pour subsister** et comme une **instance d'accomplissement et de socialisation.** Faut-il concevoir la société en fonction du travail ou peut-on développer une société sans travail, ou du moins dans laquelle le travail aurait une moindre place ? Depuis l'industrialisation de la production, nos sociétés sont organisées de façon libérale : la poursuite de leur intérêt personnel par les agents rationnels est supposée réaliser l'intérêt collectif. Dans sa dimension **économique,** le **libéralisme** pose l'**autosuffisance du marché** résultant de la composition des intérêts (l'association des intérêts privés produit l'intérêt de tous, selon la métaphore de la main invisible - symbolisant l'hypothèse fictive d'une action coordonnée) ; dans sa dimension **juridique,** il requiert la garantie des libertés fondamentales des individus ; dans sa dimension politique, il encourage la r**éduction des fonctions de l'État** à la production de la sécurité et des conditions des échanges (notamment émission de la monnaie, garantie des titres). Tout échange procède d'un travail et suppose une mesure. Il s'agit de savoir si la **valeur du travail** est définie par les objets produits ou par le marché du travail (qui peut être injuste). Cela pose la question du partage de la valeur ajoutée dans nos sociétés : l'économie industrialisée (reposant sur une production de biens complexes à grande échelle) et tertiarisée (dans laquelle la plus grande partie des produits sont des services) mobilisant beaucoup de capitaux, ces derniers finissent par être mieux rémunérés que le travail.

En premier lieu, le travail apparaît comme un **moyen,** subordonné à la production de biens utiles à la vie, car il **satisfait un besoin** (tendance organique et générique, supprimée par sa satisfaction). Mais le marché développe nos **besoins** (nous ne saurions plus vivre sans réfrigérateur, dont l'humanité s'est passée durant des siècles). La société, d'abord une société de subsistance, devenue société de production, est désormais une société de consommation, qui ne cesse d'attiser nos **désirs** (aspiration intellectualisée, spécifique, qui n'est pas éteinte par sa satisfaction). Le travail, considéré dans sa dimension productive, est défini quantitativement (par une durée, une productivité, un salaire) : il détermine notre place dans la société. Nous travaillons pour vivre. Mais le **travail** ne se réduit pas à un marché : un métier est plus qu'un labeur ; on peut aimer son travail, parce qu'il **nous constitue.** Dans sa présentation allégorique des rapports de domination, Hegel montre que le travail de l'esclave lui permet d'acquérir des capacités que le maître a perdues par son inactivité. Le **travail développe des facultés qui nous libèrent** de notre dépendance : par le travail, on se réalise physiquement mais aussi socialement et peut-être intellectuellement. Ainsi, nous pouvons vivre pour travailler, si le travail constitue une valeur.

Le travail est ainsi tantôt vécu comme **vecteur de production** : il est alors conçu comme un ensemble de tâches accomplies pour subvenir à ses besoins. Mais il est aussi bien un **lieu d'autoréalisation** : il est un métier auquel on peut s'identifier. Le travail n'est pas seulement une organisation économique, il est aussi ce par quoi on transforme la nature, ce par quoi on parvient à construire son **identité sociale.** Le travail a même une valeur générale de symbolisation de l'humanité : il est ce par quoi l'humain **lutte contre le désordre,** car il impose à notre milieu la marque de l'humain (la régularité) et s'oppose ainsi à la perte d'énergie inhérente à toute transformation naturelle. Pourtant, le travail consomme lui aussi l'énergie de l'organisme, nous conduisant à perdre nos facultés de régénérer notre potentiel d'activité : il semble **nous consumer progressivement.** Le travail est un ensemble de tâches productives dont la valeur est définie sur un marché, mais aussi symboliquement et humainement : si on peut séparer les tâches selon leur importance (direction/subordination ; conception/exécution ; artisan/employé), notre société tend aussi à responsabiliser toutes les personnes qui concourent à une activité.

Les analyses des milieux professionnels montrent ainsi qu'ils sont vécus comme **espaces d'échange et de socialisation.** C'est dire que nos rapports sociaux ne sont pas seulement subordonnés à la poursuite de notre **intérêt** (avantage mesurable, qui peut être appréhendé de façon quantitative). Nos échanges ne se réduisent pas à leur dimension économique : parce qu'ils promeuvent des valeurs, ils ont une dimension proprement humaine. Les **valeurs** orientent nos actions parce qu'elles apparaissent dignes d'être choisies en elles-mêmes ; parce qu'elles ont une dimension indéterminée (une forme d'imprécision), les valeurs échappent à la logique économique. L'intérêt et les valeurs sont deux ordres qui coexistent et doivent coexister. Même si nous avons tendance à tout déterminer en fonction d'intérêts, nous sommes définis, au travail comme ailleurs, par notre attachement à des valeurs (à commencer par celle du travail bien fait). De la sorte, les échanges économiques doivent être conçus comme des moyens mis au service des buts suprêmes que se donne l'humanité.

Le bonheur : un perfectionnement constant

Le bonheur est défini comme l'**état d'un individu dont toutes les aspirations sont satisfaites.** Même s'il est rare de se déclarer « parfaitement heureux », chacun ne manque pas d'invoquer au moyen de ces termes la **plénitude** qu'il recherche. Il s'agit donc de savoir de quoi est composé le bonheur, de quelles satisfactions il constitue la **totalisation.** Étymologiquement, le bonheur est le bon augure, l'inspiration favorable. Mais, s'il n'est qu'une **rencontre éphémère,** s'il dépend de la fortune qui nous échoit, à quoi bon le rechercher ? Si le bonheur suppose une durée, ne doit-il pas être présenté comme un simple contentement, c'est-à-dire un degré de joie inférieur ? Entre la perfection d'un **idéal inaccessible** et l'insipidité d'une **résignation convenue,** il faut comprendre la nature d'**une quête toujours recommencée car jamais achevée.**

La satisfaction semble prendre son origine dans la sensation. C'est dire qu'on est tenté de définir le bonheur par le **plaisir. L'hédonisme** désigne toute doctrine qui affirme que le bonheur est constitué de plaisirs. « Le plaisir est le principe et la fin de la vie bienheureuse » a posé Épicure. Son école n'était toutefois pas un lieu de libertinage, mais plutôt d'apprentissage de l'abstinence, puisqu'il définissait le **plaisir** non pas comme une jouissance, mais bien comme la **privation d'une souffrance.** Le bonheur qu'il préconisait résultait d'un **calcul des plaisirs** qui visait plus à limiter les déplaisirs qu'à augmenter la volupté, même s'il soutenait que le bonheur résulte de la **maximisation** du plaisir. En effet, le plaisir est toujours défini de façon **différentielle** ; ainsi la reproduction **continue** de la même satisfaction sensible est déplaisante (une caresse réitérée indéfiniment devient une torture). Par la satisfaction modérée des désirs naturels, il s'agit de parvenir à un **équilibre,** absence de trouble du corps (aponie) et absence de trouble de l'âme **(ataraxie).** Cette **tranquillité** est obtenue par la tempérance, la satisfaction limitée et maîtrisée de nos désirs. C'est l'évaluation anticipée des plaisirs et des déplaisirs qui est censée nous permettre d'éviter l'**intempérance,** cette situation de faiblesse morale dans laquelle nous constatons qu'en dépit de notre volonté de nous contenir, nous avons cédé à la tentation de satisfaire un désir que nous nous étions promis de réprimer.

Pour être parfaitement heureux, il faudrait être satisfait à tous égards : quant au degré de notre **satisfaction, la plus intense** possible, quant à la variété de nos **égaiements, les plus diversifiés** concevables, quant à la durée de notre **plaisir, supposé ininterrompu.** Selon cette détermination absolue, le bonheur est impossible, parce qu'inaccessible à un être fini (comment percevrait-il une satisfaction maximale ?), indéterminé (comment ordonnerait-il la variété de ses plaisirs, qui sont définis de façon différentielle ?), versatile (comment s'en tiendrait-il à un état ?). Ainsi, depuis Solon, la sagesse grecque admet que l'on ne peut être sûr d'être heureux qu'au jour de sa mort. Le principe « *carpe diem* » (« cueille le jour ») énoncé par Horace invite à se contenter de plaisirs simples et accessibles plutôt qu'à poursuivre une félicité sublime mais chimérique. Goethe écrit que rien ne serait plus insupportable que quelques jours de bonheur. L'idée d'être constamment heureux s'avère être une illusion, même si la société de consommation entend offrir une variété de plaisirs futiles qui sont censés nous conduire au bonheur. Le succès des méthodes de développement personnel et des thérapies positives prouve que nous restons insatisfaits. Kant conclut de ses analyses **que le bonheur est un idéal de l'imagination.** Nous sommes réduits à poursuivre les moyens de nous rendre heureux sans jamais être assurés d'avoir atteint notre but, puisque nous ne pouvons ni déterminer sa nature de façon cohérente, ni le produire. **Nous ne pouvons qu'espérer être heureux** ; ainsi, en nous efforçant de mériter le bonheur par nos actions constamment morales, nous rendons possible une récompense sans savoir si elle nous sera octroyée. Kant considère que le **souverain bien, l'union de la vertu et du bonheur,** n'est possible que lors de l'avènement du règne des fins (l'accomplissement de toutes les prédispositions de l'humanité) sous l'égide de l'être suprême.

Mais l'espérance nous restreint à l'anticipation de la satisfaction : nous désirons l'avenir heureux en nous privant de jouissances actuelles. Pourtant, il semble également impossible de se priver d'espérance. En effet, l'être capable de **vivre sans espoir** est dans **une situation absurde** : il conduit ses activités sans être tributaire d'un sens. Telle est la situation de Sisyphe analysée par Albert Camus : il pousse son rocher jusqu'au sommet d'une montagne, d'où il retombe et recommence indéfiniment. Notre aptitude à une telle abnégation reste incertaine. Il convient donc de **se donner des objectifs inhérents à notre activité présente :** ne pas attendre la satisfaction de leur résultat. Telle est la leçon de Sisyphe, qui peut chercher à se muscler, à produire le geste le plus économique, le plus élégant, etc. sans attendre le bénéfice du transport de la pierre. Le bonheur consisterait ainsi à trouver dans nos actes présents leur propre fin, de façon à se satisfaire des démarches que nous entreprenons, sans attendre le plaisir de les voir couronnées de succès. Certes, la valorisation de nos propres activités pour elles-mêmes reste un principe difficile à appliquer pour nos consciences promptes à anticiper (« Nous ne tenons jamais au temps présent », disait Pascal). On entrevoit ainsi la possibilité d'**une autonomie satisfaisante mais motrice.** « La félicité est une progression ininterrompue du désir allant d'un objet à un autre » écrit Hobbes. Il s'agit d'accorder de la valeur au déploiement de notre propre désir, sans attendre la satisfaction résultant de la possession de l'objet, toujours éphémère. Ainsi, le véritable bonheur consiste dans l'**accomplissement désintéressé** de soi. Mill l'a souligné : « Seuls sont heureux ceux qui fixent leur esprit sur autre chose que sur leur bonheur. »

Il importe de **cultiver une autonomie intellectuelle.** Aristote a souligné que l'activité de l'intellect ne tend à aucune autre fin qu'elle-même. La satisfaction peut donc être dans la **vertu,** force d'âme, assurance intellectuelle d'avoir mobilisé tous les moyens pour **accomplir son devoir.** Cette indépendance intellectuelle a été portée à son comble par les Stoïciens : pour ne pas dépendre de ce sur quoi nous n'avons aucune prise, il convient **de restreindre notre champ d'action à la sphère** que nous pouvons maîtriser : celle **de nos désirs,** c'est-à-dire de nos représentations, et non pas de leur objet (si nous ne pouvons pas ne pas maîtriser notre environnement, il nous revient de déterminer la valeur que nous lui accordons). Il convient d'accepter le donné comme si nous l'avions produit : **désirer ce qui advient.** Mais l'autosatisfaction stoïcienne risque d'apparaître statique et intérieure. Il convient en outre d'**éprouver la joie de s'améliorer.** Le progrès personnel est aussi une dimension du bonheur. L'allégresse résulte **de l'effort accompli pour se définir comme meilleur,** en tous les sens du terme. Spinoza définit ainsi la joie comme « le passage de l'homme d'une moindre à une plus grande perfection ».

On peut ainsi appréhender les conditions de notre **joyeux contentement** (la forme du bonheur qui nous est accessible) à travers l'association d'une **restriction de ses désirs** et d'une **tentative nourrie de perfectionnement.** Il est possible de formuler des règles négatives qui permettent à notre parcours vers le bonheur sinon d'atteindre son but, du moins d'**éviter les pièges de la nostalgie, du regret, de l'espérance et de la crainte.** Ne pas nourrir les vains espoirs du succès, qui ne sont que chimères. Ne pas craindre les événements fâcheux que je ne peux éviter. Ne pas céder au remords qui apparaît comme une vaine volonté de changer le passé. Ne pas me réfugier dans des souvenirs réconfortants. Cependant, pour être heureux, il ne saurait suffire d'être toujours satisfait, suffisant. Il s'agit bien d'**exercer sa puissance, à la mesure de ses moyens**. Reconnaître le passé sans le nier ni l'enjoliver, se montrer entreprenant et prudent : rechercher le mieux dans ses actes, mesurer les risques et les gérer. Parvenir ainsi à un **contentement de soi qui accompagne une activité consciente, nourrie, en perfectionnement permanent,** dans un fragile équilibre résultant du rejet des illusions.

2 QUESTIONS

La liberté : la construction de son autonomie

1. Une action peut être analysée comme :

- L'activité d'une volonté.
- Une intention sans conséquence.
- Ce par quoi un sujet s'autodétermine.
- Ce grâce à quoi un sujet se découvre de façon inopinée.

2. La liberté se caractérise par le fait de :

- Faire tout ce que l'on veut.
- Décider des actes que l'on accomplit.
- Prendre en compte un ensemble de contraintes pour agir.
- Réaliser son projet quelles que soient les conséquences qui peuvent s'ensuivre.

3. Nous sommes conditionnés, cela signifie que :

- Nous devons connaître toutes les conditions de nos actions avant d'agir.
- Toutes nos actions s'inscrivent dans un cadre matériel qui les conditionne.
- Nous ne pouvons jamais agir de façon libre.
- Nos actions doivent tenir compte des conditions qui les déterminent.

4. La volonté :

- Est l'application de notre liberté à travers un acte de choix ou de persévérance.
- Se manifeste toujours comme collective.
- Consiste en la capacité à étendre le champ d'application de nos actes.
- Se manifeste toujours comme indépendante de la structure matérielle du monde.

5. Le déterminisme, c'est :

- Une hypothèse nécessaire aux recherches scientifiques.
- L'application du principe de causalité à l'ensemble des choses matérielles.
- Le fait de se déterminer soi-même avant de réaliser un acte.
- Un des principes fondateurs de la liberté.

6. Mentionnez les propositions exactes :

- Pour le déterministe, les lois physiques régissent toutes les choses du monde matériel.
- Pour le déterministe, la connaissance des lois physiques permet de mieux agir.
- La liberté peut être pensée comme une cause qui explique nos actes.
- La liberté concerne des choses qui ne sont pas seulement matérielles.

7. Le fatalisme :

- Affirme qu'il existe une instance détenant la clef des événements qui nous arrivent.
- Cherche à identifier les causes des phénomènes pour mieux agir sur elles.
- Cherche à prédire les événements dont nous sommes victimes.
- Est incompatible avec la liberté.

8. Pour affirmer que nous pouvons être libres, nous devons supposer :

- Que nous sommes une réalité exclusivement spirituelle.
- Que nous sommes une réalité exclusivement matérielle.
- Que nous ne sommes pas une réalité exclusivement spirituelle.
- Que nous ne sommes pas une réalité exclusivement matérielle.

9. Le libre arbitre, c'est :

- La capacité de choisir tout ce que l'on veut.
- La manifestation intérieure de notre liberté comme capacité de choix.
- La capacité de justifier tous ses choix quels qu'ils soient.
- Ce sentiment que nous avons de nous identifier avec nos propres choix.

10. La liberté :

- Est d'autant plus grande qu'elle dispose de plus d'informations.
- S'exerce souvent en conjoignant des connaissances et notre ignorance.
- Pourrait être paralysée par une connaissance complète et infaillible.
- Peut s'exercer même dans un état d'ignorance.

11. La liberté intellectuelle :

- Est irrépressible, car elle peut s'exercer même dans l'adversité.
- Est la plus vulnérable des libertés.
- Dépend des autres libertés.
- Montre l'indépendance de l'esprit à l'égard de ses conditions matérielles d'existence.

12. « Nous sommes libres de tout, sauf de ne l'être pas », cela signifie :

- Nous devons toujours commencer par affirmer notre liberté.
- Nous sommes libres de ne pas être libres si nous le voulons.
- Nous ne pouvons nier notre liberté que librement.
- Nous ne pouvons jamais affirmer notre liberté.

13. L'acte gratuit :

- Est un acte d'apparence choquante.
- Se définit comme un acte sans raison.
- Est un acte dont le sens ne peut être saisi qu'instantanément.
- Est un acte dont le sens peut être de nier ses propres déterminations.

14. « L'âne de Buridan » :

- Décrit la situation d'un animal frappé d'indécision.
- Donne une illustration plaisante d'une liberté qui serait exclusivement rationnelle.
- Décrit une liberté qui se suffit à elle-même et n'a pas à se réaliser dans l'action.
- Montre la difficulté à élaborer une représentation adéquate de la liberté.

15. La capacité à s'opposer, à nier des déterminations extérieures :

- Est un empêchement radical pour tout exercice positif de la liberté.
- Est une fantaisie qui précède la liberté mais n'a rien à voir avec ce qui la définit.
- Est un moment constitutif de la liberté ; il incarne l'aspiration à l'indépendance.
- Est un élément qui, associé à l'aptitude à la justification, peut servir à définir la liberté.

16. Mentionnez les propositions exactes :

- La liberté est une libération plutôt qu'une épreuve.
- La liberté est donnée plutôt que construite.
- La liberté est une synthèse plutôt qu'une propriété.
- La liberté est un processus plutôt qu'un état.

17. Mentionnez les propositions exactes :

- La liberté consiste moins à choisir les éléments d'une situation qu'à leur donner sens.
- La liberté consiste moins à agir qu'à penser les éléments de l'action.
- La liberté réside plus dans nos absentions que dans nos engagements.
- La liberté se manifeste plus dans nos refus que dans nos actes d'acceptation.

18. La responsabilité, c'est :

- Le fait de toujours réagir lorsque nous sommes mis en cause.
- Le fait de prendre en compte les conséquences de ses actes.
- Le fait d'accepter les sanctions qui nous sont infligées.
- Le fait d'inscrire nos actes dans un contexte collectif.

19. L'autonomie, c'est :

- La capacité à réaliser tous ses projets de façon solitaire.
- La capacité de se définir soi-même.
- La capacité à appliquer différentes lois.
- La capacité de se donner soi-même les lois qu'on applique.

20. Mentionnez les propositions exactes :

- La liberté est plus une faculté donnée qu'une élaboration réfléchie.
- La liberté est plus un pouvoir sur l'extérieur qu'un rapport à soi.
- La liberté est plus une illusion qu'une pratique.
- La liberté est plus dans une option intellectuelle que dans une responsabilité.

Le devoir : un impératif à respecter.

1. Le devoir est :

- L'expression intime de la moralité pour un être humain.
- Une aspiration par le moyen de laquelle je défends mes intérêts.
- Une obligation ressentie intérieurement.
- Une ou plusieurs tâches imposées par une autorité.

2. Le devoir est :

- Une contrainte éphémère.
- L'identification du bien ressentie intérieurement.
- Une prescription que je compose avec les autres injonctions que je respecte.
- Le respect pour un principe auquel j'accorde une valeur supérieure.

3. Selon Kant, le devoir est :

- Un commandement inconditionné.
- Un impératif qui s'impose de façon catégorique à la conscience.
- Une valeur qui se manifeste à la conscience comme devant être respectée.
- Un impératif hypothétique.

4. Le devoir, dans une perspective kantienne :

- Est une obligation que je respecte parce que je veux en recevoir les avantages.
- Est une obligation que je respecte en vertu de ma nationalité.
- Est une obligation que je respecte en vertu de mon humanité.
- Est une obligation que je respecte sans être sûr que j'en recevrai le moindre avantage.

5. Le devoir, considéré comme unique :

- Exprime l'Idée d'une détermination morale.
- Est défini en fonction de ses objets.
- Correspond à l'intention d'agir en faveur de l'humanité.
- Est défini en fonction des intérêts de la personne qui l'accomplit.

6. Le devoir, considéré comme unique :

- Est défini formellement.
- Est supposé s'imposer à tous.
- Prend la forme d'une loi suprême.
- Apparaît à certains penseurs comme artificiel.

7. La morale :

- Cherche à expliciter les normes propres à orienter nos actions.
- Cherche à prendre en compte les situations.
- Est universelle.
- Est subjective.

8. L'éthique :

- Est prescriptive.
- Se présente comme universelle.
- Admet la dépendance de ses enseignements à l'égard des personnes.
- Se distingue toujours des obligations professionnelles.

9. L'éthique, c'est :

- Une déclinaison de la morale en fonction de la spécificité d'un domaine d'action.
- Une déclinaison de la morale en fonction de chacune des personnes.
- Une déclinaison de la morale en fonction de la spécificité des situations.
- Une déclinaison de la morale en fonction du passé des personnes.

10. Les conflits de devoirs nous engagent à choisir :

- Une option qui ne comporte aucun mal.
- Entre différents biens le meilleur.
- En nous détachant des principes propres à orienter nos actions.
- Entre différentes options celle qui inclut les autres.

11. On peut définir une hiérarchie de devoirs :

- En fonction de nos préférences.
- En fonction de l'importance du champ d'application de chacun de ces devoirs.
- En fonction de l'ordre dans lequel ils se manifestent à la conscience.
- En fonction de la précision de la formulation de chacun de ces devoirs.

12. Le devoir :

- Est défini de façon imprécise.
- Est défini de façon évolutive.
- Est défini de façon détaillée en fonction de la situation spécifique qu'il concerne.
- Est défini comme variable en fonction des personnes qui l'accomplissent.

13. Le devoir :

- Consiste à accomplir un acte conformément à un principe.
- Consiste en un engagement d'un sujet devant d'autres.
- Consiste en la promotion de valeurs par un sujet.
- Consiste en la création de valeurs par un sujet.

14. Le devoir :

- Est un effort parce qu'il consiste en un acte par lequel je réalise une valeur.
- Est un effort parce qu'il est une valeur en laquelle je réalise un acte.
- Est un effort parce qu'il consiste à réaliser ce qui nous dépasse.
- Est un effort parce qu'il consiste à dépasser ce qui nous réalise.

15. L'éthique de conviction :

- Consiste à agir de façon inflexible en fonction de principes supposés immuables.
- Consiste à subordonner sa décision à l'évaluation des conséquences de l'action.
- Consiste à agir en fonction de la morale.
- Consiste à agir en fonction d'une éthique de comparaison.

16. **L'éthique de responsabilité :**

- Consiste à agir de façon inflexible et rigoureuse.
- Consiste à subordonner sa décision à des conséquences supposées immuables.
- Consiste à agir en fonction de la morale.
- Consiste à agir en fonction d'une éthique de la tolérance.

17. **Le devoir est :**

- Abandon de soi comme individu.
- Abandon de soi comme sujet.
- Réalisation de soi comme individu.
- Réalisation de soi comme sujet.

18. **Le devoir est une obligation :**

- Morale accomplie pour d'autres raisons que morales.
- Sociale accomplie pour d'autres raisons que sociales.
- Morale qui prend une forme sociale.
- Sociale qui prend une forme morale.

19. **Le devoir est une obligation :**

- Sociale et morale.
- Psychologique et physique.
- Humaine et radicale.
- Locale et relative.

20. **Le devoir est la tâche de l'humanité :**

- Parce qu'il est unique et universel.
- Parce qu'il est diversifié et relatif.
- Parce qu'il est définitif et exclusif.
- Parce qu'il est provisoire et localisé.

La justice : la vertu politique et sociale

1. La justice, c'est :

- Attribuer à chacun la même part qu'à tous les autres.
- Attribuer à chacun tout ce qu'il désire.
- Attribuer à chacun tout ce qu'il mérite.
- Attribuer à chacun ce qui lui revient.

2. La justice, c'est :

- Attribuer à chacun ce qui revient à tous.
- Attribuer à tous ce qui revient à chacun.
- Attribuer à chacun ce qui lui revient en propre.
- Attribuer à chacun ce que chacun des autres mérite.

3. Le droit, c'est :

- L'ensemble des lois.
- L'ensemble des aspirations humaines.
- L'ensemble des aspirations humaines légitimes.
- L'ensemble des aspirations humaines encadrées par la légalité.

4. Le droit positif, c'est :

- L'ensemble des lois qui autorisent.
- L'ensemble des lois qui sont en vigueur.
- L'ensemble des lois correspondant à la nature humaine.
- L'ensemble des lois écrites, applicables.

5. Le droit naturel, c'est l'ensemble des principes :

- Relevant de l'appartenance à une nation.
- Relevant de l'appartenance à l'humanité.
- Relevant de l'appartenance au règne vivant.
- Relevant de l'appartenance à une organisation internationale.

6. La justice, c'est :

- La fragmentation du bien dans une collectivité.
- La distribution du bien dans une collectivité.
- La multiplication du bien dans une collectivité.
- La collectivisation du bien dans une distribution.

7. La justice, dans sa dimension morale :

- Est une institution qui fonctionne selon des procédures déterminées.
- Prend la forme de jugements ressentis comme ayant une portée universelle.
- Consiste à se révolter contre l'injustice.
- Consiste à organiser des célébrations d'événements justes.

8. La justice, dans sa dimension institutionnelle :

- Prend la forme de jugements ressentis comme ayant une portée universelle.
- Consiste à se révolter contre l'injustice.
- Prend la forme de célébrations de grandes décisions des juridictions.
- Consiste en l'organisation et en l'activité des tribunaux.

9. La justice, dans sa dimension sociale :

- Est une institution qui fonctionne selon des procédures déterminées.
- Prend la forme de jugements ressentis comme ayant une portée universelle.
- Consiste à évaluer la distribution des biens dans une société.
- Consiste à statuer sur les inégalités dans une société.

10. Mentionnez les propositions exactes :

- L'équité consiste à effectuer une distribution selon les mérites de chacun.
- L'équité consiste à effectuer une distribution selon les prétentions de chacun.
- L'égalité consiste à effectuer une distribution selon les mérites de chacun.
- L'égalité consiste à effectuer une distribution selon les prétentions de chacun.

11. Le relativisme culturel :

- Affirme la relativité des normes à la particularité des cultures.
- Affirme l'universalité des normes relatives à l'humanité.
- Reconnaît la diversité des normes de justice.
- Reconnaît la valeur indéfectible de l'Idée de justice.

12. Les droits de l'homme :

- Jouent le rôle d'idéal impossible à réaliser.
- Ne sont jamais respectés dans le monde.
- Jouent le rôle de norme suprême à laquelle les législations peuvent se référer.
- Permettent d'évaluer les différents régimes politiques.

13. La justice :

- Est moins un absolu qu'un effort qui se poursuit au cours de l'histoire.
- Est moins une tension vers l'amélioration des institutions qu'une Idée parfaite.
- Se réalise par l'approximation tendancielle d'un idéal.
- Se réalise par l'élimination lente et progressive d'injustices.

14. La justice est représentée de façon allégorique :

- Avec un bandeau qui symbolise son impartialité.
- Avec un glaive qui symbolise sa pondération.
- Avec une auréole qui symbolise sa sainteté.
- Avec une balance qui symbolise sa force.

15. La justice est qualifiée de « vertu suprême » :

- Parce qu'elle comprend toutes les autres vertus.
- Parce qu'elle élimine toutes les autres vertus.
- Parce qu'elle entraîne une succession de vertus qui s'enchaînent nécessairement.
- Parce qu'elle est une composition de toutes les autres vertus.

16. La peine infligée par un tribunal vise :

- À réparer autant que possible l'infraction.
- À dissuader de commettre des infractions du même ordre.
- À réhabiliter le coupable, à le réinsérer dans la société.
- À rétablir un équilibre social rompu par l'infraction.

17. L'histoire de la justice :

- Est celle d'un accroissement de la rigueur des peines.
- Est celle d'une humanisation de ses pratiques.
- Est celle d'un accroissement du droit des prévenus.
- Est celle d'une rationalisation des peines.

18. Le voile d'ignorance est défini par Rawls comme :

- Notre aveuglement concernant la justice.
- L'impossibilité pour la justice de correspondre à une mesure.
- L'effort des institutions pour nous cacher les ressorts de la justice.
- Le fait que la justice sociale suppose la négation de l'injustice.

19. La justice sociale est définie par Rawls comme :

- Le produit de l'évaluation par tous des inégalités acceptables dans une société.
- La disparition de toute inégalité.
- Le respect des droits fondamentaux et l'acceptation des inégalités.
- La détermination par un référendum des inégalités à développer.

20. Nos sociétés :

- Sont des modèles de justice.
- S'efforcent de lutter contre les injustices les plus graves.
- Peuvent réaliser dans certains domaines une distribution parfaitement juste.
- S'efforcent de lutter contre les plus graves inégalités, telles l'exclusion.

L'État : un pouvoir souverain et régulé

1. L'État est un ensemble d'institutions :

- Fait pour opprimer les citoyens.
- Fait pour gérer les affaires communes.
- Fait pour susciter les conflits politiques.
- Fait pour assurer la sécurité.

2. L'État se caractérise par :

- Un territoire qu'il régit.
- Un pouvoir concentré.
- Une puissance de dominer les autres États.
- Une population dont il assure la protection.

3. Les fonctions régaliennes de l'État :

- Sont des fonctions économiques et sociales.
- Sont des fonctions concernant essentiellement la sécurité.
- Concernent la puissance de l'État sur la scène internationale.
- Concernent la tranquillité des citoyens, la garantie de la paix.

4. Le terme d'« insociable sociabilité » désigne :

- Le fait que l'harmonie parfaite entre les hommes ne soit pas accessible.
- L'antagonisme structurel entre les aspirations individuelles relativement à la société.
- L'antagonisme entre les différentes sociétés d'une région donnée.
- Le fait que les hommes ne puissent manquer d'être cruels les uns envers les autres.

5. La souveraineté désigne :

- La faculté étatique de délimiter ce qui relève de son pouvoir et ce qui n'en relève pas.
- La faculté étatique de commander sans être commandé.
- La faculté étatique de disposer d'un pouvoir illimité.
- La faculté étatique de disposer des citoyens sans aucune restriction.

6. **La Constitution :**

- Est le texte que l'État est en droit d'imposer aux autres États qui sont ses partenaires.
- Est le texte qui définit le pouvoir des institutions étatiques.
- Est le texte qui délimite les pouvoirs respectifs des institutions étatiques.
- Est le texte qui définit toutes les obligations, tous les droits et devoirs des citoyens.

7. **Le contrat social :**

- Est une volonté historiquement à l'origine de l'Etat.
- Institue une autorité chargée d'assurer la sécurité.
- Est un acte de volonté conditionné, sous réserve, qui peut avoir des antécédents.
- Est remis en cause par l'alternance politique dans un pays.

8. **L'« état de nature » :**

- Est un état de rivalité et de conflictualité entre les individus.
- Est la situation qui résulte de l'absence d'efficacité du pouvoir étatique.
- Est une fiction théorique permettant de penser l'acte fondateur du pacte social.
- Correspond à la situation préhistorique des êtres humains.

9. **Le pacte social suppose un consentement :**

- Unanime.
- Absolu, sans aucune condition.
- Radical, sous réserve d'unanimité et de respect par le souverain de ses obligations.
- Dont la valeur dépend du pourcentage d'approbation dans la population.

10. **Le contrat social trouve son fondement dans :**

- La nécessité d'établir des règles communes pour assurer notre sécurité.
- La force de ceux qui sont en mesure d'imposer des règles à tous.
- Le respect des plus anciens, qui comprennent la nécessité de s'unir pour faire la paix.
- L'exigence d'accéder à une liberté limitée mais garantie, que procure la collectivité.

11. **La raison d'État :**

- Est le droit pour un État d'avoir toujours raison quelles que soient ses actions.
- Est le droit pour un État d'agir sans aucune raison.
- Est le droit pour un État de s'imposer aux autres États.
- Est le droit pour un État de ne pas agir moralement, car il agit pour l'intérêt commun.

12. **Le fonctionnement de l'État :**

- Repose sur la méfiance des citoyens à son égard.
- Repose sur la limitation du droit des citoyens à critiquer son action.
- Repose sur la confiance des citoyens dans les acteurs publics.
- Repose sur l'unanimité des citoyens.

13. **Le totalitarisme :**

- Soutient que l'État est un tout, qu'il a pour vocation de lutter avec d'autres touts.
- Soutient que l'État est tout, que rien ne peut échapper à son action.
- Soutient que tout ce qui relève de la sphère publique relève de l'État.
- Soutient que la sphère privée n'existe pas ; tout relève de la sphère publique.

14. **L'équilibre des pouvoirs, selon Montesquieu :**

- Permet à chaque citoyen de limiter les pouvoirs qui s'appliquent à lui.
- Consiste en la limitation de chaque pouvoir étatique par un autre.
- Permet à une juridiction spéciale de statuer sur les excès de pouvoir des institutions.
- Consiste en la nécessité d'instaurer des contre-pouvoirs à tout pouvoir.

15. **Le populisme affirme :**

- Qu'il existe des solutions simples, populaires, aux problèmes communs.
- Qu'il convient d'utiliser des procédures complexes pour gérer les affaires communes.
- Que les élites sont corrompues, à l'inverse du peuple honnête.
- Que les citoyens doivent élaborer des solutions collectives aux problèmes communs.

16. La volonté générale est :

- La volonté pour soi en tous.
- La volonté pour tous en chacun.
- La volonté pour tous en tous.
- La volonté pour soi en soi.

17. L'intérêt général est :

- Ce que nous visons lorsque nous prenons pour objet le bien de tous les citoyens.
- Ce qui est défini comme la moyenne pondérée des options prises par les citoyens.
- Ce qui est défini par l'action gouvernementale.
- Ce qui fait l'objet de nombreux débats dans les États démocratiques.

18. L'action publique :

- Suppose la prise en compte de nombreux intérêts qui s'opposent.
- Fait intervenir plusieurs échelons de gestion des affaires communes.
- Rend des arbitrages qui visent à être acceptés par tous.
- Respecte des procédures constitutionnelles et légales qui la rendent parfois longue.

19. Le despotisme :

- Désigne tout pouvoir qui respecte les procédures constitutionnelles.
- Est une organisation politique appliquant le principe de la séparation des pouvoirs.
- Menace la démocratie lorsque les citoyens participent trop au débat public.
- Menace la démocratie lorsque les échelons d'administration sont trop nombreux.

20. L'État-providence désigne :

- L'ensemble des interventions économiques de l'État.
- Le rôle pris par l'État dans l'assurance contre les accidents de la vie.
- Le fait qu'on peut attendre de l'État des solutions à tous les problèmes.
- L'ensemble des missions sociales de l'État.

Le travail : entre aliénation et engagement

1. Le travail est :

- Un effort pour transformer un matériau.
- Une activité caractérisée par son indépendance à l'égard de tout intérêt.
- La mise en œuvre de forces de façon utile.
- Une inscription de l'individu dans une organisation collective.

2. Le terme « travail » provient d'un mot latin désignant :

- Un moment de plaisir.
- Un moyen de libération.
- Un instrument de torture.
- Un temps de souffrance.

3. Aujourd'hui, le terme « travail » renvoie :

- À une opération ponctuelle particulièrement difficile.
- À une profession à laquelle nous nous identifions.
- À un ensemble de tâches souvent complexes qui définissent notre métier.
- Au lieu sur lequel nous exerçons notre activité salariée.

4. Le travail :

- Peut consister en un loisir auquel on se livre à plein temps.
- Comporte toujours une dimension de pénibilité.
- Suppose toujours une production matérielle.
- Peut ne pas être quantifiable.

5. Selon *La Genèse*, le travail :

- Est un moyen pour les humains de dominer les autres espèces.
- Est un facteur de progrès pour l'humanité.
- Constitue une sanction du péché originel.
- Permet d'annuler tous les effets du péché originel.

6. Le travail est le fondement du droit de propriété, cela signifie que :

- C'est la transformation d'une chose naturelle qui donne un droit sur cette chose.
- C'est parce qu'on a le pouvoir de modifier la nature entière qu'on en est propriétaire.
- C'est parce qu'on est propriétaire d'une chose qu'on peut la transformer.
- C'est en modifiant la chose qu'elle cesse d'être naturelle, qu'elle devient possession.

7. La valeur d'usage est l'estimation d'une chose :

- En fonction de ce à quoi elle sert.
- En fonction de son prix sur un marché.
- En fonction de la quantité d'efforts requise par sa production.
- En fonction de son succès auprès du public.

8. La valeur d'échange d'un objet se définit :

- En fonction de ce à quoi il sert.
- En fonction de son prix sur un marché.
- En fonction de la quantité d'efforts requise par sa production.
- En fonction de son succès auprès du public.

9. La spécialisation du travail désigne le fait :

- Que le niveau d'études moyen augmente dans les pays industrialisés.
- Que les différents métiers sont définis par des tâches distinctes.
- Que les collaborateurs d'une entreprise ne peuvent coordonner leurs tâches.
- Que les fonctions définissant les postes de travail sont de plus en plus distinctes.

10. L'aliénation par le travail désigne :

- Le fait que les employés dépendent les uns des autres.
- Le fait que les employés dépendent de leur employeur.
- Le fait que les tâches effectuées dans certains emplois sont déshumanisantes.
- Le fait que les employés ne puissent s'identifier aux tâches qu'ils accomplissent.

11. L'œuvre est :

- Une production à laquelle peut s'identifier le producteur.
- Une production dont les effets sont très importants.
- Un travail standardisé.
- Un travail qui suppose un investissement important de la part de son producteur.

12. Pour permettre à chaque opérateur de donner du sens à son travail, il convient :

- De lui accorder des pauses les plus fréquentes possibles.
- De définir une possibilité de progression de carrière.
- D'attribuer des récompenses proportionnées à la cadence de production.
- De lui permettre d'inscrire sa tâche dans l'ensemble d'une production.

13. Le libéralisme économique :

- Consiste en la réduction des fonctions de l'État.
- Consiste en l'affirmation de l'autosuffisance du marché.
- Consiste en la garantie des libertés individuelles.
- Consiste en la confiance accordée aux agents économiques.

14. Le libéralisme, sous son aspect juridique :

- Désigne les régimes politiques qui garantissent les droits de l'homme.
- Désigne les régimes politiques qui garantissent l'autosuffisance du marché.
- Désigne les régimes politiques qui garantissent les libertés individuelles.
- Désigne les régimes politiques qui accordent leur confiance aux élus.

15. Le libéralisme, sous son aspect politique :

- Renvoie à la réduction des fonctions de l'État.
- Renvoie à la confiance accordée aux agents économiques.
- Renvoie à la garantie par le régime politique des libertés individuelles fondamentales.
- Renvoie à l'autosuffisance du marché.

16. La valeur du travail, mesurée à travers les rémunérations :

- Correspond strictement à la quantité d'efforts effectués par le producteur.
- Dépend de la valeur des objets produits sur le marché.
- Est définie seulement en fonction du temps et de la pénibilité de la tâche accomplie.
- Dépend de la rémunération des facteurs de production dans une économie.

17. Un besoin, c'est :

- Une aspiration qui s'apparente à un fantasme.
- Une tendance générique qui exprime notre dépendance à l'égard de nos organes.
- Une tendance organique dont la satisfaction est nécessaire.
- Une aspiration qui est attisée par sa satisfaction.

18. Un désir, c'est :

- Une aspiration qui s'apparente à un fantasme.
- Une tendance générique qui exprime notre dépendance à l'égard de nos organes.
- Une tendance organique dont la satisfaction est nécessaire.
- Une aspiration qui est attisée par sa satisfaction.

19. Le travail est facteur d'humanisation, cela signifie :

- Que le fait d'être humain nous donne le goût du travail.
- Que le travail est ce par quoi nous exerçons notre domination sur les autres.
- Que le travail développe des facultés qui permettent d'agir, de satisfaire nos besoins.
- Que le travail permet d'imposer à la nature un ordre auquel nous nous identifions.

20. Le travail est vecteur de socialisation, cela signifie :

- Que le travail est le principal vecteur de relations extraprofessionnelles.
- Que le lieu de travail est le seul où le respect des règles sociales est explicite.
- Que le travail est le moyen par lequel nous réalisons nos aspirations sociales.
- Que le lieu de travail n'est pas seulement un espace de production, mais d'échanges.

Le bonheur : un perfectionnement constant

1. Le bonheur :

- Consiste à ressentir satisfaites toutes ses aspirations.
- Consiste en un état d'extériorisation par rapport à ses sensations.
- Consiste en la satisfaction de sa principale aspiration.
- Consiste en un sentiment éphémère de contentement.

2. Étymologiquement, le bonheur est :

- La bonne fortune.
- La réussite au jeu.
- La réalisation d'un projet de long terme.
- Un ensemble de circonstances favorables.

3. L'hédonisme affirme :

- Que le bonheur est la visée de toute vie consciente.
- Que la souffrance est le meilleur moyen d'atteindre le bonheur.
- Que le plaisir est la finalité de la vie heureuse.
- Qu'il faut se méfier du plaisir.

4. Pour Épicure, le plaisir :

- Est une jouissance.
- Est la moyenne de nos jouissances sur un temps donné.
- Est la conséquence du bonheur.
- Est le plus haut degré de volupté.

5. Le plaisir :

- Est un absolu.
- Se définit par lui-même.
- Se définit par rapport au déplaisir.
- Se définit par son intensité.

6. Pour Épicure :

- Le plaisir est dans la souffrance.
- Le plaisir est dans la privation d'une souffrance.
- Le bonheur résulte d'un calcul des plaisirs.
- Le bonheur résulte d'une annulation des plaisirs et des déplaisirs.

7. Pour Épicure :

- Le bonheur est le produit d'une minimisation des plaisirs.
- Le bonheur est le produit d'une maximisation des plaisirs.
- Il convient de satisfaire un maximum de désirs.
- Il convient de ne satisfaire que les désirs naturels.

8. L'ataraxie se définit comme :

- La privation de tout désir.
- La maîtrise de nos désirs.
- Un équilibre de nos aspirations.
- Un engagement couronné de succès.

9. Le bonheur est :

- Une imagination de l'idéal.
- Une idéalisation du plaisir.
- Un plaisir de l'idéal.
- Un idéal de l'imagination.

10. L'intempérance, c'est :

- L'incapacité à soumettre son action à ses principes.
- L'incapacité à appliquer constamment sa volonté.
- La capacité à réprimer nos désirs.
- La capacité à ne pas céder à la tentation.

11. Le bonheur est présenté :

- Par la plupart des doctrines philosophiques comme difficilement accessible.
- Par la société de consommation comme constitué de plaisirs disponibles.
- Par Goethe comme le but suprême de la vie.
- Par Goethe comme insupportable s'il était durable.

12. Selon Kant :

- La morale me permet d'être heureux.
- Le bonheur me permet d'être moral.
- La morale permet de me rendre digne d'être heureux.
- Le bonheur permet de me rendre digne d'être moral.

13. Pour être heureux sans dépendre de l'espoir, il convient :

- De se donner des activités inhérentes à nos objectifs.
- De se donner des objectifs inhérents à notre activité.
- De s'attacher au futur, de faire prévaloir nos objectifs.
- De s'attacher au présent, de faire prévaloir nos activités.

14. Sisyphe :

- Ne peut donner un sens à son activité qu'à son terme.
- Ne peut donner un sens à son activité qu'en elle-même.
- Est dans une situation absurde.
- Peut être heureux malgré le résultat apparent de son activité.

15. Pour être heureux :

- Il faut toujours viser le bonheur.
- Il ne faut jamais avoir pour objectif le bonheur.
- Il ne faut avoir que parfois le bonheur pour objectif.
- Il faut viser le bonheur selon une périodicité déterminée.

16. **Pour les Stoïciens :**

- Il faut maîtriser l'objet de nos désirs.
- Il faut maîtriser nos désirs en tant que représentations.
- Il faut désirer ce qui advient.
- Il faut faire advenir ce que nous désirons.

17. **Selon Spinoza, la joie :**

- Est le passage d'un mal à un moindre mal.
- Est le passage d'une moindre à une plus grande perfection.
- Est un amoindrissement de notre propre puissance.
- Est un accroissement de notre propre puissance.

18. **Les désirs qui nous permettent d'être heureux :**

- Portent sur l'avenir.
- Portent sur le présent.
- Portent sur le passé.
- Portent sur l'ensemble du temps que nous vivons.

19. **Le bonheur est accessible :**

- Par l'accroissement de nos désirs.
- Par la restriction de nos désirs.
- Par un effort de perfectionnement.
- Par l'exercice tempéré de sa puissance.

20. **Le bonheur est compatible avec :**

- L'espoir.
- Le regret.
- La nostalgie.
- La crainte.

3 RÉPONSES

La liberté : la construction de son autonomie

1. Une action peut être analysée comme :

- [x] L'activité d'une volonté.
- [ ] Une intention sans conséquence.
- [x] Ce par quoi un sujet s'autodétermine.
- [ ] Ce grâce à quoi un sujet se découvre de façon inopinée.

2. La liberté se caractérise par le fait de :

- [ ] Faire tout ce que l'on veut.
- [x] Décider des actes que l'on accomplit.
- [x] Prendre en compte un ensemble de contraintes pour agir.
- [ ] Réaliser son projet quelles que soient les conséquences qui peuvent s'ensuivre.

3. Nous sommes conditionnés, cela signifie que :

- [ ] Nous devons connaître toutes les conditions de nos actions avant d'agir.
- [x] Toutes nos actions s'inscrivent dans un cadre matériel qui les conditionne.
- [ ] Nous ne pouvons jamais agir de façon libre.
- [x] Nos actions doivent tenir compte des conditions qui les déterminent.

4. La volonté :

- [x] Est l'application de notre liberté à travers un acte de choix ou de persévérance.
- [ ] Se manifeste toujours comme collective.
- [x] Consiste en la capacité à étendre le champ d'application de nos actes.
- [ ] Se manifeste toujours comme indépendante de la structure matérielle du monde.

5. Le déterminisme, c'est :

- [x] Une hypothèse nécessaire aux recherches scientifiques.
- [x] L'application du principe de causalité à l'ensemble des choses matérielles.
- [ ] Le fait de se déterminer soi-même avant de réaliser un acte.
- [ ] Un des principes fondateurs de la liberté.

6. Mentionnez les propositions exactes :

- [x] Pour le déterministe, les lois physiques régissent toutes les choses du monde matériel.
- [x] Pour le déterministe, la connaissance des lois physiques permet de mieux agir.
- [x] La liberté peut être pensée comme une cause qui explique nos actes.
- [x] La liberté concerne des choses qui ne sont pas seulement matérielles.

7. Le fatalisme :

- [x] Affirme qu'il existe une instance détenant la clef des événements qui nous arrivent.
- [ ] Cherche à identifier les causes des phénomènes pour mieux agir sur elles.
- [x] Cherche à prédire les événements dont nous sommes victimes.
- [x] Est incompatible avec la liberté.

8. Pour affirmer que nous pouvons être libres, nous devons supposer :

- [ ] Que nous sommes une réalité exclusivement spirituelle.
- [ ] Que nous sommes une réalité exclusivement matérielle.
- [ ] Que nous ne sommes pas une réalité exclusivement spirituelle.
- [x] Que nous ne sommes pas une réalité exclusivement matérielle.

9. Le libre arbitre, c'est :

- [ ] La capacité de choisir tout ce que l'on veut.
- [x] La manifestation intérieure de notre liberté comme capacité de choix.
- [ ] La capacité de justifier tous ses choix quels qu'ils soient.
- [x] Ce sentiment que nous avons de nous identifier avec nos propres choix.

10. La liberté :

- [ ] Est d'autant plus grande qu'elle dispose de plus d'informations.
- [x] S'exerce souvent en conjoignant des connaissances et notre ignorance.
- [x] Pourrait être paralysée par une connaissance complète et infaillible.
- [x] Peut s'exercer même dans un état d'ignorance.

11. La liberté intellectuelle :

- [ ] Est irrépressible, car elle peut s'exercer même dans l'adversité.
- [ ] Est la plus vulnérable des libertés.
- [x] Dépend des autres libertés.
- [ ] Montre l'indépendance de l'esprit à l'égard de ses conditions matérielles d'existence.

12. « Nous sommes libres de tout, sauf de ne l'être pas », cela signifie :

- [x] Nous devons toujours commencer par affirmer notre liberté.
- [ ] Nous sommes libres de ne pas être libres si nous le voulons.
- [ ] Nous ne pouvons nier notre liberté que librement.
- [x] Nous ne pouvons jamais affirmer notre liberté.

13. L'acte gratuit :

- [ ] Est un acte d'apparence choquante.
- [x] Se définit comme un acte sans raison.
- [ ] Est un acte dont le sens ne peut être saisi qu'instantanément.
- [x] Est un acte dont le sens peut être de nier ses propres déterminations.

14. « L'âne de Buridan » :

- [ ] Décrit la situation d'un animal frappé d'indécision.
- [ ] Donne une illustration plaisante d'une liberté qui serait exclusivement rationnelle.
- [x] Décrit une liberté qui se suffit à elle-même et n'a pas à se réaliser dans l'action.
- [x] Montre la difficulté à élaborer une représentation adéquate de la liberté.

15. La capacité à s'opposer, à nier des déterminations extérieures :

- [ ] Est un empêchement radical pour tout exercice positif de la liberté.
- [ ] Est une fantaisie qui précède la liberté mais n'a rien à voir avec ce qui la définit.
- [x] Est un moment constitutif de la liberté ; il incarne l'aspiration à l'indépendance.
- [x] Est un élément qui, associé à l'aptitude à la justification, peut servir à définir la liberté.

16. Mentionnez les propositions exactes :

- [ ] La liberté est une libération plutôt qu'une épreuve.
- [ ] La liberté est donnée plutôt que construite.
- [x] La liberté est une synthèse plutôt qu'une propriété.
- [x] La liberté est un processus plutôt qu'un état.

17. Mentionnez les propositions exactes :

- [x] La liberté consiste moins à choisir les éléments d'une situation qu'à leur donner sens.
- [ ] La liberté consiste moins à agir qu'à penser les éléments de l'action.
- [ ] La liberté réside plus dans nos absentions que dans nos engagements.
- [x] La liberté se manifeste plus dans nos refus que dans nos actes d'acceptation.

18. La responsabilité, c'est :

- [ ] Le fait de toujours réagir lorsque nous sommes mis en cause.
- [x] Le fait de prendre en compte les conséquences de ses actes.
- [ ] Le fait d'accepter les sanctions qui nous sont infligées.
- [x] Le fait d'inscrire nos actes dans un contexte collectif.

19. L'autonomie, c'est :

- [ ] La capacité à réaliser tous ses projets de façon solitaire.
- [x] La capacité de se définir soi-même.
- [ ] La capacité à appliquer différentes lois.
- [x] La capacité de se donner soi-même les lois qu'on applique.

20. Mentionnez les propositions exactes :

- [ ] La liberté est plus une faculté donnée qu'une élaboration réfléchie.
- [ ] La liberté est plus un pouvoir sur l'extérieur qu'un rapport à soi.
- [ ] La liberté est plus une illusion qu'une pratique.
- [ ] La liberté est plus dans une option intellectuelle que dans une responsabilité.

Le devoir : un impératif à respecter.

1. Le devoir est :

- [x] L'expression intime de la moralité pour un être humain.
- [ ] Une aspiration par le moyen de laquelle je défends mes intérêts.
- [x] Une obligation ressentie intérieurement.
- [ ] Une ou plusieurs tâches imposées par une autorité.

2. Le devoir est :

- [ ] Une contrainte éphémère.
- [x] L'identification du bien ressentie intérieurement.
- [ ] Une prescription que je compose avec les autres injonctions que je respecte.
- [x] Le respect pour un principe auquel j'accorde une valeur supérieure.

3. Selon Kant, le devoir est :

- [x] Un commandement inconditionné.
- [x] Un impératif qui s'impose de façon catégorique à la conscience.
- [x] Une valeur qui se manifeste à la conscience comme devant être respectée.
- [ ] Un impératif hypothétique.

4. Le devoir, dans une perspective kantienne :

- [ ] Est une obligation que je respecte parce que je veux en recevoir les avantages.
- [ ] Est une obligation que je respecte en vertu de ma nationalité.
- [x] Est une obligation que je respecte en vertu de mon humanité.
- [x] Est une obligation que je respecte sans être sûr que j'en recevrai le moindre avantage.

5. Le devoir, considéré comme unique :

- [x] Exprime l'Idée d'une détermination morale.
- [ ] Est défini en fonction de ses objets.
- [x] Correspond à l'intention d'agir en faveur de l'humanité.
- [ ] Est défini en fonction des intérêts de la personne qui l'accomplit.

6. Le devoir, considéré comme unique :

- [x] Est défini formellement.
- [x] Est supposé s'imposer à tous.
- [x] Prend la forme d'une loi suprême.
- [x] Apparaît à certains penseurs comme artificiel.

7. La morale :

- [x] Cherche à expliciter les normes propres à orienter nos actions.
- [ ] Cherche à prendre en compte les situations.
- [x] Est universelle.
- [ ] Est subjective.

8. L'éthique :

- [ ] Est prescriptive.
- [ ] Se présente comme universelle.
- [ ] Admet la dépendance de ses enseignements à l'égard des personnes.
- [ ] Se distingue toujours des obligations professionnelles.

9. L'éthique, c'est :

- [x] Une déclinaison de la morale en fonction de la spécificité d'un domaine d'action.
- [ ] Une déclinaison de la morale en fonction de chacune des personnes.
- [x] Une déclinaison de la morale en fonction de la spécificité des situations.
- [ ] Une déclinaison de la morale en fonction du passé des personnes.

10. Les conflits de devoirs nous engagent à choisir :

- [ ] Une option qui ne comporte aucun mal.
- [ ] Entre différents biens le meilleur.
- [ ] En nous détachant des principes propres à orienter nos actions.
- [ ] Entre différentes options celle qui inclut les autres.

11. On peut définir une hiérarchie de devoirs :

- [ ] En fonction de nos préférences.
- [x] En fonction de l'importance du champ d'application de chacun de ces devoirs.
- [ ] En fonction de l'ordre dans lequel ils se manifestent à la conscience.
- [ ] En fonction de la précision de la formulation de chacun de ces devoirs.

12. Le devoir :

- [ ] Est défini de façon imprécise.
- [ ] Est défini de façon évolutive.
- [ ] Est défini de façon détaillée en fonction de la situation spécifique qu'il concerne.
- [ ] Est défini comme variable en fonction des personnes qui l'accomplissent.

13. Le devoir :

- [x] Consiste à accomplir un acte conformément à un principe.
- [x] Consiste en un engagement d'un sujet devant d'autres.
- [x] Consiste en la promotion de valeurs par un sujet.
- [ ] Consiste en la création de valeurs par un sujet.

14. Le devoir :

- [x] Est un effort parce qu'il consiste en un acte par lequel je réalise une valeur.
- [ ] Est un effort parce qu'il est une valeur en laquelle je réalise un acte.
- [x] Est un effort parce qu'il consiste à réaliser ce qui nous dépasse.
- [ ] Est un effort parce qu'il consiste à dépasser ce qui nous réalise.

15. L'éthique de conviction :

- [ ] Consiste à agir de façon inflexible en fonction de principes supposés immuables.
- [ ] Consiste à subordonner sa décision à l'évaluation des conséquences de l'action.
- [x] Consiste à agir en fonction de la morale.
- [ ] Consiste à agir en fonction d'une éthique de comparaison.

16. **L'éthique de responsabilité :**

- [ ] Consiste à agir de façon inflexible et rigoureuse.
- [ ] Consiste à subordonner sa décision à des conséquences supposées immuables.
- [ ] Consiste à agir en fonction de la morale.
- [ ] Consiste à agir en fonction d'une éthique de la tolérance.

17. **Le devoir est :**

- [x] Abandon de soi comme individu.
- [ ] Abandon de soi comme sujet.
- [ ] Réalisation de soi comme individu.
- [x] Réalisation de soi comme sujet.

18. **Le devoir est une obligation :**

- [ ] Morale accomplie pour d'autres raisons que morales.
- [x] Sociale accomplie pour d'autres raisons que sociales.
- [x] Morale qui prend une forme sociale.
- [ ] Sociale qui prend une forme morale.

19. **Le devoir est une obligation :**

- [x] Sociale et morale.
- [ ] Psychologique et physique.
- [x] Humaine et radicale.
- [ ] Locale et relative.

20. **Le devoir est la tâche de l'humanité :**

- [x] Parce qu'il est unique et universel.
- [ ] Parce qu'il est diversifié et relatif.
- [x] Parce qu'il est définitif et exclusif.
- [ ] Parce qu'il est provisoire et localisé.

La justice : la vertu politique et sociale

1. La justice, c'est :

- [ ] Attribuer à chacun la même part qu'à tous les autres.
- [ ] Attribuer à chacun tout ce qu'il désire.
- [x] Attribuer à chacun tout ce qu'il mérite.
- [x] Attribuer à chacun ce qui lui revient.

2. La justice, c'est :

- [ ] Attribuer à chacun ce qui revient à tous.
- [ ] Attribuer à tous ce qui revient à chacun.
- [x] Attribuer à chacun ce qui lui revient en propre.
- [ ] Attribuer à chacun ce que chacun des autres mérite.

3. Le droit, c'est :

- [x] L'ensemble des lois.
- [ ] L'ensemble des aspirations humaines.
- [ ] L'ensemble des aspirations humaines légitimes.
- [x] L'ensemble des aspirations humaines encadrées par la légalité.

4. Le droit positif, c'est :

- [ ] L'ensemble des lois qui autorisent.
- [x] L'ensemble des lois qui sont en vigueur.
- [ ] L'ensemble des lois correspondant à la nature humaine.
- [x] L'ensemble des lois écrites, applicables.

5. Le droit naturel, c'est l'ensemble des principes :

- [ ] Relevant de l'appartenance à une nation.
- [x] Relevant de l'appartenance à l'humanité.
- [ ] Relevant de l'appartenance au règne vivant.
- [ ] Relevant de l'appartenance à une organisation internationale.

6. La justice, c'est :

- [ ] La fragmentation du bien dans une collectivité.
- [x] La distribution du bien dans une collectivité.
- [ ] La multiplication du bien dans une collectivité.
- [ ] La collectivisation du bien dans une distribution.

7. La justice, dans sa dimension morale :

- [ ] Est une institution qui fonctionne selon des procédures déterminées.
- [x] Prend la forme de jugements ressentis comme ayant une portée universelle.
- [x] Consiste à se révolter contre l'injustice.
- [ ] Consiste à organiser des célébrations d'événements justes.

8. La justice, dans sa dimension institutionnelle :

- [ ] Prend la forme de jugements ressentis comme ayant une portée universelle.
- [ ] Consiste à se révolter contre l'injustice.
- [ ] Prend la forme de célébrations de grandes décisions des juridictions.
- [x] Consiste en l'organisation et en l'activité des tribunaux.

9. La justice, dans sa dimension sociale :

- [ ] Est une institution qui fonctionne selon des procédures déterminées.
- [ ] Prend la forme de jugements ressentis comme ayant une portée universelle.
- [x] Consiste à évaluer la distribution des biens dans une société.
- [x] Consiste à statuer sur les inégalités dans une société.

10. Mentionnez les propositions exactes :

- [x] L'équité consiste à effectuer une distribution selon les mérites de chacun.
- [ ] L'équité consiste à effectuer une distribution selon les prétentions de chacun.
- [ ] L'égalité consiste à effectuer une distribution selon les mérites de chacun.
- [ ] L'égalité consiste à effectuer une distribution selon les prétentions de chacun.

11. Le relativisme culturel :

- [x] Affirme la relativité des normes à la particularité des cultures.
- [ ] Affirme l'universalité des normes relatives à l'humanité.
- [x] Reconnaît la diversité des normes de justice.
- [ ] Reconnaît la valeur indéfectible de l'Idée de justice.

12. Les droits de l'homme :

- [ ] Jouent le rôle d'idéal impossible à réaliser.
- [ ] Ne sont jamais respectés dans le monde.
- [x] Jouent le rôle de norme suprême à laquelle les législations peuvent se référer.
- [x] Permettent d'évaluer les différents régimes politiques.

13. La justice :

- [x] Est moins un absolu qu'un effort qui se poursuit au cours de l'histoire.
- [ ] Est moins une tension vers l'amélioration des institutions qu'une Idée parfaite.
- [ ] Se réalise par l'approximation tendancielle d'un idéal.
- [x] Se réalise par l'élimination lente et progressive d'injustices.

14. La justice est représentée de façon allégorique :

- [x] Avec un bandeau qui symbolise son impartialité.
- [ ] Avec un glaive qui symbolise sa pondération.
- [ ] Avec une auréole qui symbolise sa sainteté.
- [ ] Avec une balance qui symbolise sa force.

15. La justice est qualifiée de « vertu suprême » :

- [x] Parce qu'elle comprend toutes les autres vertus.
- [ ] Parce qu'elle élimine toutes les autres vertus.
- [ ] Parce qu'elle entraîne une succession de vertus qui s'enchaînent nécessairement.
- [x] Parce qu'elle est une composition de toutes les autres vertus.

16. La peine infligée par un tribunal vise :

- [x] À réparer autant que possible l'infraction.
- [x] À dissuader de commettre des infractions du même ordre.
- [x] À réhabiliter le coupable, à le réinsérer dans la société.
- [x] À rétablir un équilibre social rompu par l'infraction.

17. L'histoire de la justice :

- [ ] Est celle d'un accroissement de la rigueur des peines.
- [x] Est celle d'une humanisation de ses pratiques.
- [x] Est celle d'un accroissement du droit des prévenus.
- [x] Est celle d'une rationalisation des peines.

18. Le voile d'ignorance est défini par Rawls comme :

- [ ] Notre aveuglement concernant la justice.
- [ ] L'impossibilité pour la justice de correspondre à une mesure.
- [ ] L'effort des institutions pour nous cacher les ressorts de la justice.
- [ ] Le fait que la justice sociale suppose la négation de l'injustice.

19. La justice sociale est définie par Rawls comme :

- [x] Le produit de l'évaluation par tous des inégalités acceptables dans une société.
- [ ] La disparition de toute inégalité.
- [x] Le respect des droits fondamentaux et l'acceptation des inégalités.
- [ ] La détermination par un référendum des inégalités à développer.

20. Nos sociétés :

- [ ] Sont des modèles de justice.
- [x] S'efforcent de lutter contre les injustices les plus graves.
- [ ] Peuvent réaliser dans certains domaines une distribution parfaitement juste.
- [x] S'efforcent de lutter contre les plus graves inégalités, telles l'exclusion.

L'État : un pouvoir souverain et régulé

1. L'État est un ensemble d'institutions :

- [ ] Fait pour opprimer les citoyens.
- [x] Fait pour gérer les affaires communes.
- [ ] Fait pour susciter les conflits politiques.
- [x] Fait pour assurer la sécurité.

2. L'État se caractérise par :

- [x] Un territoire qu'il régit.
- [x] Un pouvoir concentré.
- [ ] Une puissance de dominer les autres États.
- [x] Une population dont il assure la protection.

3. Les fonctions régaliennes de l'État :

- [ ] Sont des fonctions économiques et sociales.
- [x] Sont des fonctions concernant essentiellement la sécurité.
- [ ] Concernent la puissance de l'État sur la scène internationale.
- [x] Concernent la tranquillité des citoyens, la garantie de la paix.

4. Le terme d'« insociable sociabilité » désigne :

- [x] Le fait que l'harmonie parfaite entre les hommes ne soit pas accessible.
- [x] L'antagonisme structurel entre les aspirations individuelles relativement à la société.
- [ ] L'antagonisme entre les différentes sociétés d'une région donnée.
- [ ] Le fait que les hommes ne puissent manquer d'être cruels les uns envers les autres.

5. La souveraineté désigne :

- [x] La faculté étatique de délimiter ce qui relève de son pouvoir et ce qui n'en relève pas.
- [x] La faculté étatique de commander sans être commandé.
- [ ] La faculté étatique de disposer d'un pouvoir illimité.
- [ ] La faculté étatique de disposer des citoyens sans aucune restriction.

6. La Constitution :

- [ ] Est le texte que l'État est en droit d'imposer aux autres États qui sont ses partenaires.
- [x] Est le texte qui définit le pouvoir des institutions étatiques.
- [x] Est le texte qui délimite les pouvoirs respectifs des institutions étatiques.
- [ ] Est le texte qui définit toutes les obligations, tous les droits et devoirs des citoyens.

7. Le contrat social :

- [ ] Est une volonté historiquement à l'origine de l'Etat.
- [x] Institue une autorité chargée d'assurer la sécurité.
- [ ] Est un acte de volonté conditionné, sous réserve, qui peut avoir des antécédents.
- [ ] Est remis en cause par l'alternance politique dans un pays.

8. L'« état de nature » :

- [x] Est un état de rivalité et de conflictualité entre les individus.
- [ ] Est la situation qui résulte de l'absence d'efficacité du pouvoir étatique.
- [x] Est une fiction théorique permettant de penser l'acte fondateur du pacte social.
- [ ] Correspond à la situation préhistorique des êtres humains.

9. Le pacte social suppose un consentement :

- [x] Unanime.
- [ ] Absolu, sans aucune condition.
- [x] Radical, sous réserve d'unanimité et de respect par le souverain de ses obligations.
- [ ] Dont la valeur dépend du pourcentage d'approbation dans la population.

10. Le contrat social trouve son fondement dans :

- [x] La nécessité d'établir des règles communes pour assurer notre sécurité.
- [ ] La force de ceux qui sont en mesure d'imposer des règles à tous.
- [ ] Le respect des plus anciens, qui comprennent la nécessité de s'unir pour faire la paix.
- [x] L'exigence d'accéder à une liberté limitée mais garantie, que procure la collectivité.

11. La raison d'État :

- [ ] Est le droit pour un État d'avoir toujours raison quelles que soient ses actions.
- [ ] Est le droit pour un État d'agir sans aucune raison.
- [ ] Est le droit pour un État de s'imposer aux autres États.
- [x] Est le droit pour un État de ne pas agir moralement, car il agit pour l'intérêt commun.

12. Le fonctionnement de l'État :

- [ ] Repose sur la méfiance des citoyens à son égard.
- [ ] Repose sur la limitation du droit des citoyens à critiquer son action.
- [x] Repose sur la confiance des citoyens dans les acteurs publics.
- [ ] Repose sur l'unanimité des citoyens.

13. Le totalitarisme :

- [ ] Soutient que l'État est un tout, qu'il a pour vocation de lutter avec d'autres touts.
- [x] Soutient que l'État est tout, que rien ne peut échapper à son action.
- [ ] Soutient que tout ce qui relève de la sphère publique relève de l'État.
- [x] Soutient que la sphère privée n'existe pas ; tout relève de la sphère publique.

14. L'équilibre des pouvoirs, selon Montesquieu :

- [ ] Permet à chaque citoyen de limiter les pouvoirs qui s'appliquent à lui.
- [x] Consiste en la limitation de chaque pouvoir étatique par un autre.
- [ ] Permet à une juridiction spéciale de statuer sur les excès de pouvoir des institutions.
- [x] Consiste en la nécessité d'instaurer des contre-pouvoirs à tout pouvoir.

15. Le populisme affirme :

- [x] Qu'il existe des solutions simples, populaires, aux problèmes communs.
- [ ] Qu'il convient d'utiliser des procédures complexes pour gérer les affaires communes.
- [x] Que les élites sont corrompues, à l'inverse du peuple honnête.
- [ ] Que les citoyens doivent élaborer des solutions collectives aux problèmes communs.

16. **La volonté générale est :**

- [ ] La volonté pour soi en tous.
- [x] La volonté pour tous en chacun.
- [x] La volonté pour tous en tous.
- [ ] La volonté pour soi en soi.

17. **L'intérêt général est :**

- [x] Ce que nous visons lorsque nous prenons pour objet le bien de tous les citoyens.
- [ ] Ce qui est défini comme la moyenne pondérée des options prises par les citoyens.
- [ ] Ce qui est défini par l'action gouvernementale.
- [x] Ce qui fait l'objet de nombreux débats dans les États démocratiques.

18. **L'action publique :**

- [x] Suppose la prise en compte de nombreux intérêts qui s'opposent.
- [x] Fait intervenir plusieurs échelons de gestion des affaires communes.
- [x] Rend des arbitrages qui visent à être acceptés par tous.
- [x] Respecte des procédures constitutionnelles et légales qui la rendent parfois longue.

19. **Le despotisme :**

- [ ] Désigne tout pouvoir qui respecte les procédures constitutionnelles.
- [ ] Est une organisation politique appliquant le principe de la séparation des pouvoirs.
- [ ] Menace la démocratie lorsque les citoyens participent trop au débat public.
- [ ] Menace la démocratie lorsque les échelons d'administration sont trop nombreux.

20. **L'État-providence désigne :**

- [ ] L'ensemble des interventions économiques de l'État.
- [x] Le rôle pris par l'État dans l'assurance contre les accidents de la vie.
- [ ] Le fait qu'on peut attendre de l'État des solutions à tous les problèmes.
- [x] L'ensemble des missions sociales de l'État.

Le travail : entre aliénation et engagement

1. Le travail est :

- [x] Un effort pour transformer un matériau.
- [ ] Une activité caractérisée par son indépendance à l'égard de tout intérêt.
- [x] La mise en œuvre de forces de façon utile.
- [x] Une inscription de l'individu dans une organisation collective.

2. Le terme « travail » provient d'un mot latin désignant :

- [ ] Un moment de plaisir.
- [ ] Un moyen de libération.
- [x] Un instrument de torture.
- [x] Un temps de souffrance.

3. Aujourd'hui, le terme « travail » renvoie :

- [ ] À une opération ponctuelle particulièrement difficile.
- [x] À une profession à laquelle nous nous identifions.
- [x] À un ensemble de tâches souvent complexes qui définissent notre métier.
- [ ] Au lieu sur lequel nous exerçons notre activité salariée.

4. Le travail :

- [ ] Peut consister en un loisir auquel on se livre à plein temps.
- [x] Comporte toujours une dimension de pénibilité.
- [x] Suppose toujours une production matérielle.
- [ ] Peut ne pas être quantifiable.

5. Selon *La Genèse*, le travail :

- [ ] Est un moyen pour les humains de dominer les autres espèces.
- [ ] Est un facteur de progrès pour l'humanité.
- [x] Constitue une sanction du péché originel.
- [ ] Permet d'annuler tous les effets du péché originel.

6. Le travail est le fondement du droit de propriété, cela signifie que :

- [x] C'est la transformation d'une chose naturelle qui donne un droit sur cette chose.
- [ ] C'est parce qu'on a le pouvoir de modifier la nature entière qu'on en est propriétaire.
- [ ] C'est parce qu'on est propriétaire d'une chose qu'on peut la transformer.
- [x] C'est en modifiant la chose qu'elle cesse d'être naturelle, qu'elle devient possession.

7. La valeur d'usage est l'estimation d'une chose :

- [x] En fonction de ce à quoi elle sert.
- [ ] En fonction de son prix sur un marché.
- [ ] En fonction de la quantité d'efforts requise par sa production.
- [ ] En fonction de son succès auprès du public.

8. La valeur d'échange d'un objet se définit :

- [ ] En fonction de ce à quoi il sert.
- [x] En fonction de son prix sur un marché.
- [ ] En fonction de la quantité d'efforts requise par sa production.
- [x] En fonction de son succès auprès du public.

9. La spécialisation du travail désigne le fait :

- [ ] Que le niveau d'études moyen augmente dans les pays industrialisés.
- [x] Que les différents métiers sont définis par des tâches distinctes.
- [ ] Que les collaborateurs d'une entreprise ne peuvent coordonner leurs tâches.
- [x] Que les fonctions définissant les postes de travail sont de plus en plus distinctes.

10. L'aliénation par le travail désigne :

- [ ] Le fait que les employés dépendent les uns des autres.
- [ ] Le fait que les employés dépendent de leur employeur.
- [x] Le fait que les tâches effectuées dans certains emplois sont déshumanisantes.
- [x] Le fait que les employés ne puissent s'identifier aux tâches qu'ils accomplissent.

11. L'œuvre est :

- [x] Une production à laquelle peut s'identifier le producteur.
- [ ] Une production dont les effets sont très importants.
- [ ] Un travail standardisé.
- [x] Un travail qui suppose un investissement important de la part de son producteur.

12. Pour permettre à chaque opérateur de donner du sens à son travail, il convient :

- [ ] De lui accorder des pauses les plus fréquentes possibles.
- [x] De définir une possibilité de progression de carrière.
- [ ] D'attribuer des récompenses proportionnées à la cadence de production.
- [x] De lui permettre d'inscrire sa tâche dans l'ensemble d'une production.

13. Le libéralisme économique :

- [ ] Consiste en la réduction des fonctions de l'État.
- [x] Consiste en l'affirmation de l'autosuffisance du marché.
- [ ] Consiste en la garantie des libertés individuelles.
- [x] Consiste en la confiance accordée aux agents économiques.

14. Le libéralisme, sous son aspect juridique :

- [x] Désigne les régimes politiques qui garantissent les droits de l'homme.
- [ ] Désigne les régimes politiques qui garantissent l'autosuffisance du marché.
- [x] Désigne les régimes politiques qui garantissent les libertés individuelles.
- [ ] Désigne les régimes politiques qui accordent leur confiance aux élus.

15. Le libéralisme, sous son aspect politique :

- [x] Renvoie à la réduction des fonctions de l'État.
- [x] Renvoie à la confiance accordée aux agents économiques.
- [ ] Renvoie à la garantie par le régime politique des libertés individuelles fondamentales.
- [ ] Renvoie à l'autosuffisance du marché.

16. La valeur du travail, mesurée à travers les rémunérations :

- [ ] Correspond strictement à la quantité d'efforts effectués par le producteur.
- [x] Dépend de la valeur des objets produits sur le marché.
- [ ] Est définie seulement en fonction du temps et de la pénibilité de la tâche accomplie.
- [x] Dépend de la rémunération des facteurs de production dans une économie.

17. Un besoin, c'est :

- [ ] Une aspiration qui s'apparente à un fantasme.
- [x] Une tendance générique qui exprime notre dépendance à l'égard de nos organes.
- [x] Une tendance organique dont la satisfaction est nécessaire.
- [ ] Une aspiration qui est attisée par sa satisfaction.

18. Un désir, c'est :

- [x] Une aspiration qui s'apparente à un fantasme.
- [ ] Une tendance générique qui exprime notre dépendance à l'égard de nos organes.
- [ ] Une tendance organique dont la satisfaction est nécessaire.
- [x] Une aspiration qui est attisée par sa satisfaction.

19. Le travail est facteur d'humanisation, cela signifie :

- [ ] Que le fait d'être humain nous donne le goût du travail.
- [ ] Que le travail est ce par quoi nous exerçons notre domination sur les autres.
- [x] Que le travail développe des facultés qui permettent d'agir, de satisfaire nos besoins.
- [x] Que le travail permet d'imposer à la nature un ordre auquel nous nous identifions.

20. Le travail est vecteur de socialisation, cela signifie :

- [x] Que le travail est le principal vecteur de relations extraprofessionnelles.
- [ ] Que le lieu de travail est le seul où le respect des règles sociales est explicite.
- [x] Que le travail est le moyen par lequel nous réalisons nos aspirations sociales.
- [x] Que le lieu de travail n'est pas seulement un espace de production, mais d'échanges.

Le bonheur : un perfectionnement constant

1. Le bonheur :

- [x] Consiste à ressentir satisfaites toutes ses aspirations.
- [ ] Consiste en un état d'extériorisation par rapport à ses sensations.
- [ ] Consiste en la satisfaction de sa principale aspiration.
- [ ] Consiste en un sentiment éphémère de contentement.

2. Étymologiquement, le bonheur est :

- [x] La bonne fortune.
- [ ] La réussite au jeu.
- [ ] La réalisation d'un projet de long terme.
- [x] Un ensemble de circonstances favorables.

3. L'hédonisme affirme :

- [ ] Que le bonheur est la visée de toute vie consciente.
- [ ] Que la souffrance est le meilleur moyen d'atteindre le bonheur.
- [x] Que le plaisir est la finalité de la vie heureuse.
- [ ] Qu'il faut se méfier du plaisir.

4. Pour Épicure, le plaisir :

- [ ] Est une jouissance.
- [ ] Est la moyenne de nos jouissances sur un temps donné.
- [ ] Est la conséquence du bonheur.
- [ ] Est le plus haut degré de volupté.

5. Le plaisir :

- [ ] Est un absolu.
- [ ] Se définit par lui-même.
- [x] Se définit par rapport au déplaisir.
- [x] Se définit par son intensité.

6. Pour Épicure :

- [ ] Le plaisir est dans la souffrance.
- [x] Le plaisir est dans la privation d'une souffrance.
- [x] Le bonheur résulte d'un calcul des plaisirs.
- [ ] Le bonheur résulte d'une annulation des plaisirs et des déplaisirs.

7. Pour Épicure :

- [ ] Le bonheur est le produit d'une minimisation des plaisirs.
- [x] Le bonheur est le produit d'une maximisation des plaisirs.
- [ ] Il convient de satisfaire un maximum de désirs.
- [x] Il convient de ne satisfaire que les désirs naturels.

8. L'ataraxie se définit comme :

- [ ] La privation de tout désir.
- [x] La maîtrise de nos désirs.
- [x] Un équilibre de nos aspirations.
- [ ] Un engagement couronné de succès.

9. Le bonheur est :

- [ ] Une imagination de l'idéal.
- [ ] Une idéalisation du plaisir.
- [ ] Un plaisir de l'idéal.
- [x] Un idéal de l'imagination.

10. L'intempérance, c'est :

- [x] L'incapacité à soumettre son action à ses principes.
- [x] L'incapacité à appliquer constamment sa volonté.
- [ ] La capacité à réprimer nos désirs.
- [ ] La capacité à ne pas céder à la tentation.

11. Le bonheur est présenté :

- [x] Par la plupart des doctrines philosophiques comme difficilement accessible.
- [x] Par la société de consommation comme constitué de plaisirs disponibles.
- [ ] Par Goethe comme le but suprême de la vie.
- [x] Par Goethe comme insupportable s'il était durable.

12. Selon Kant :

- [ ] La morale me permet d'être heureux.
- [ ] Le bonheur me permet d'être moral.
- [x] La morale permet de me rendre digne d'être heureux.
- [ ] Le bonheur permet de me rendre digne d'être moral.

13. Pour être heureux sans dépendre de l'espoir, il convient :

- [ ] De se donner des activités inhérentes à nos objectifs.
- [x] De se donner des objectifs inhérents à notre activité.
- [ ] De s'attacher au futur, de faire prévaloir nos objectifs.
- [x] De s'attacher au présent, de faire prévaloir nos activités.

14. Sisyphe :

- [ ] Ne peut donner un sens à son activité qu'à son terme.
- [x] Ne peut donner un sens à son activité qu'en elle-même.
- [x] Est dans une situation absurde.
- [x] Peut être heureux malgré le résultat apparent de son activité.

15. Pour être heureux :

- [ ] Il faut toujours viser le bonheur.
- [x] Il ne faut jamais avoir pour objectif le bonheur.
- [ ] Il ne faut avoir que parfois le bonheur pour objectif.
- [ ] Il faut viser le bonheur selon une périodicité déterminée.

16. Pour les Stoïciens :

- [ ] Il faut maîtriser l'objet de nos désirs.
- [x] Il faut maîtriser nos désirs en tant que représentations.
- [x] Il faut désirer ce qui advient.
- [ ] Il faut faire advenir ce que nous désirons.

17. Selon Spinoza, la joie :

- [ ] Est le passage d'un mal à un moindre mal.
- [x] Est le passage d'une moindre à une plus grande perfection.
- [ ] Est un amoindrissement de notre propre puissance.
- [x] Est un accroissement de notre propre puissance.

18. Les désirs qui nous permettent d'être heureux :

- [ ] Portent sur l'avenir.
- [x] Portent sur le présent.
- [ ] Portent sur le passé.
- [ ] Portent sur l'ensemble du temps que nous vivons.

19. Le bonheur est accessible :

- [ ] Par l'accroissement de nos désirs.
- [ ] Par la restriction de nos désirs.
- [x] Par un effort de perfectionnement.
- [x] Par l'exercice tempéré de sa puissance.

20. Le bonheur est compatible avec :

- [ ] L'espoir.
- [ ] Le regret.
- [ ] La nostalgie.
- [ ] La crainte.

POUR DONNER DU SENS À VOTRE TRAVAIL

Pour donner du sens à votre travail

Vous vous exercez à l'apprentissage des notions philosophiques. Vous avez lu des cours succincts, qui ont attiré votre attention sur des termes essentiels que vous pensiez connaître. La pratique des QCM vous a conduit à mesurer la difficulté de saisir distinctement des concepts. En appréhendant différentes formulations, vous avez nourri des doutes ou bien vous avez été conduit à réfléchir sur le sens des mots. C'est pour vous engager à revenir sur les éléments premiers de votre savoir (des définitions, des notions, des concepts, selon le degré d'élaboration que l'on envisage) que ce livre a été conçu. Il est fait pour nous inviter à la précision, part déterminante de la rigueur. Un propos est incisif s'il utilise des termes adaptés sans jamais les confondre.

Si vous vous prêtez au jeu de l'évaluation, en vous attribuant une note pour chaque série de vingt questions, vous constaterez que vos notes ne sont pas immédiatement bonnes. C'est que nous croyons savoir sans maîtriser ce que nous savons. Aussi, les QCM qui vont sont proposés sont moins destinés à évaluer votre niveau qu'à faire progresser votre connaissance des notions élémentaires les plus fréquemment utilisées en philosophie. N'hésitez pas à revenir sur les cours, à utiliser un dictionnaire de philosophie, à réciter les définitions que vous aurez apprises. Si vous refaites le même QCM à plusieurs reprises, assurez-vous que ce n'est pas dans un délai trop court, que la trace des réponses exactes ne soit pas trop vive, que votre effort de mémorisation porte sur les définitions, et non pas sur les propositions de réponse. Si vous travaillez honnêtement, vous constaterez vos progrès.

Pour évaluer vos résultats, il vous suffit d'appliquer à chaque série de questions (quatre pages, vingt questions) le barème présenté au début de l'ouvrage. Rappelons que toutes les combinaisons de réponses sont possibles (0, 1, 2, 3, ou 4 réponse(s) exacte(s) : seize combinaisons en tout). Comparez vos réponses avec la grille de correction :

- seuls les quatre bons choix (cochés pour exacts et non cochés pour inexacts) pour une question permettent d'obtenir 1 point.
- la combinaison de quatre choix inexacts fait perdre 1 point.
- dans tous les autres cas, on n'obtient aucun point.

POUR DONNER DU SENS À VOTRE TRAVAIL

Ne vous inquiétez pas tant de votre note brute que de l'écart de votre résultat avec la correction. Si vous avez une ou plusieurs pénalité(s) - correspondant à quatre réponses fausses pour une question -, revenez soigneusement sur la définition pour saisir la raison de votre méprise et ne plus y être exposé. Si vous constatez que vous avez écarté une proposition de réponse qui était exacte, ou bien retenu une proposition inexacte, ne vous effrayez pas : il peut s'agir d'une erreur d'interprétation de l'un des termes employés dans l'une des propositions de réponse. Cela est sans grande importance, dès lors que vous employez correctement les termes principaux sur lesquels a porté votre attention. Pour le sens qu'il convient d'attribuer à votre note, reportez-vous à l'arbre de décision qui figure en page suivante. Selon que vous abordez la philosophie ou effectuez un travail de reprise de vos acquis, vous aurez soin de moduler l'appréciation que vous portez sur les résultats de vos efforts.

L'exigence de maîtrise de définitions précises est propre à nous rendre modeste. Ne vous étonnez pas d'avoir à revenir aux fondamentaux de la discipline. La conviction qui a présidé à l'élaboration de ce livre, c'est qu'il n'y a pas de discussion sans distinction, pas de distinction sans précision, pas de précision sans connaissances, pas de connaissances sans apprentissage. En d'autres termes, pour passer du repérage d'un terme à la définition d'une notion, puis à la discussion et à la sélection des éléments de cette caractérisation (en quoi consiste la conceptualisation), il est requis de s'entraîner à définir et à perfectionner les définitions qu'on élabore. En se disposant à comparer les définitions et à les opposer, nous sommes sensibilisés à la première étape de l'effort de problématisation. Ainsi, modestement mais sereinement, ces exercices préparatoires vous dirigeront vers la composition d'une dissertation.

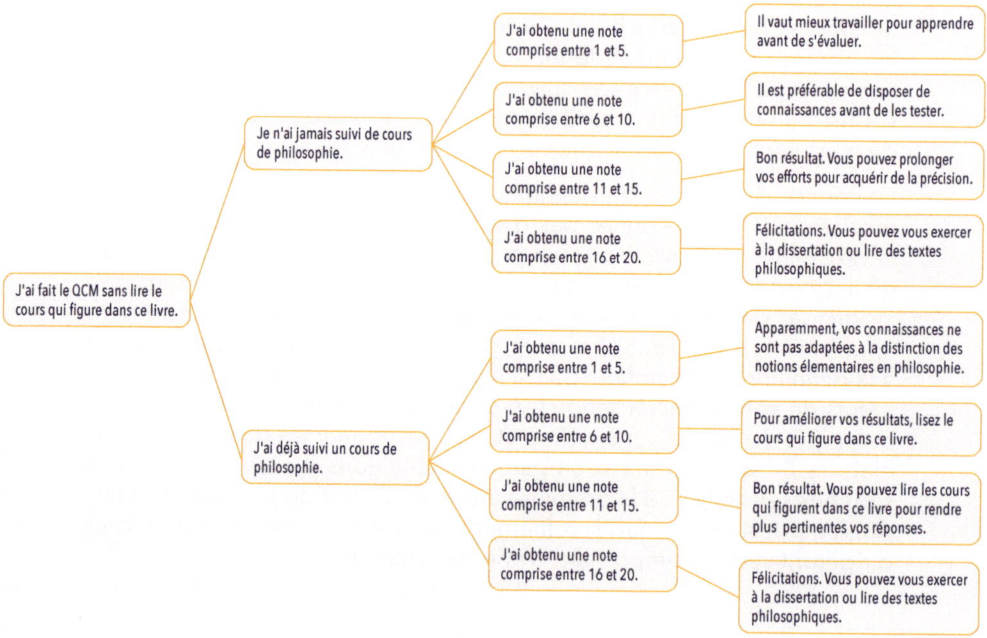
J'ai fait le QCM sans lire le cours qui figure dans ce livre.
Je n'ai jamais suivi de cours de philosophie.
J'ai obtenu une note comprise entre 1 et 5.
Il vaut mieux travailler pour apprendre avant de s'évaluer.
J'ai obtenu une note comprise entre 6 et 10.
Il est préférable de disposer de connaissances avant de les tester.
J'ai obtenu une note comprise entre 11 et 15.
Bon résultat. Vous pouvez prolonger vos efforts pour acquérir de la précision.
J'ai obtenu une note comprise entre 16 et 20.
Félicitations. Vous pouvez vous exercer à la dissertation ou lire des textes philosophiques.
J'ai déjà suivi un cours de philosophie.
J'ai obtenu une note comprise entre 1 et 5.
Apparemment, vos connaissances ne sont pas adaptées à la distinction des notions élementaires en philosophie.
J'ai obtenu une note comprise entre 6 et 10.
Pour améliorer vos résultats, lisez le cours qui figure dans ce livre.
J'ai obtenu une note comprise entre 11 et 15.
Bon résultat. Vous pouvez lire les cours qui figurent dans ce livre pour rendre plus pertinentes vos réponses.
J'ai obtenu une note comprise entre 16 et 20.
Félicitations. Vous pouvez vous exercer à la dissertation ou lire des textes philosophiques.

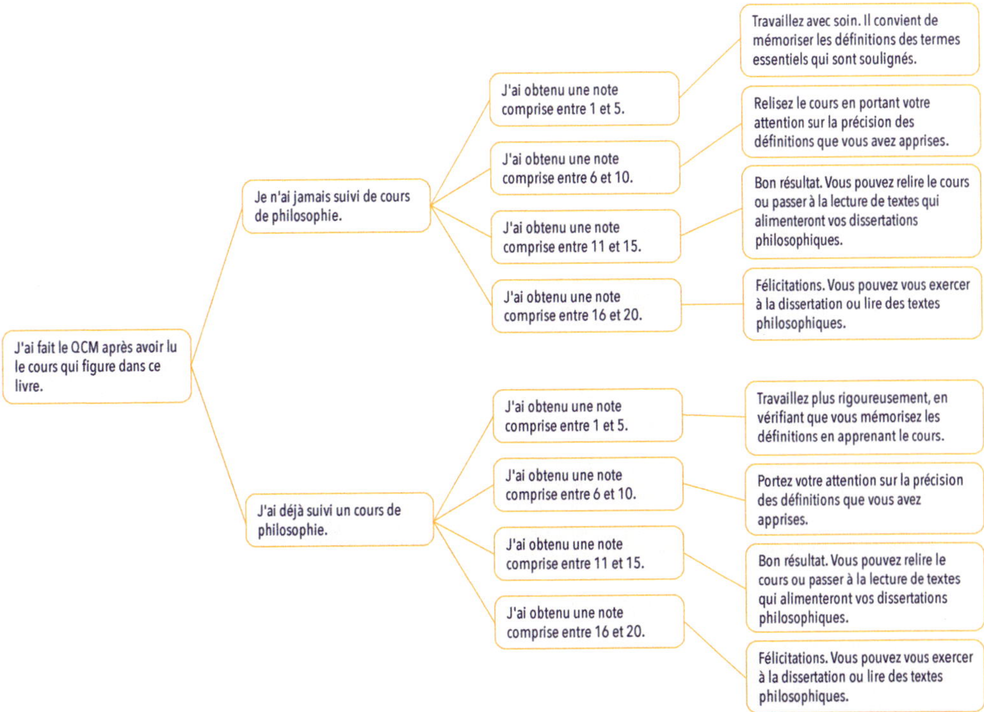
J'ai fait le QCM après avoir lu le cours qui figure dans ce livre.
Je n'ai jamais suivi de cours de philosophie.
J'ai obtenu une note comprise entre 1 et 5.
Travaillez avec soin. Il convient de mémoriser les définitions des termes essentiels qui sont soulignés.
J'ai obtenu une note comprise entre 6 et 10.
Relisez le cours en portant votre attention sur la précision des définitions que vous avez apprises.
J'ai obtenu une note comprise entre 11 et 15.
Bon résultat. Vous pouvez relire le cours ou passer à la lecture de textes qui alimenteront vos dissertations philosophiques.
J'ai obtenu une note comprise entre 16 et 20.
Félicitations. Vous pouvez vous exercer à la dissertation ou lire des textes philosophiques.
J'ai déjà suivi un cours de philosophie.
J'ai obtenu une note comprise entre 1 et 5.
Travaillez plus rigoureusement, en vérifiant que vous mémorisez les définitions en apprenant le cours.
J'ai obtenu une note comprise entre 6 et 10.
Portez votre attention sur la précision des définitions que vous avez apprises.
J'ai obtenu une note comprise entre 11 et 15.
Bon résultat. Vous pouvez relire le cours ou passer à la lecture de textes qui alimenteront vos dissertations philosophiques.
J'ai obtenu une note comprise entre 16 et 20.
Félicitations. Vous pouvez vous exercer à la dissertation ou lire des textes philosophiques.

34/38, rue Camille-Pelletan – 92309 Levallois-Perret cedex
Imprimerie Evoluprint - 31151 Fenouillet Cedex
Imprimé en France – 4e trimestre 2021

Service éditorial : Charlotte Debroise, Benjamin Dias Pereira, Deborah Lopez, Myriam Pasek

Conception graphique : Lauren Arlot, Alexandre de Gassowski

Dépot légal à parution
ISBN 978-2-7590-4806-9